Fridolin Schley

Die Verteidigung

»Fridolin Schleys kluger, psychologisch feinfühliger und genau recherchierter historischer Dokumentarroman ist ein Gerichtssaal-Drama, das das ›große Drama der Geschichte‹ und das der Beteiligung daran verhandelt. (…) ›Die Verteidigung‹ zeigt uns das Ringen um die Wahrheit als lebenslangen Prozess.« *Aus der Jurybegründung des Tukan-Preises 2021*

»Ein Balanceakt zwischen Fakten und Fiktion, ein Justizdrama als Docufiction, ein Vater-Sohn-Szenario als Kammerspiel, das jede besserwisserische, anmaßende Geste vermeidet, das Fakten anbietet, aber eine gültige Wahrheit nie behauptet, Aufklärung im besten Sinne.« Cornelia Zetzsche, *BR Bayern 2*

»Die Dezenz, mit der Fridolin Schley seine Bögen schlägt, hat etwas Meisterliches. Und die Verbindungen, die er uns aus seinem Text herauslesen lässt, verleihen dem Roman seine eigentlich spannende Dimension.« Hans von Trotha, *Deutschlandfunk*

»In einer Zeit, in der Rufe nach neuen Formen der Gedenkkultur immer lauter werden, ist ›Die Verteidigung‹ ein längst überfälliger Beitrag.« Marianna Lieder, *Zeit Online*

Fridolin Schley, 1976 in München geboren, studierte u. a. Dokumentarfilm und Fernsehpublizistik sowie Philosophie und Politik, ehe er mit einer Dissertation über W. G. Sebald promovierte. Er wurde vielfach ausgezeichnet, allein für den Roman ›Die Verteidigung‹ erhielt er den Tukan-Preis und den Franz-Hessel-Preis. Er lebt in München.

FRIDOLIN SCHLEY

DIE VERTEIDIGUNG

ROMAN

dtv

2. Auflage 2025
2023 dtv Verlagsgesellschaft mbH & Co. KG
Tumblingerstraße 21, 80337 München
produktsicherheit@dtv.de
Lizenzausgabe mit Genehmigung der
Carl Hanser Verlag GmbH & Co. KG, München

Umschlaggestaltung: dtv nach einem Entwurf von
Anzinger und Rasp, München
Umschlagmotiv: bpk/Bayerische Staatsbibliothek/Archiv Heinrich Hoffmann
Satz: Fotosatz Amann, Memmingen
Satz nach einer Vorlage von Sandra Hacke
Druck und Bindung: Druckerei C.H.Beck, Nördlingen
Printed in Germany · ISBN 978-3-423-14867-2

DIE VERTEIDIGUNG

1

Die Wahrheit wird euch frei machen. Vielleicht geht ihm plötzlich sein Taufspruch durch den Kopf und stößt etwas an, das daraufhin erwacht, oder er flüstert ihn schon im selben Moment, um den Saal für das Kommende zu beschwören, wenn euch nun der Sohn frei macht, so seid ihr wirklich frei. Ihm muss warm sein, er hat sich beeilt herzukommen, ihm muss kalt sein, es ist Winter, sie haben über Nacht nicht geheizt. Niemand soll es hier gemütlich haben. Indem er seiner eigenen Stimme nachhorcht, tauchen auch andere Geräusche auf aus der Stille, steigt ein Lautgesumm ganz langsam an und bilden sich Konturen um ihn aus, erst blass das Geländer, auf das er sich stützt, der weite Raum unter ihm, seine rechten Winkel aus schweren Tischen, Stuhlreihen, angefügten Pulten, ihre Linien flächig verschwommen, so dass man sie für Felder eines großen verschachtelten Spielbretts halten könnte, bis sie zunehmend an Schärfe gewinnen und sich einzelne Figuren zwischen ihnen abzeichnen, lebendig werden, tastend umherblicken, als hätten sie zunächst nur eine Ahnung, schließlich Gewissheit voneinander.

Wenn Richard sich über den Zuschauerbalkon beugt und steil hinabsieht, kann er dann erkennen, dass es an den drei langen, vom eigentlichen Verhandlungsgeschehen etwas abgetrennten Tischen der Mitarbeiterstäbe bereits zu wimmeln begonnen hat? Dort könnten alle Plätze schon belegt sein, man taxiert sich, markiert sein Terrain mit Unterlagen, Stifte werden gezückt, Kabel entwickelt, Kopfhörer aufgesetzt, manche lauschen mit geweiteten Augen ins Nichts, wie im Voraus erschrocken über das, was sie hier hören werden, doch nur keine Unsicherheit mit der neuen Technik zeigen. Köpfe nicken, Fußspitzen wippen, die Emsigkeit im Saal fällt erst auf, weil jeder Einzelne um gebotene Beherrschung bemüht scheint, und die anschwellende Geräuschglocke, weil kaum einer spricht. Eine nervöse Ruhe aus Stühlerücken und dem Klacken von Schnallen an Ledertaschen, dem Blättern durch die Prozessordnung oder die Nürnberger Tageszeitung, schließlich stehen sie heute alle drin. Von hier oben kann Richard die ausgebreitete Schlagzeile wahrscheinlich nicht entziffern, aber er wird sie kennen, auf dem Weg zum Gericht titelte sie von den Litfaßsäulen, *Nachfolgeprozesse gehen weiter!,* und die Neue Zeitung in München hat schon vorab verkündet, *das Verfahren ist das größte und umfassendste von allen – nicht nur wegen der Zahl der angeklagten Prominenten, sondern auch wegen der Aufgabe, die sich die Anklage gestellt hat. Sie will nachweisen, daß das Gros der deutschen Diplomatie und Ministerialbeamten in einem noch bis vor kurzem nicht vermuteten Maß direkte Verantwortung für die Vernichtung von Menschenleben, für Kriegsverbrechen, für Raub und Mord nach gemeinsamem Plan trägt, ja daß der deutsche Beamte bei der Durchführung der befohlenen Verbrechen seine Auftraggeber teilweise überbot.* Darunter die erkennungsdienstlichen Fotografien einiger Angeklagter, Namensschilder vor der Brust, Verbrecherbilder, DARRÉ, Richard W., DIETRICH, Otto – und ganz links, den anderen voran, der Vater.

Die Zeitungen rascheln, alles knistert, als breite sich ein Feuer aus, springe über auf das Pult der Protokollantin, die dort gerade den Verschluss des Stenographen aufklickt, und bis in die Saalecke, wo zwei Techniker des Bayerischen Rundfunks die Gelenke eines Stativs einrasten lassen. Über ihnen ist auf dem Sims der Holzvertäfelung ein Lautsprecher angebracht, er knackt und pocht dann dumpf, weil ein Gerichtsdiener das Mikrofon auf dem Richtertisch testet, mit dem Zeigefinger auf die Chromrillen klopft, so dass sich überall im Raum Köpfe in seine Richtung drehen. Sämtliche Unruhe verebbt und wächst wieder an, sobald er zwei Glühbirnen daneben in die Tischplatte schraubt, die Gewinde knirschen und gehen in das schleifende, metallene Ziehen der Elektrischen über, die jetzt draußen auf der Fürther Straße vorbeifährt und Richard daran erinnert, dass es da eine Welt gibt, Städte, Gebirge und das Meer. Vielleicht ist er auch zu sehr in Gedanken, um das Tramgeräusch mitzubekommen und dass trotz der Kälte noch einmal die Fenster geöffnet wurden, die schweren grünen Vorhänge zur Seite geschoben, um durchzulüften, oder wie sich der dünne Gardinenstoff dahinter bauscht und die hereinfallende Morgensonne zerstreut. Staub wirbelt auf, als der Gerichtsdiener auf das gepolsterte Leder der Richterstühle klopft, und glitzert im Licht, das zugleich die polierten Schuhe der Ankläger aufblitzen lässt und gegenüber in den Seidenbesätzen an den Roben der Verteidiger glänzt, während sie ernst ihre Aktenstapel vor sich ablegen und Platz nehmen, es spiegelt sich im Glas der Übersetzerkabinen und fängt sich schließlich in den bronzenen Früchten über dem Eingangsportal, wo nackte Jünglinge mit Tüchern den Baum der Erkenntnis flankieren und Schlangen aus dem Haar der Medusa züngeln, Flügel wachsen aus ihrem abgeschlagenen, von Schmerzen verzerrten Haupt. Ohne eine Miene zu verziehen, stehen die beiden Wachsoldaten links und rechts des Eingangs mit seitlich aufgepflanzten Gewehren, blicken ins Leere oder sehen, wie einer der Angeklagten seine Brille abnimmt und die Gläser anhaucht, das muss Otto von Erdmannsdorff sein. Eingepfercht sitzen die zwanzig Männer so eng, dass sich kaum einer rührt, und schweigen eisern, als schützte sie jeweils die Verachtung für die anderen, starren mit müdem Blick vor sich hin. Ihr abgetrennter Bereich ist der stillste im Raum, die Zeiger der Uhr über ihnen stehen auf 8.43 Uhr, und der Gerichtsdiener legt den Hammer auf dem Richtertisch ab, schiebt den Ständer mit der amerikanischen Fahne ein Stück weiter zum Fenster, die Zeiger stehen auf 9.02 Uhr, und ein Kameramann stolpert auf den Stufen vorm Zeugenstand, fängt sich gerade noch ab, jemand lacht, worauf sich ein junger Dolmetscher mit schwarzem Brillengestell in seiner Kabine ertappt fühlt und den Bissen Brot, auf dem er kaut, nicht mehr herunterbekommt, verstohlen schiebt er ihn von einer Backe in die andere. Man hüstelt, prüft seine Nägel, und auf der Pressetribüne streichen schon Stifte über Papier, Atmosphäre einfangen, erste Eindrücke sammeln, von unruhig trommelnden Fingerspitzen der Verteidiger, dem Zischeln auf den Zuschauerrängen und wie fahl alles wirkt, wie unter Raureif, als die Deckenröhren flackernd anspringen und dabei hinter den Fensterscharten der Rundfunkreporter kurz schemenhafte Gestalten aufscheinen, aufgeschreckte Gespenster.

Möglich, dass Richard für einen Augenblick nicht mehr weiß, was er hier eigentlich soll. Dass ihn das leise, von sicher weit über hundert Zuschauern ausgehende Rauschen in seinem Rücken und das angespannte Gewusel vor ihm im Saal an den *Fidelio* in Göttingen erinnert oder an den *Rosenkavalier,* wenn das Orchester sich kurz vor Beginn einstimmt und sein missklingendes Durcheinander die Erwartung noch steigert, bis in die hintersten Plätze, wo Hartmut, Peter und Wolfgang nun ohne ihn sitzen, auf Karten zu einer Mark, er denkt an ihren Rückweg nach der Oper, ihr beflügeltes Summen der Melodien und wie sich die Sperrstunde um zehn bald drohend nähert, sie auseinanderstreben, erst gemächlich, der Zeit überlegen, aber mit jeder weiteren Minute eiliger, bis sie fast rennen, nichts freier, als alleine durch die Nacht zu rennen. In Göttingen sitzen die Kommilitonen gerade in zerschlissenen, umgefärbten Uniformteilen in der Vorlesung, während sich hier einer der Angeklagten den Schlipsknoten strafft, muss Schellenberg sein, und Richard denkt an die Gier nach Musik seit dem Krieg. Nach Wissen, nach weiten Gedankenwelten und ihren Maßstäben, die die juristische Fakultät ihnen nur in Klauseln und peniblen Paragraphen vermittelt, meist ohne größeren Zusammenhang, und je genauer er auch jetzt auf Einzelheiten im Raum vor sich achtet, desto weniger kann er ihn als Ganzes fassen. Schattierungen vom Braun des Holzes, vom Grau der Anzüge, nur der rote Samt einiger Stuhlbezüge sticht hervor zwischen Tischreihen, die nach Partei und Funktion besetzt sind, zwischen überfüllten Bänken hinter Trennwänden und aus Zuständigkeiten zusammengeschobenen Karrees – kantige Bereiche, eingeteiltes Prozedere, jede Form ist mit einer anderen verwinkelt und bildet mit ihr schon Teile einer nächstgrößeren Struktur, der heillose Versuch, aufs Engste zu gliedern, was sich noch während des Ordnens schon wieder entzieht. Wie sollen sie darin nur Gerechtigkeit finden.

Die Richter scheinen von solchen Zweifeln frei, sie müssen es sein. In wenigen Minuten werden sich Powers, Christianson und Maguire hinter den massiven Kasten ihres Tisches setzen, der drei Stufen erhöht über dem Geschehen thront, und der Vorsitzende wird das Mikrofon vor sich einschalten und nach einem schrillen Auffiepen der Tonanlage Fall 11 der Nürnberger Nachfolgeprozesse eröffnen, *The United States of America versus Ernst von Weizsäcker et alii.* Das Verfahren folge der Richtschnur des Hauptkriegsverbrechertribunals entsprechend dem Londoner Statut und Erweiterungen nach dem Kontrollratsgesetz Nr. 10, wird er ansetzen und sagen, dass in den folgenden

Monaten das Verhalten von Einzelpersonen untersucht werde, die möglicherweise in dem Irrglauben waren, mit dem Teufel spielen zu können, oder dem alten, überkommenen Rechtssatz anhingen, Könige könnten nicht unrecht tun und Krieg sei nur der Sport der Könige.

Vielleicht wegen der überraschend sanften Stimme Christiansons, die seine Sätze behutsam trägt, wird Richard ihnen kaum folgen können und immer wieder abschweifen, obwohl er genau weiß, dass er sich zusammenreißen muss, dass doch jetzt gilt, wofür sie die letzten Monate Tag und Nacht gearbeitet haben. Selbst ihre eigenen, hundertfach formulierten Gegenargumente liegen nicht mehr sauber in ihm parat – nulla poena sine usw. und dass man so doch keinem Mann gerecht wird, der immer nur Frieden wollte und dafür vielfach sein Leben riskiert hat. Anstatt sich auf die Eröffnung und mögliche Widerworte zu konzentrieren, wird Richard sich fragen, ob sie alle hier im Saal nicht letztlich bloß Beteiligte am großen Drama der Geschichte sind, das sie zugleich übermannt. Vor Gott sind wir alle Sünder, er denkt: Niemand kann die Taten des Vaters verstehen, der jenseits der Akten nicht sein Wesen erkennt, und dass selbst er es im Grunde ausgerechnet dessen Verwicklung in das nun Stück für Stück, Seite für Seite freigelegte Unheil verdankt, ihm doch noch nahezukommen. Wie seinem Vater, der stets um vollendete Selbstbeherrschung bemüht ist, das Gesicht entglitt, als sie sich nach seiner Verhaftung das erste Mal wiedersahen. Wie sie ihre Hände vor den Gesprächen im Gefängnis zur Begrüßung an das Trenngitter legen. Ein Satz des Vaters, man versteht mich ganz – oder ganz falsch.

Aber das ist später, wenn überhaupt. Noch stützt sich Richard gegen das Geländer des Zuschauerbalkons, und wie auf seinen Wanderungen im Gebirge, wenn er in einen Abgrund blickt, gleichzeitig erschreckt und angezogen von der

Tiefe, überlegt er, ob sich auch Fallen anfühlt wie Fliegen, für einen kurzen Augenblick. Er sieht die geschlossenen Linien von Anklage und Verteidigung entlang. Da ist Kempner, ihr Gegner, ihr Feind, wie Hellmut sagt, als Einziger hat er sich noch nicht gesetzt, sondern steht vor seinem Platz, ungeduldig wie ein Boxer, zum Angriff bereit, eine Hand aufreizend in die Hosentasche gesteckt, die andere hält eine schwarze Brille, den Bügel lässig zwischen die Lippen geschoben. In der Anklageschrift hat Kempner die Beamten aus den Ministerien als Mörderbande bezeichnet, ohne deren Facharbeit Hitlers Pläne früh gescheitert wären. Er hält sie für Pinkel in gestreiften Hosen, nicht weniger schuldig als die, die den Toten in Treblinka noch die Zähne herausbrechen ließen. Für Hellmut ist er ein tollwütiger Kläffer, der keine Wahrheit sucht, sondern Rache, weil Göring ihn aus dem preußischen Staatsdienst geworfen hat, wegen *politischer Unzuverlässigkeit in Tateinheit mit fortgesetztem Judentum.* Eine ganze Akte hat Hellmut über ihn angelegt. Flüsternd wird er unter den anderen Verteidigern Dr. Sixtus Beckmesser genannt oder Kempner-Freisler.

Ihm gegenüber sitzt Hellmut und würdigt ihn keines Blickes. Ruhig blättert er in seinen Unterlagen, die Pomade glänzt im streng zurückgekämmten Haar. Hellmut wirkt jung, wie verirrt im kolossalen Justizpalast, unerfahren in Strafsachen. Man wird ihn unterschätzen, aber das ist ein Vorteil. Er will sich vor Gericht zurückhalten, sich absetzen von der Aggression anderer Anwälte und der Anklage, die warten doch nur darauf, dass ich losgeifere, die einen, um sich hinter uns zu ducken, die anderen, um uns als Unverbesserliche hinzustellen. Sie müssen es versteckter spielen, über Bande, hat er gesagt, über Marion und die Boveri, und wir brauchen noch jemanden bei der *Christ und Welt.* Niemand darf erfahren, dass er in der Partei war, das wäre ein Fest für Kempner, un repas pour le bourreau, Französisch spricht Hellmut fließend. Sein Selbstbewusstsein ist Richard manchmal unheimlich.

Neben Hellmut sitzen Verteidiger der anderen Angeklagten, Achenbach und Elisabeth Gombel, die einzige Frau, ihre geschminkten Lippen leuchten zwischen all dem farblosen Zwirn. Hellmut findet ihre Nase griechisch. Sehr aufrecht und reglos ragt sie aus der Reihe, während sich die Männer rundherum wie nervöse Späne an ihr auszurichten scheinen, breitbeinig wippen, aufwendig gähnen. Ihr Mandant Bohle hat als einziger ein Schuldbekenntnis angekündigt, angeblich schneiden die anderen ihn in der Haft, Klassenkeile, ihm werden die dreckigsten Arbeiten zugeschanzt. Die Reichsminister und Brigadeführer titulieren sich noch hinter Gittern loyal mit Rängen. Der Anwalt schräg hinter der Gombel kann seinen Blick nicht von ihrem blonden Hinterkopf lassen, muss Fröschmann sein, der Verteidiger von Berger. Der soll in Weißrussland an Massenvergewaltigungen und der Ermordung von Frauen und Kindern beteiligt gewesen sein, reiste dafür eigens aus Berlin an und nahm gleich noch ein paar Zwangsarbeiterinnen mit zurück, die Dirlewanger ihm fürs Hauptamt beschaffte, gegen zwei Flaschen Schnaps pro Frau. Das Rohe ist ihm ins Gesicht geschrieben, alles zieht darin nach unten, die verkniffenen Mundwinkel, die Brauen, die Wangen aus tief gekerbtem Teig. Er malmt mit den Kiefern, blickt stumpf umher, selbst Dietrich und Schellenberg scheinen links und rechts von ihm abrücken zu wollen. Die grobschlächtigen SS-Männer wie Berger versuchen in unserem Schatten zu bleiben, vermutet Hellmut, aber das dürfen wir nicht zulassen, wir brauchen sie in ihrem ganzen Ungeist. Sie sind genau das, was dein Vater im Amt verhindern wollte.

Der Vater ist auf seinem Platz ein wenig nach unten gesackt und blickt nach vorne, scheinbar zum leeren Richtertisch, doch

Richard glaubt, dass er über ihn hinwegsieht, etwas höher, durch den Spalt der Vorhänge zum Fenster hinaus, und den Horizont sucht, irgendein Abglanz dessen, was einmal als blendende Zukunft vor ihm lag. Die langgestreckte Linie, die großen Zusammenhänge, nicht das Kleingekritzel von Aktennotizen und Sichtvermerken. Die Haft hat ihn hager gemacht, sein Kinn noch fliehender, die Augen wie in karstigen Höhlen versunken, akkurat gescheitelt das lichte weiße Haar, aber sein Anzug ist ihm zu groß geworden, ein aufgetragenes Kostüm, das schlapp und formlos an ihm hängt. Schon der schwarze Dreiteiler setzt ihn vom Einheitsgrau der anderen ab, und Richard wundert sich, dass Hellmut das nicht vorhergesehen und verhindert hat. An deinem Vater soll ein Exempel der alten Funktionselite statuiert werden, hat er ihnen doch eingebläut, wir müssen jeden Eindruck des Herausgehobenen vermeiden. Schlimm genug, dass er ganz außen auf der Anklagebank sitzt, er führt das Verfahren an, es lautet auf seinen Namen. Letztes Jahr saß dort noch Göring, ausgerechnet Göring, dieser plumpe, aufgeplusterte Fasan. Mit gedrosselt dramatischer Betonung und der Unerschütterlichkeit dessen, der jede große Bühne auskostet, prahlte er tagelang in einem vor Entsetzen stummen Saal. Damals war Richard mit Marion und Axel aus Göttingen angereist, um ihn mit eigenen Augen zu sehen, sein verschlagenes Gehabe, mit dunkler Sonnenbrille im Licht der Scheinwerfer, das die Knopfleisten seiner Marschallsuniform blinken ließ, ohne militärische Abzeichen: ein grotesker Zirkusdirektor.

Wie klein der Vater dagegen von hier oben wirkt, gekrümmt sitzt er da, in sich gefallen, etwas ist aus ihm gewichen, das ihm Gewicht gab und Halt, aber auch so viel wog, dass es ihn festhielt, dass er blieb, sagt er, um zu retten, was nicht zu retten war, und während die Bürde des Scheiterns ihn nun langsam freigibt, legt sie sich vielleicht schon als kalte Hand in Richards Nacken, der sich fester am Geländer abstützen muss, weil ihn wieder Schwindel erfasst und das Gefühl, jemand stehe ganz dicht neben ihm und achte auf jede seiner Regungen oder flüstere sie ihm ein. Etwas ist auf ihn übergegangen, schon weil der Freie dem Gefesselten überlegen ist, *in Umkehrung der Hilfs- und Schutzpflicht zwischen Eltern und Kindern,* wird der Vater später schreiben. Die Röhren unter der dunklen Kassettendecke flackern wieder, der Raum entgleitet, es schwindelt Richard, doch nicht nur unter der Last, die auf ihm liegt, sondern auch, je mehr sie ihn drückt, vor einer seltsam euphorischen Lust und davor, wie er sich erstarken fühlt unter dieser schweren Nähe zum Vater, er spürt, er könnte ihn auf die Schultern nehmen und durchs Feuer tragen, und erinnert sich an einen Sommerurlaub seiner Kindheit in Tirol, wo der Vater mit ihm im Boot zur Mitte des Möserer Sees ruderte, in dem es Blutegel gab, und ihn dann aufforderte, alleine bis ans Ufer zurückzuschwimmen – wie er weinte und bettelte, er könne doch noch gar nicht schwimmen, aber der Vater drohte, wenn du nicht schwimmst, holen dich die Ungeheuer des Sees. Wie die Dumpfheit unter Wasser ihn kurz umgab, als der Vater ihn hineinwarf, das Eintauchen in die Kälte. Wie die Schatten in der Tiefe an ihm zogen und ihn gleichzeitig trugen, während er panisch durch ein Glitzern strampelte, das die Sonne vor ihm ins Wasser schüttete.

Verbrechen gegen die Menschlichkeit, wird der Richter gleich vortragen, lege die Anklage ihm zur Last, Verbrechen gegen den Frieden, Kriegsverbrechen, und fragen, wie der Angeklagte sich dazu erkläre, ob er einen Anwalt habe, und der Vater wird in der plötzlichen Stille, in der nur das leise Surren einer Kamera zu hören ist, ein wenig nach hinten wippen und sagen: »Bitte wiederholen Sie.«

»Do you have a counsel to represent you?«

»Ja.«

»Has the indictment in the German language been served upon you at least thirty days ago?«

»Ja.«

»Have you read the indictment?«

»Ja.«

»How do you plead to this indictment: guilty or not guilty?«

»Bitte wiederholen Sie! Sie sprechen zu schnell, das kann man nicht verstehen.«

Die ersten Worte des Vaters kommen noch wie belegt hervor, etwas stockend verhallen sie im Saal, als wären es die ersten, die er seit langem ausspricht, und er müsste sie erst einzeln erinnern und mühsam formen, aber mit jeder weiteren Antwort verraten seine gefasste Stimme und Haltung deutlicher, was dieser ganze Vorgang für ihn ist: eine Zumutung – dass man seine Aussagen als unglaubwürdig darstellen könnte, dass er öffentlich für seinen Charakter werben soll. Eine Unerhörtheit, schon die Anklageschrift, das auftrumpfende Misstrauen darin und dass er, der mit der feinwebenden Kunst der Diplomatie stets im Verborgenen nach Ausgleich suchte, hier von Amateuren an den Pranger gezerrt wird. Er erwartet, verstanden zu werden. Am liebsten würde er schweigen, stiller Protest gegen ein falsches Gericht, das ihn über seine eigenen Ideale nicht zu belehren braucht, Frieden und Menschlichkeit. Sein Scheitern soll ihm als Schuld ausgelegt werden. Doch die einzige irdische Instanz, die ihn dafür hätte anklagen können, wäre Freislers Volksgerichtshof gewesen, wegen Hochverrats, gegen Hitler. Moralisch urteilen darf nur Gott.

»Ich erkläre mich für nicht schuldig.«

Richard weiß, sie müssen aufpassen, der verletzte Stolz und die Empörung des Vaters können den Eindruck von Hochmut erwecken, ja von Verblendung, sie dürfen nicht den Fehler von Göring oder Dönitz machen und eine ritterliche Behandlung einfordern. Selbst Richard kommt der Vater manchmal wie ein Erblindender vor, immerzu gekränkt. Eigentlich kennt er ihn nur als gekränkten Mann, von Weimar bis Nürnberg. Ganz ungläubig, als sich im März eine Ermittlung gegen ihn abzeichnete, tief enttäuscht darüber, wie er schrieb, *daß jedermann verfemt war, der mit diesem Regime zu tun gehabt hatte, sei es als Anhänger, Mitläufer oder auch in stiller und noch so rühriger Opposition* – als würde man auf einen erfahrenen Strategen wie ihn doch nicht verzichten können. Noch in den Tagen nach der Kapitulation hat er von Rom aus weitschweifige Skizzen für eine mögliche Zukunftspolitik entworfen. *Was jetzt vor sich geht, ist doch nichts anderes, als der Einbruch asiatischer Unkultur in Europa. Arm in Arm mit dem bolschewistischen Rußland würden wir physisch uns vielleicht erholen, moralisch aber gleichzeitig erliegen. Vorerst müssen wir uns auf ein langes, mühsames und kompliziertes politisches Spiel zwischen den Okkupationsmächten in West und Ost einrichten. Angesichts der jetzigen Lage Deutschlands mag diese ganze Betrachtungsweise überhaupt als veraltet und unzulässig erscheinen. Es ist aber kein nationalistischer Rückfall, wenn wir uns auf unserem Boden zunächst nach hergebrachter Methode neu zu sichern suchen. Das ist nur Ausübung unseres Naturrechtes.*

Als wäre Deutschland tatsächlich noch in der Position gewesen, Bedingungen zu stellen, mit verdeckten Karten zu spielen. Als käme nach den dunklen Jahren nun endlich seine große Zeit.

Die Zeiger stehen auf 10.14 Uhr, und Richard hat die Augen geschlossen, damit der Schwindel vergeht, hinter ihm kratzen Stifte auf Papier, und er erinnert sich, dass der See in Tirol so kalt war, dass es von großer Hitze kaum zu unterscheiden war und er glaubte, im Wasser zu verbrennen, die Zeiger stehen auf 10.14 Uhr, und er denkt jetzt bestimmt nicht an Tirol, sondern hat anderes im Sinn, vielleicht fragt er sich, ob er wirklich hier ist, um seinem Vater das Leben zu retten, der Familie die Ehre, oder weil er wissen möchte, wer er überhaupt ist, wer sie beide sind, weil er etwas lernen muss, was ihm in Göttingen niemand nach Gesetzestexten aufschlüsseln kann – über die Zeit, aus der sie kommen, und die, in die sie gehen, er ist ein Lehrling, ein Satz des Vaters, Zauberlehrling, der ich war. Alles dreht sich, in Richard, dem Raum und um ihn, die Fragen, ob man sich das Böse vorzustellen vermag, bevor man es gesehen hat, oder noch verhindern, wenn es bereits vor sich geht, ob jemand ohne Schuld bleiben kann in einer Zeit, die nur noch verschiedene Wege des Fehlgehens bietet, und wo die Antworten zu finden sind, in den nachlesbaren Vermerken und Erlassen oder im Archiv des eigenen Gedächtnisses mit seinen verzweigten Gängen und Fluchten aus dicht gestaffelten Regalen und unbegrenzten Bezügen, durch die die Gedanken verloren geistern, die Wahrheit wird euch frei machen: Das war das Letzte, was die Mutter dem Vater mit auf den Weg gegeben hat, als er im Juli nach Nürnberg aufbrach, und Richard wird einmal sagen, dass nun keine Gefühle mehr geschont werden sollten, denn je ehrlicher wir sind, desto größer unsere Freiheit. Dass der Blick zurück in einen dunklen Abgrund führt, aus dem die Deutschen befreit werden mussten, dass selbst wenn die meisten geglaubt hatten, für die gute Sache ihres Landes zu kämpfen und zu leiden, keiner, der Augen und Ohren aufmachte, die rollenden Deportationszüge leugnen konnte, er wird sagen, eine jüdische Weisheit laute, das Geheimnis der Erlösung heißt Erinnerung, und dass es keine endgültige moralische Vollkommenheit gibt, für niemanden und kein Land, denn als Menschen haben wir gelernt, wir bleiben als Menschen gefährdet.

Aber das ist später. Fast vierzig Jahre später, wenn er in einem anderen großen Saal vor einer Reihe blühender gelber Margeriten steht, den Kopf am Ende ein wenig hebt und im Moment des Aufblickens sagt, schauen wir an diesem 8. Mai, so gut wir es können, der Wahrheit ins Auge.

2

Am 1. April 1938 trat Ernst Freiherr von Weizsäcker in die NSDAP ein, Mitgliedsnummer 4814617. Zwei Tage später wurde er in Berlin zum Staatssekretär des Auswärtigen Amtes ernannt, rückwirkend zum 19. März. Damit war er unter Außenminister Joachim von Ribbentrop der höchste Diplomat des Reiches. Er blieb es fünf Jahre lang. Am 23. April 1938 unterzeichnete Weizsäcker seinen Aufnahmeantrag in die SS. Kurz darauf wurde er dem persönlichen Stab des Reichsführers SS Heinrich Himmler zugeteilt, am 9. November, dem Jahrestag des Marsches auf die Münchner Feldherrnhalle, als SS-Führer auf Adolf Hitler vereidigt. Den Ehrenrang eines Oberführers erhielt er an Hitlers Geburtstag. Im Januar 1942 beförderte ihn Heinrich Himmler zum SS-Brigadeführer. Er verlieh ihm außerdem den Totenkopf-Ehrenring und den SS-Ehrendegen.

Für manche sprechen diese historischen Tatsachen eine klare Sprache, für andere sind sie nur leere Etiketten, ja Ausdruck von Weizsäckers gewiefter Tarnung, um das Regime aus seiner eigenen Mitte heraus zu hintertreiben. Er selbst beschrieb es später als nötiges Opfer für seine Friedensmission. Wer ist hier unverfroren, wer voreingenommen. Wer würde nicht Robert Kempners Fassungslosigkeit teilen, als Weizsäcker, der als kultivierter Ehrenmann auftrat, vor Gericht seine Rolle in der *Judenfrage* auf die eines *Briefträgers in diesen scheußlichen Angelegenheiten* herunterspielte. Andererseits stand er wohl ursprünglich gar nicht auf dem Zettel der Anklage. Per Rundfunk und

Presse hatte Kempner alle ehemaligen Mitarbeiter des Auswärtigen Amtes aufgerufen, sich als mögliche freiwillige Zeugen zu melden. Als Weizsäcker im April 1946 an Pater Robert Leiber schrieb, *Widerstand durch scheinbare Mitarbeit ist letzten Endes die tragische Aufgabe qualifizierter Menschen in der Diktatur,* war er mit der Judikatur schon in Kontakt. Im folgenden Monat sagte er unter Zusicherung freien Geleits in Nürnberg als Entlastungszeuge über Admiral Raeder aus und enthüllte dabei das geheime Zusatzprotokoll zum deutsch-sowjetischen Nichtangriffspakt, eine Sensation. Er sprach wie mit gespitztem Mund; konnte oder wollte er sich an etwas nicht erinnern, sagte er: Es ist mir in keiner Weise erinnerlich.

Das mächtige wilhelminische Trumm des Justizpalasts, einst steinerner Ausdruck der Reichsgröße und seiner Herrschaft, erhob sich inmitten der zertrümmerten mittelalterlichen Stadt fast unzerstört, trotz mehrerer Bombenvolltreffer. Weizsäckers Weggefährte Albrecht von Kessel nannte den Bau ein Todesskelett, dabei waren sogar die Wappenkartuschen an der Fassade erhalten geblieben, und die Personenaufzüge funktionierten einwandfrei. Für die Alliierten zählte vor allem, dass der Palast über einen angeschlossenen Gefängnistrakt verfügte und symbolische Kraft hatte: die Stadt der Reichsparteitage, die Stadt der Rassengesetze. Im Keller des Palasts lagerten die Bilder von Hitlers persönlichem Fotografen, auf dem Dachboden die Urteile der Nürnberger Blutrichter.

Dass Weizsäcker in Nürnberg ein gefragter Zeuge war, hat seine Erwartung vermutlich genährt, selbst nicht zur Rechenschaft gezogen zu werden. Er hackte Holz auf der kleinen Obst- und Hühnerfarm der alten Mutter in Kressbronn am Bodensee, fuhr abends den Heuwagen mit Erde in die Scheune, daran denkt er später im Gefängnis gern, und die Hoffnung stieg noch mehr, als Hauptankläger Telford Taylor auf einer Pressekonferenz im Mai 1947 nicht einmal seinen Namen nannte.

Da standen die weiteren Nachfolgeprozesse bereits unter Druck. Der aufziehende Kalte Krieg hatte zu ersten Frostrissen zwischen den Siegermächten geführt, auch die Westalliierten waren sich uneinig; so übernahm die amerikanische Anklagebehörde Fall 11 allein. Der gesetzliche Status dafür war prekär, kontinentale und anglo-amerikanische Verfahrensregeln vermengten sich, vieles wirkte improvisiert und bot Angriffsfläche für die Verteidigung, vorsichtig betrat man rechtliches Neuland. Zudem waren die Kosten der Verfahren immens, und Washington signalisierte: Wir müssen zum Ende kommen, die Welt dreht sich weiter, der Feind steht bald woanders. Was ursprünglich sechs Prozesse werden sollten, wurde nun in einen gepackt, eine ganze Liste von Angeklagten gestrichen. Um die Palette der Täterschaft und den repräsentativen Charakter des Falles trotzdem zu erhalten, saßen schließlich Männer mit ganz unterschiedlichen Tatkomplexen auf der Anklagebank – wie in einem Omnibus. So nannte ihn die Presse bald spöttisch: den *Omnibus-Prozess,* der zusammenpferchte, was angeblich nicht zusammenpasste.

Wahrscheinlich wurde Weizsäcker auch deshalb Hauptangeklagter – und nicht etwa Hans Heinrich Lammers, Hitlers Chef der Reichskanzlei –, weil es der Anklage zunächst besonders um den Punkt des Angriffskrieges ging, bei dem sie das Auswärtige Amt im Vordergrund sah. Und weil sie sich nicht nur auf die Vergangenheit richtete, sondern auch auf die Zukunft. Der Historiker Dirk Pöppmann hat beschrieben, wie die Anklage neben der herkömmlichen strafrechtlichen Schuld vor allem die verwaltende Verantwortung im Blick hatte und somit die Rolle jener gehobenen Bürokraten, für deren alte Garde Weizsäcker mit seinem bildungsbürgerlichen Hintergrund

und preußischen Habitus mustergültig stand. Robert Kempner bezeichnete ihr moralisches Versagen sogar als größer als das vieler SS-Verbrecher, da sie, meist älter und erfahrener, das Ausmaß des Grauens besser hätten begreifen müssen. Er wollte sie im neuen Deutschland von einer demokratisch orientierten Funktionsspitze abgelöst sehen, wollte Steine aus dem Weg zu einem neuen Staat räumen, und das nicht nur vor Gericht. Er empfahl Bekannte aus dem Exil für politische Posten in Deutschland, durchsiebte das ganze Land per Fragebogen, machte sich für amerikanische Verwaltungsstrukturen stark. Die demokratische Wiedergeburt war ein politisches Ziel, das in Nürnberg unsichtbar mitverhandelt wurde, ohne jedoch die individuelle Schuld zu relativieren.

Dies sind die Männer, die die Pläne und ideologischen Zielsetzungen des Dritten Reichs in die Tat umgesetzt haben. Ohne ihre Verwaltungsarbeit und die Umsetzung in die Realität, ohne ihre vorbereitenden Direktiven und Anordnungen, hätten kein Hitler, kein Göring Angriffskriege planen und durchführen können; und auch kein Himmler hätte sechs Millionen Juden und andere Opfer von nationalsozialistischer Gewalt und Ideologie auslöschen können. Hätte es einige dieser Männer nicht gegeben, hätten die unbedeutenden Todesschützen und Scharfrichter in Konzentrationslagern niemals die Exekutionsbefehle erhalten, für die viele von ihnen kürzlich mit dem Leben bezahlt haben.

Die Anklageschrift erreichte die Verteidigung Mitte November, gut einen Monat vor Eröffnung des Verfahrens. Das Sammelsurium an Angeklagten mit manchmal kaum ersichtlichen Tatbezügen ließ sie stellenweise wie verschlüsselt wirken – und das umso mehr, als sie nach amerikanischem Recht nur verknappte Zusammenfassungen enthielt, nicht das gesamte Anklagematerial. Eines der Bindeglieder war Weizsäcker selbst, als Angeklagter in allen acht Punkten.

- Planung, Vorbereitung, Einleitung und Führung von Angriffskriegen
- Gemeinsamer Plan und Verschwörung
- Kriegsverbrechen: Ermordung und Misshandlung von Kriegsteilnehmern und Kriegsgefangenen
- Verbrechen gegen die Menschlichkeit: Gräueltaten gegen deutsche Staatsangehörige zwischen 1933 und 1939
- Kriegsverbrechen und Verbrechen gegen die Menschlichkeit: gegen die Zivilbevölkerung
- Kriegsverbrechen und Verbrechen gegen die Menschlichkeit: Raub und Plünderung
- Kriegsverbrechen und Verbrechen gegen die Menschlichkeit: Zwangsarbeit
- Mitgliedschaft in verbrecherischen Organisationen

So schwer die Anklage war, so federleicht mag sie auf Richards Hand gewogen haben. Die achtzig Seiten Papier standen in gnädigem Missverhältnis zu dem, was sie behaupteten, und anfangs merkte er vielleicht beim Lesen, wie er für alles Formale dankbar war, was sie ein wenig von ihrem Inhalt ablöste und weiter schmälerte, die schülerhaften Unterstrichelungen von Überschriften, Rechtschreibfehler, die blass kopierten Stempel, per Hand nachgefahren, verschmierte Lettern. Als wäre es wirklich nur ein Text, eine lange Fallaufgabe, achtzig Seiten, acht Punkte, das schien beherrschbar. Allein die in Großbuchstaben gesetzten Namen der Angeklagten sprangen ihn förmlich an, und bei jedem Umblättern hoffte er, nicht sofort seinen Namen zu erblicken oder wenigstens nicht in engster Umgebung mit anderen wie HITLER oder GOERING. Je häufiger er die Schrift jedoch las, desto besser gelang es ihm, sie auf ihre reine Rechtslage hin zu betrachten, ihre Struktur und Strategie durchscheinen zu sehen, er abstrahierte zusätzlich, was von

Taylors Behörde ohnehin schon auffällig nüchtern gehalten war, zwölf finstere Jahre in einem flachen Stapel, *unermessliche Zerstörung auf der ganzen Welt, Millionen von Menschen getötet.* Wie sollte so etwas auch ausgerechnet in Zeilen und Buchstaben zu fassen sein. Dass die Anklage verhältnismäßig wenige Beispiele anführte und diese eher nannte als detailliert beschrieb, ließ dahinter zwar bloß noch gewaltigere Beweismassen erahnen, aber es machte Richard die Arbeit auch erträglicher, er las: über die Pläne der Nazipartei, ihre Gesetzgebungen, die Kontrolle von Staatsdienst und Justiz, die Sprache der Propaganda, *Volksdeutsche, Lebensraum, Herrenrasse* – wie ein künstlicher historischer Extrakt kam es ihm manchmal vor, so verdichtet, dass es mit seinem lebendigen Vater doch kaum etwas zu tun haben konnte, und zugleich so konzentriert auf die zwanzig Angeklagten, als sammelte sich die ganze Macht des Dritten Reiches in den wenigen Zeichen ihrer Namen.

Der Anklage zufolge hatte das Auswärtige Amt die Mobilisierung zum Totalen Krieg mit allerlei Manövern flankiert, mit Falschzusicherungen, diplomatischem Druck oder nackten Kampfansagen. In Gegenwart des Angeklagten WEIZSAECKER habe HITLER dem tschechoslowakischen Präsidenten am 14. März 1939 in Berlin mit einem sofortigen militärischen Einfall und der Zerstörung Prags gedroht, bis HACHA der Besetzung seines Landes durch deutsche Truppen zustimmte. Richard erinnerte sich, dass der Vater einmal von dieser Nacht gesprochen hatte; wie der bedauernswerte Präsident einen Schwächeanfall erlitten habe, mitten auf dem geblümten Teppich der Reichskanzlei. Hitlers Leibarzt gab ihm Traubenzucker. Bei der anschließenden Unterzeichnung des Abkommens habe Háchas Hand noch merklich gezittert, hatte der Vater gesagt, eine insgesamt unangenehme Situation, aber gegenüber dritten Mächten sei es doch ein recht wertvoller Ausweis gewesen, Richard las: wie der Vater und sein Amt etliche kriegerische Überfalle durch falsche Darstellungen gerechtfertigt hätten, wie sie Operationszonen für die deutschen Streitkräfte festlegten und Berichte über die Massenmorde der Einsatzgruppen bearbeiteten. Die Formulierungen wiederholten sich von Punkt zu Punkt, *waren fernerhin verantwortlich … beteiligten sich im Rahmen ihrer Zuständigkeit … der Angeklagte als Täter oder Beihelfer,* allgemeine Wendungen reinen Vollzugs, deren Formelhaftigkeit die Vorwürfe bald mehr wie eine gleichmäßig an- und abschwellende Litanei zu Richard heran- und wieder forttrug, so dass sie fast nichts hinterließen. Die Exekution gefangener Soldaten sollte der Vater als normale Verluste im Kampf vertuscht haben. Er sollte die Deportation von *unerwünschten rassischen Elementen* in den besetzten Ländern durch Verhandlungen und Verträge abgestützt haben, die Ausrottung von *Bazillen, Parasiten und Untermenschen.*

Richard begriff, was dort stand, aber er konnte sich seinen Vater dabei nicht vorstellen oder nur als verstelltes Abbild seiner selbst. Versuchte er es, sah er einen sich windenden, um stille Größe ringenden Mann, der sich verkleidet in eine Rolle zwang. Was bedeuteten Handlungen ohne ihre äußeren Umstände und inneren Zustände. Er horchte darauf, ob sich eine deutliche Empfindung in ihm regte, und erwartete sie gewappnet mit bislang unumstößlichen Losungen, der Vater war tragisch verstrickt, keiner bleibt ohne Schuld, doch sie verhallten bloß in der Leere, die vom Ausmaß der Anklage zurückblieb, einem dumpfen Gefühl alles betäubenden Zweifelns – nicht einmal woran, wusste er genau, und Hellmut sagte, gut so, genau dahin müssen wir die Richter bringen.

Rätsel gab ihnen auch Robert Kempner auf, der für die politischen Angeklagten zuständig war. Er ermittelte nicht als neutraler Staatsanwalt, wie sie es gelernt hatten, sondern kam ihnen wie ein Ringkämpfer vor, der den Stand des Gegners unbedingt zu schwächen und die Oberhand zu gewinnen suchte. Auf der Liste seiner Belastungszeugen entdeckten sie Friedrich Gaus, den ehemaligen Leiter der Rechtsabteilung im Auswärtigen Amt, das konnte zu einem Problem werden, einem großen. Gaus kannte alle Paraphen und ihre Funktionen. Hellmut Becker glaubte an einen Kuhhandel, einmal das Vorzimmer getauscht, vom Kronjuristen zum Kronzeugen, so entgehe er selbst der Anklage, Erpressung! Ernst von Weizsäcker wollte eine solche Absprache abgelehnt haben, bei einem ihrer frühen Gespräche, noch vor seiner Verhaftung, habe Kempner sie ihm angeboten. Es kränkte ihn, dass Kempner nun zunehmend als scharfer Ermittler auftrat, der seine entlastenden Darstellungen als zweifelhaft verwarf. Kempner gab ihm auch nie die Hand, aber das tat er bei keinem. Seine Eltern, die Bakteriologen gewesen waren, hatten angeblich nicht einmal Eheringe getragen, weil sich darunter Keime einnisten konnten.

Die Verhöre vor Prozessbeginn, bis weit in den Sommer hinein, versuchte Weizsäcker noch wie einen gepflegten Austausch zwischen zwei nachdenklichen Männern zu führen, er sinnierte: Ribbentrop und die anderen Oberen seien nicht antimoralisch gewesen, sondern amoralisch, ihre Moral ein schwarzes Loch, ein Vakuum, er raunte: Sie kennen mich noch nicht, und Kempner erwiderte: Man kennt nie einen Menschen, man kennt überhaupt keinen anderen Menschen. Dabei setzte Weizsäcker genau darauf. Immer wieder beschwor er Kempner, statt den Dokumenten seiner Persönlichkeit zu vertrauen, ihn zu verstehen, zu erkennen. Daraus würde sich alles andere ergeben. Und gut möglich, dass Kempner ihm seine besseren Absichten sogar glaubte, doch gerade dass dies an den Vorwürfen nichts änderte, machte es so schwer, sie zu entkräften. Was zählte eine menschliche Gesinnung gegen das Versagen in politischer Verantwortung, was eine Beamtenpflicht gegen das Fehlen einer inneren Stimme, die irgendwann sagte, bis hierhin und nicht weiter.

Mit Sicherheit aber nahm Kempner ihm nicht die Doppelrolle des verdeckten Widerständlers ab, die Weizsäcker aus seinem friedfertigen Amtsverständnis abgeleitet haben wollte. Sie musste Kempner als Taktik erscheinen, schon weil Weizsäcker sie ihm gegenüber zunächst gar nicht vertreten hatte. Vielleicht hatte er sich zu sicher gefühlt, auch zu bedeutsam. Wie sollte Kempner ihm da vertrauen. Weizsäcker hatte lange abgestritten, dass sein Amt mit der Deportation von Juden überhaupt etwas zu tun hatte, er beharrte auch darauf, nichts von den Ermordungen in Auschwitz gewusst zu haben. Er lavierte, gestand jeweils nur ein, was Dokument für Dokument offensichtlich wurde, eine Abfolge sich langsam verengender Aussagen: Die grausamen Sachen sind mir nicht bekannt gewesen, man hat immer nur munkeln hören. Wurde zu: Im Allgemeinen wurden mir die Sachen nicht vorgelegt, nicht im durchschnittlichen Geschäftsgang. Wurde zu: Das von mir unterschriebene Papier enthält nicht die Aktion selbst, sondern nur eine Ankündigung. Wurde zu: Es ist sicher, dass ich die Überführung dieser sechstausend Menschen nicht mitgemacht hätte, wenn ich von den Scheußlichkeiten, die ihnen passieren konnten, gewusst hätte. Wurde zu: Ich ließ die Dinge laufen, weil sie meiner Kompetenz entzogen waren. Wurde zu: Wenn man gewisse Sachen nicht hätte laufen lassen, wäre man aus dem Dienst ausgeschieden und hätte sein Ziel aufgeben müssen, Schlimmeres zu verhindern. Kempner ließ die Angeklagten immer erst einmal reden, weil er glaubte, dass glatte Lügen leichter zu widerlegen waren als schwammige Ausreden.

In einem dieser Vorverhöre sagte er zu Weizsäcker, er sei bereit, alles zu vergessen und nur zwei Tatsachen zu betrachten: »Die Toten und die Gemordeten, das ist eine Tatsache, und die zweite ist: Sie waren als Staatssekretär mit von der Partie. Die Schriftstücke vergesse ich. Aber nicht die Tatsache, dass Sie dabei waren zu der Zeit, als die Leute in Todeskammern gestoßen worden sind, als Soldaten in einem Angriffskrieg standen oder als Juden deportiert wurden. Das ist das, worüber ich nicht hinwegkommen kann. Schön, Sie haben versucht zu verhindern, was Sie konnten. Das Verhindern hat mit Ihrer Hilfe oder ohne Ihre Hilfe dazu geführt, dass die Leute tot sind.«

»Sie meinen, es wäre von meinem Standpunkt richtiger gewesen, wenn ich dieses Geschäft verlassen hätte.«

»Ja, ich möchte bei einem Mord nicht dabei sein. Bei einem Mord, bei dem ich sehe, dass ich ihn nicht verhindern kann.«

»Wäre es richtig gewesen, wenn ich mich, da ich diese Politik Hitler-Ribbentrop durchschaute, wenn ich mich da mit welchen Mitteln auch immer zurückgezogen hätte?«

»Ja.«

»Glauben Sie, es hätte mir ein Vergnügen gemacht, wenn die jungen Leute hätten in den Krieg ziehen müssen und ich in der Lage gewesen wäre, am 1. September im Ruhestand, unter einem Birnbaum zu leben? Dann hätte ich mir sagen müssen: Du hast dich zurückgezogen, du lässt sie ihr Blut zu Markte tragen. Ist das eine bessere moralische Position? Ich stelle Ihnen die Frage, um Ihnen über dieses Dilemma hinwegzuhelfen. Ist das eine anständige Position?«

»Ich sitze lieber unter einem Birnbaum mit mir allein, als dass ich den Todesgang von tausend Leuten nach Auschwitz mitzeichne.«

»Ich wusste nichts von diesem Papier.«

»Wir wollen von Papier absehen. Nur sind Millionen von Menschen umgekommen, und ich weiß von mir, du bist irgendwo mit deinem Namen dabei. Ist das eine anständige Position, ist das vielleicht ein Standpunkt? Ich bin lieber unschuldig an einem Mord.«

»Ich bin lieber vor diesem Gericht, als dass ich mich zurückgezogen hätte.«

»Das ist wichtig zu wissen.«

»Ich dachte, Sie hätten das von selbst verstanden!«

Eine Vorstellung: wie die Hauptverhandlung am 6. Januar 1948 beginnt, einem neblig kalten Morgen. Richard muss hellwach sein, er soll bei den Eröffnungsplädoyers für Hellmut Notizen machen, er muss müde sein, in der Nacht hat er kaum geschlafen. Früh ist er aus einem Traum erwacht, von dem er gleich darauf nur noch wusste, dass sein Vater vor einer verschlossenen Kammer im Bauch der *Bismarck* gestanden hatte und mit der Hand über die Nieten auf dem Kupferring des Bullauges strich, im Kajütengang um ihn herum ein Gewirr aus Metallverstrebungen und Schläuchen im schaukelnden Licht, Bündel feuchter Leitungen wie Adern entlang der Decke, und irgendwo ratterte ein Zähler.

Richard träumt häufiger vom Vater, seit er all seine vertraulichen Aufzeichnungen nach entlastenden Aussagen durchforstet, Tagebücher, Briefdurchschläge. Erst hatte der Vater protestiert, aber Hellmut war aufgefahren, begreifen Sie denn nicht, die anderen legen schwere Dokumente auf die Waage, da bleibt uns bloß, Sie als Mensch verständlich zu machen! Zugestimmt hatte der Vater schließlich nur unter der Bedingung, dass Richard damit betraut wurde, Familienangelegenheit. Er liest Tagesnotizen, Kalendereinträge: *9. November 1941. Auf einem*

Spaziergang besann ich mich heute, wie unsre Kriegsziele zu beschreiben wären. Da schwimmt man freilich recht im Ungewissen herum. Auf welcher Grundlage des Erfolgs und mit welchen Regierungen kann man denn abschließen? Aber unabhängig hiervon und unabhängig von unsrer Begeisterung für den russischen Feldzug glaube ich, daß dieses tiefe Eindringen einer europäischen Macht in die Gefilde Rußlands gewisse gegenseitige Befruchtungen zur Folge haben wird, an die wir gar nicht dachten und die wir nicht wollten. Der Krieg ist bereits über uns hinausgewachsen. Wir haben ihn nicht mehr in der Hand. Das »Gesetz des Handelns«, das der Generalstäbler nach guter alter Lehre nicht dem Gegner überlassen darf, scheint mir zwar noch nicht beim Gegner, wohl aber in den geschaffenen Tatsachen zu liegen. Auf Urlaub von Richard im Winter rechnen wir nicht.

9. November 1941. Da hatte Richard seinen Armschuss frisch kuriert und war an die Ostfront zu seinem Regiment zurückgekehrt. Bei Solnetschnogorsk stand es an der Überlandstraße zwischen Leningrad und Moskau, bloß noch fünfzig Kilometer von der sowjetischen Hauptstadt entfernt. Ihre Türme waren durch das Frostschimmern schon manchmal zu erkennen. Die Straßen verschlammt von Regen und Schnee, schleppten die Zugmaschinen der Pioniere die Pferdespannwägen mühsam weiter, nur flacher Schlaf in Schützenlöchern, unter vereisten Grasplatten erstarrte die Zeit. Die Panzer kamen kaum schneller voran als die Infanterie, ihnen froren die Motoren ein, in den Maschinengewehren klemmten die Schlösser. Weil Hitler ausgeschlossen hatte, dass der Vormarsch so lange dauern könnte, hatten sie keine Winteruniformen im Gepäck, zu wenig Proviant, durchnässte Mäntel, löchrige Pullover, die Männer hungerten, verlausten, einer schoss sich in die Hand, um abgelöst zu werden, kam sofort vors Kriegsgericht. Kurze Momente des Atemholens, wenn sie Schutz in strohgedeckten

Holzhäusern kleiner Dörfer fanden oder strahlende Sonne bei Tag die Kälte erträglich machte, im Norden Geschützdonner: Nach Moskau, nach Moskau, dann wäre der Krieg vorbei.

Im Gerichtssaal trägt Telford Taylor gerade vor, dass nach der Errichtung des Dritten Reiches für die grauen Eminenzen der Wilhelmstraße eine Zeit der Machtfülle begann, wie sie sie nie zuvor gehabt hatten, und Richard notiert auf sein Blatt *Machtfülle?,* die Schrift von der Anspannung unförmig, er drückt den Bleistift zu stark auf, bis die Spitze absplittert, Taylor sagt: Sie brauchten keinerlei parlamentarische Kontrolle mehr in Betracht zu ziehen, da der deutsche Reichstag kaltgestellt war, und sich auch nicht mehr um die öffentliche Meinung zu kümmern, weil Rede- und Versammlungsfreiheit darniederlagen, und Richard schreibt *Öffentlichkeit vs. stille Diplomatie / Geschichte unsicher.* Sie werden mit einem anderen Machtbegriff argumentieren müssen. Dass die Zwänge im Führerstaat den eigenständigen Einfluss der Beamten vielmehr verringerten und ihr inneres Einverständnis mit der übermächtigen Parteilinie die Ausnahme war.

Taylor trägt seine Brigadeuniform, auf den Schulterstücken funkeln Sterne. Er spricht langsam, blickt immer wieder auf, mit fester Stimme verleiht er den Sätzen Gewicht, doch die Tonanlage ist noch nicht stabil eingestellt, sie spielt ihm Streiche – wenn die Verstärkung für Sekunden ausfällt, verkümmert das Durchdringende seiner Eröffnung sofort zu einem dünnen, entfernten Rederinnsal, das im Saal versickert, und Richard meint, Taylor würde dann jedes Mal missmutiger aufblicken und genau in seine Richtung, als hätte er ihn unterbrochen. Taylors weiche Gesichtszüge und das volle, wellig gescheitelte Haar lassen ihn zu jung für seinen Auftritt erscheinen, jünger noch als Kempner, dem er vorsteht, und dass er sich an dem merkwürdig hohen Rednerpult zum Mikrofon mehr hochzuziehen scheint, als sich erhaben darauf abzustützen, verstärkt noch den Eindruck des leicht Verschobenen, fast Komischen.

Richard hat die Kopfhörer abgenommen. Sofort fällt ihm wieder auf, wie viel tiefer am Kehlkopf das Amerikanische rollt und dadurch selbstgewisser klingt als die deutsche Stimme des Dolmetschers oder das Englische, das er vor dem Krieg in Oxford gelernt hat, im Sommer '37. Eine Zeit, die in der Rückschau vor Leichtigkeit flimmert wie eine Fata Morgana, vermutlich ebenso täuschend. Wie hilfsbereit und zugleich ungehemmt hochnäsig die Studenten dort waren, right or wrong my country. Wie sich Dr. Maroney in Wiltshire für Napoleon begeistern konnte, wie sie Bier tranken bis zur Sperrstunde in mit Teppich ausgelegten Pubs und er dann keinen Schlaf fand, weil er sich so auf Bohnen und Toast zum Frühstück freute. Im Observer las er wöchentlich, dass ein deutscher Botschafter in London immer mehr diplomatisches Porzellan zerschlage – Joachim von Ribbentrop, ausgerechnet Ribbentrop, der Sekthändler.

Erneut setzt die Tonanlage aus und Unruhe ein, Servatius hebt die Hände vor die Brust, als wolle er etwas Flaches darauf balancieren, das wird doch in den Griff zu kriegen sein, soll das wohl heißen, und Richard schaut nach links, von wo man die Übersetzungen des Dolmetschers jetzt als Nuscheln hinter der Glasscheibe hört, er schaut nach rechts zur Zuschauertribüne, sie ist deutlich weniger dicht besetzt als bei der Eröffnung. Die hinteren Ränge versinken im trüben Licht der Kugelleuchten, die wie in einem Planetarium unter der Decke zum Pressebalkon schweben, oben nur noch eine Handvoll Journalisten. Zum Jahreswechsel hat das Interesse am Prozess wieder nachgelassen, was Hellmut beunruhigt. Dann machen wir es eben selbst, hat er gesagt und eine Adressliste begonnen, wir müssen ohnehin sehr viele Briefe schreiben und daran rühren, was die Leute jetzt persönlich mehr beschäftigt. Dass Siegerjustiz gegen anständige Männer nur den Kommunisten in die Hände arbeitet. Und im Grunde einer Kollektivstrafe gleichkommt, die auf jeden einzelnen Deutschen zielt. Eine ganze gesellschaftliche Schicht soll ausgeschaltet werden, um dem Volk seine Führung zu nehmen!

Die Übertragung springt wieder an und einer der Hilfswissenschaftler auf, er eilt zum Ausgang, einige Köpfe folgen ihm, während die Fläche seines Sitzes mit Verzögerung hochklappt. Ein paar Plätze weiter kaut Haensel auf seinem Daumennagel und lauscht leicht nach vorne gesackt der Übersetzung. Wer Kopfhörer trägt, wirkt wie entrückt und merkt nicht mehr, was seine Hände tun, wie sie durch Haare fahren, an Ohrläppchen ziehen oder Gläser mit Wasser zum Mund führen, viele haben die Arme verschränkt und bewegen sich auch sonst synchron, ansteckendes Gähnen, hustet einer, husten andere. Manche halten sich nur eine Muschel ans Ohr und sehen gleich geschäftiger aus, machen mit der freien Hand Notizen, Bergold schielt auf Hellmuts Blatt – da blitzt es von der Tribüne, und Richard fährt zusammen, hat für einen Moment das Gefühl, alles um ihn wäre eingefroren und er nähme umso stärker den Wachsgeruch von Hellmuts Pomade wahr, überlegt, wie es wäre, jetzt in die Stille zu schreien, die im Raum hängt wie eine dichtere Luft – der Saal rührt sich wieder, streng blickt der Richter zu dem Fotografen hoch, der sich nicht an die Regeln gehalten hat, und Gawlik schüttelt den Kopf über das, was Taylor gerade sagt, neben ihm die Gombel, die manche Löwenmutter nennen, sie kann nicht viel älter sein als Richard, hat noch nicht mal ihren Assessor gemacht, meint Hellmut, und vielleicht weil Richard hier im vollgepackten Raum manchmal alles unwirklich vorkommt und die Geräusche und Stimmen so abgestumpft, als säße er unter einer unsichtbaren Glocke, erschrickt er wieder und wendet sich schnell ab, als sie ihren Kopf plötzlich in seine Richtung dreht.

Aber möglicherweise erscheint ihm alles unwirklich, weil es wirklich nicht so ist, und er nimmt nichts von dem so wahr, weil er ganz auf Taylors Plädoyer konzentriert ist, der nun auf den Vater zu sprechen kommt und ihn einen vollendeten Lügner nennt. Er zitiert Stellungnahmen und Weisungen aus seiner Zeit als Staatssekretär, nach chilenischem Protest gegen Erschießungen französischer Geiseln, Sätze des Vaters: *Wir können uns nicht damit einverstanden erklären, daß fremde Regierungen aus missverstandener Humanität diplomatische Schritte bei uns unternehmen, die unsere auf militärischen Notwendigkeiten beruhenden Maßnahmen einer unangebrachten Kritik unterziehen und geeignet sind, sich propagandistisch gegen uns auszuwirken.*

Sie ist Richard inzwischen vertraut, die Diplomatensprache des Vaters, und zugleich fremd, das macht sie ihm immer wieder unheimlich in ihrer kühlen Funktionalität, ihren Amtsformulierungen und dem sperrig verschachtelten Gefüge, dessen karge Korrektheit oft mehr verschleiert als ausdrückt, licht- und leblos, man verirrt sich in den Satzvorgängen. Eine Sprache wie auf eisernen Stelzen. Trotz ihrer betonten Sachlichkeit muss Richard viele Passagen mehrfach lesen, um hinter ihren eigentlichen Sinn zu kommen, und dieser unterscheidet sich dann häufig von dem, was dort auf den ersten Blick geschrieben steht, ja verkehrt es bis in sein Gegenteil, das aber seinerseits fragwürdig bleibt, weil es weniger schwarz auf weiß in den Worten belegt ist, als in ihrem Tonfall anklingt, der sie zu beherrschen scheint wie ein zwischen den Zeilen verlaufendes Nervensystem. *Aus missverstandener Humanität.* Die Sprache ist Richard geläufig aus all den Vorlagen und Erlassen, aus aktenweise Depeschen und Telegrammen, die sie seit Monaten durchgehen, und sie bleibt ihm fremd, weil er seinen Vater darin nicht hören kann. Wie sollte sie dann etwas Wahres über ihn aussagen. Meist versucht Richard, die Amtsunterlagen innerlich mit der Stimme des Vaters zu lesen, um die Dokumente und vielleicht auch ihn noch besser zu begreifen. Doch selbst wenn es gelingt, die vertraute Stimme über das Geschriebene zu legen, kommt sie ihm immer wie eine formale Hülle vor, wie eine technische Reproduktion ihrer Bestandteile, ihrer Höhe, Aussprache und Rhythmik, ohne Verbindung zueinander oder ein Bewusstsein dahinter, und erinnert ihn an die blechernen Sprachautomaten, die er vor dem Krieg auf dem Jahrmarktpier in Brighton gesehen hat.

Was Richard aus den Akten vernimmt, entspricht auch nicht der Stimme aus den Briefen, die der Vater in seiner Zelle an sie schreibt, seine elegant fließende Handschrift auf dünnem Papier. Gewohnt, weit zu schwingen und mit ausladender Selbstverständlichkeit über sich hinauszuweisen auf das, was sie bewirkt, zwängt sie sich jetzt mit hartem Bleistift in enge Zeilen, zieht diese aber penibel gerade, wie auf unsichtbaren Linien. Eine wehmütige Gelassenheit dringt aus den Briefen, solange es nicht direkt um den Prozess geht, als hätte der Vater am tiefsten Punkt endlich im Inneren den Frieden gefunden, der ihm im Äußeren versagt geblieben ist. Als wäre endlich alles ruhig.

Hin und wieder höre ich hier den Anfang unseres Familienpfiffs, und so pfeife ich auch meinerseits diesen manchmal in der Vorstellung, daß Du ihn hören könntest, etwa gegen Abend. Es stimmt, daß man mir unbegrenzt schreiben kann, auch fehlt es mir nicht an Bogen und Umschlägen. Die Grenze ist auch nicht da, wo Ihr die müden Augen sinken laßt oder wo ich genug hätte; sie ist viel früher. Es braucht überhaupt kein Wort zu kommen, wir sind ja jeden Augenblick vereint. Wenn ich Fragen stelle, so hat ihre Beantwortung Zeit, wie der Bodensee Wasser.

Am wenigsten passt der steife Beamtenton aber zu ihren wöchentlichen Begegnungen, wenn Richard den Vater in der Besuchskabine erwartet, auf das rostige Gitter zwischen ihren Plätzen eine Ziffer gepinselt, meist eine weiße 17, und weil die Kabinen nach hinten offen sind, getrennt nur durch kurze, dünne Sperrholzwände, klingen andere Gespräche gedämpft herüber, das müssen Kubuschok und Rasche nebenan sein. Unwillkürlich spricht man leise, um kein falsches Wort zu teilen oder den letzten privaten Schein zu wahren, obwohl ein Wächter in Uniform und mit weißem Helm eine Armlänge neben dem Vater sitzt, so nah, dass man ihn atmen hört. Er sagt kein Wort, bewegt sich kaum, er sitzt nur dort und blickt ins Leere, als lauschte er unheilvollen Geräuschen nach, während sie tun, als existierte er nicht oder wäre bloß ein unbestimmtes Wesen, nicht vorhanden, weil nicht benannt, wie alles Ungesagte zwischen ihnen. Dabei kennt der Vater den estnischen Wachtposten längst, der für die Amerikaner Militärdienst verrichtet und seine Heimat vermisst. Einmal sprachen sie über Bücher. Der Este sagte, er lese gerne Kriminalistik oder Liebe.

Vater und Sohn senken ihre Köpfe dicht ans Gitter, um sich besser zu verstehen, der Geruch des Rosts wie aus dem Schuppen der Kressbronner Großmutter, in dem Carl Friedrich und Richard als Kinder im Sommer Sensenblätter schleifen durften. Oft ringen sie um Worte, verschlucken halbe Sätze, wenden den Blick ab. Sie müssen erst lernen, sich zu unterhalten. Je später am Tag es ist, desto unbefangener gelingt es ihnen, wie von der einsetzenden Dunkelheit ins Vertrauen gezogen. Früher kam das kaum vor. War der Vater überraschend anwesend, ergaben sich Gespräche nur als günstiges Geschick aus Tagespflichten, die Mutter stiftete an. Einmal, als Heinrich noch klein war, hat er sie gefragt, ob das derselbe Herr sei, der auch vor zwei Wochen schon da war. Der Krieg hat sie auf Jahre noch weiter entfernt und entließ einen Mann, der immer weit oben schwebte, eine unerreichbare Figur, gleichzeitig da und nicht da, entließ ihn als Beschuldigten, den Richard gleichzeitig kennt und nicht wiedererkennt, manchmal fragt er sich vielleicht, was er über seinen Vater eigentlich weiß. Dass er auf ein Gymnasium ging mit dem Leitspruch *In dubio abstine,* im Zweifel zurückhalten. Dass er einmal Ribbentrop angeschrien hat, weil er nicht mehr anders konnte, auf dem Flugplatz Tempelhof. Dass er als junger Marine-Offizier die Verbotene Stadt in Peking besuchte und nie den funkelnden Blick der alten Mandschu-Fürstin aus ihrem von Schminke glasierten Gesicht vergaß, solche Dinge. Aber was noch, jenseits der oft beschworenen Geschichten, der großen Mythen, die sie alle verbinden, noch während sie daran stricken, und der kleinen Lügen, die ein Familienleben formen.

Unerwartet zurückhaltend ist der Vater, fast verlegen, als wäre es ihm unangenehm, dass Richard ihn so sieht, in Häftlingskluft und das blasse Gesicht im Licht der Funzelleuchten vom Gitter zerteilt, gleichzeitig nah und dahinter verborgen, wie in einem Beichtstuhl. Die Verlegenheit reicht jedoch nicht bis zur Scham, dafür sind die Umstände seines Sturzes zu weitreichend, auch zu bedeutsam, der Vater sagt: Möge die Welt an seinem Opfer noch etwas lernen über Politik und Juristerei. Außerdem hat sich seiner Lage nicht zu schämen, wer verwundet auf der Erde liegt, und dafür sind sie schließlich eine Familie. Richard weiß, der Vater beichtet nicht, er muss sich vor dem eigenen Sohn nicht rechtfertigen. In seinem Lächeln und dem huschenden Blick liegt auch Stolz auf Richard und Dankbarkeit, dass die Familie ihn hält, Haltung bewahrt, fraglos und ungefragt. So ist eine Familie uneinnehmbar, schreibt er einmal, ihre Liebe eine Burg, die der Hass immer wieder vergeblich berennt.

Richard soll den Vater vor allem menschlich stützen, ihm Nähe geben, viele brechen unter der Enge und Isolation zusammen. Von seinen Tagen hier berichtet der Vater allerdings mit betonter Klaglosigkeit, er wiegelt ab, es geht mir viel zu gut – wöchentlich eine warme Dusche und Zeit zu lesen wie nie zuvor, Nietzsche und Apostelbriefe, über Bienensprache und Laotse, Boehringer hat ihm den Sokrates geschickt, an der *Apologie* soll er sich aufbauen, orientieren. Eine Abhandlung will er schreiben über Private Moral vs. Öffentliche Moral, Ruhe dafür hat er genug, muss seinen Raum mit niemandem teilen, Schlafwagen erster Klasse, sonntags zum Frühstück Pfannkuchen. Er fragt nach dem Hofhund Adilo, nach der Mutter, ob sie die Trillerpfeife im Schreibtisch gefunden hat, für Notfälle bei Nacht, und Richard flüstert, sie hat an Professor Jedin geschrieben, der eine Aussage schicken will und auch die anderen Freunde aus Rom darum bitten, mit den Schweizern ist Carl Friedrich schon in Kontakt wegen der Kosten, Schwarzenbach und Wille werden helfen, und hat der Vater hier drin überhaupt mitbekommen, dass die Sowjets jetzt über das Atombomben-Geheimnis verfügen? Das hat zumindest Molotow getönt und gleich noch auf die Bummelanten in ihrer Zone geschimpft – anstatt über Hunger und die Demontagen der Fabriken zu klagen, sollten sie lieber ihre Arbeitsproduktivität erhöhen, dann würde sich auch die Versorgung bessern. Immerhin werden ab dem Herbst Zündhölzer zugeteilt, und die Franzosen versprechen Wein zum Winzerfest, die Mutter hat reichlich Apfelbrei eingemacht.

Was in der Welt vor sich geht, interessiert den Vater, es ist seine Art der Unterhaltung, während er hier auf der Bärenhaut liegt. Sogar zum Fußnägelschneiden kommt ein Knipser in die

Zelle. Er will hören, wann in Berlin die Komische Oper eröffnet wird oder ob die Amerikaner der Dietrich wirklich eine Freiheitsmedaille verliehen haben. Er macht sich dann zu langen Gedankenreisen dorthin auf und staunt, was man sich an Einzelheiten alles vergegenwärtigen kann. Meistens reist er jedoch nach Hause, *wenn ich die Augen schließe, bin ich so schnell wie mit Lichtgeschwindigkeit in jener Senke der Aach, die zwischen dem Hoyerberg und der Halde freundlich heiter ihrem Ziel, dem See, zuwandert.*

Aus der linken Kabine kommt Gelächter, müssen Schellenberg und Riedinger sein, sagt der Vater, und dass sich Schellenberg beim Hofgang brüste, absichtlich einen dummen Verteidiger genommen zu haben, um kleiner auszusehen. Wie erleichtert kommen sie so oder ähnlich meist rasch auf den Prozess, dort fühlen sie sich sicherer, vertrauter in der greifbaren gemeinsamen Aufgabe. Richard schaut kurz zu dem Wachmann, dessen Helm sich im unsteten Licht wie eine sich vollsaugende Mullbandage langsam verfärbt, und flüstert, dass nach Gesetz Nr. 10 wohl jeder Verschickungsakt von Juden als Verbrechen gewertet werden soll oder dass Hellmut und Haensel sich abgesprochen haben, all die Dokumente der Anklage als lauter Bäume darzustellen, hinter denen der eigentliche Wald nicht mehr zu sehen ist, und der Vater antwortet, mein Standpunkt wird sein, ich habe keine Einwände erhoben, wo ich wusste, dass ich nicht durchdringen würde, das ist aber keine Mitwirkung, oder er sagt, ein Bekannter habe im Ärzte-Prozess eine schwere Strafe erhalten, was ihn stutzig mache, wenn er sich an dessen Persönlichkeit erinnere, auch bei anderen sei er überrascht gewesen, man müsse da zwischen Mensch und Schicksal völlig trennen, der Blitz schlägt ein, wo er will.

Richard blickt auf den obersten Knopf am Kragen des Vaters, den er selbst an diesem grauen, kittelartigen Gefängnishemd steif geschlossen hat, als wäre es eine unförmige Uniform, und vielleicht fragt er ihn irgendwann doch, warum hast du geschrieben, die Geiselerschießungen seien militärische Notwendigkeiten und alle Proteste nur missverstandene Humanität, aber wahrscheinlich tut er es nicht, weil er die Erleichterung zwischen ihnen nicht wieder beschweren will, der Vater sich sonst verschließt und weil er nicht weiß, ob es ihm zusteht, auf etwas zu drängen, was der Vater für sich im Inneren längst bewegt – vielleicht flüstert er trotzdem, warum hast du das Amt des Staatssekretärs nicht abgelehnt oder bist zurückgetreten, als Hitlers Kriegswunsch offensichtlich wurde, aber wahrscheinlich tut er es nicht, weil er die Antworten längst kennt, eigensüchtig wäre ein Rückzug gewesen und eine Kapitulation des alten Amtes, Brüning und später Beck hätten ihn beschworen, die leitenden Diplomaten müssten bis zum letzten Tag ausharren und versuchen, Unheil abzuwenden – besaß der Vater auch keine Machtmittel mehr im Großen, so konnte er doch im Kleinen warnen und helfen, einzelne Leben retten, was viele Briefe jetzt bezeugen, auch von Juden, die ihm danken, und Richard glaubt ihm, will ihm glauben, denkt, selbst Göring hat aber jüdische Entlastungszeugen beigebracht. Er ahnt, er muss sich damit zufrieden geben, wenn er seinen Vater verteidigen will, und überlegt, ob sie nicht beide merken, dass, während sie hier sitzen und sich flüsternd vertragen, eine stumme Befragung zwischen ihnen abläuft, bei der er alles zur Sprache bringt, worauf er in den Briefen und Tagebüchern keine Antworten findet, sondern bloß Aussagen oder Auslassungen, die wieder neue Fragen nach sich ziehen, aber bei allem Drehen und Wenden der Deutungen zumindest für sich dastehen, sich behaupten, warum schreibst du, du bewunderst die Behandlung politischer Gespräche durch den Führer, warum nichts zu den Nürnberger Gesetzen, warum hast du Hitler bei uns zu Hause einen Narren genannt, aber noch 1942 öffentlich gesagt, *wir sind auf nichts ausgerichtet als auf den Führer, sein Wille ist der unsrige, sein Siegesbewusstsein ist unser Siegesbewusstsein?*

Die Eröffnungsplädoyers dauern den ganzen Tag, und Richard fühlt sich durch die geschlossenen Fenster von der Luft draußen abgesperrt, die Sprossen wie Gitter. Seine Hände hinterlassen feuchte Abdrücke auf der Tischplatte. Er versucht, den Blick nur auf seinen Platz zu halten, sich an den klaren Formen abzustützen, doch selbst die Kanten seines Blattes schlieren aus, kippen in eine plötzliche Tiefe der Fläche, als Taylor sagt, dass alle aus diesem Fall zu lernen hätten, einschließlich der Angeklagten, die viele Jahre in einer Welt lebten, in der das Verbrechen kein Verbrechen war, wenn die Beteiligten nicht auf der richtigen Seite standen, er sagt: Von den Angeklagten Weizsäcker und Steengracht werden wir lernen, wie man ein Diplomat sein kann, ohne Wahrheit und Ehrenhaftigkeit einen rechtmäßigen Platz einzuräumen. Das schlimmste Gift des Dritten Reichs war die Unterdrückung der Wahrheit, und es ist die ungeheure Verlogenheit der Angeklagten, die uns am meisten empört.

Es rauscht in Richards Ohren, er kann kaum folgen, bekommt noch mit, dass die Verteidiger dann das Wort haben und Haensel energisch ins Mikrofon spricht, die Nürnberger Dokumente und Aussagen seien am Ende auch nur Materialien, aus denen jeder Historiker aus sicherer Warte seine eigene Darstellung formt, bändeweise Einzelheiten, die den Angeklagten zu ihrer Zeit nicht zur Verfügung standen, doch die Sätze verschwimmen, schwimm an Land, sonst holen dich die Ungeheuer, dazwischen laut das Klopfen einzelner Tropfen gegen die Scheiben hinter den Richtern, und als Richard den

Blick wieder hebt, steht schon Kubuschok am Rednerpult und bemängelt, dass ihnen das Urkundenmaterial nur auszugsweise vorgelegt wurde, man erwarte Vervielfältigungen sämtlicher Originalbeweisstücke – Verfahrensfragen, die lähmen und genau das sollen, Kubuschok hat schon für Papen einen Freispruch herausgeholt, ausgerechnet Papen, den Lügenbaron. Alles schwindelt.

Sobald die Pause verkündet wird, führt man die Angeklagten ab, vielleicht nicken sich Richard und sein Vater durch das Gedränge noch zu, Hellmut will sich zurückziehen, ein letztes Mal über seinen Vortrag gehen. Richard bleibt sitzen, während der Saal sich leert, es beruhigt ihn, wie die Geräuschglocke langsam abklingt, die Schritte, das Reden und Rascheln durch die Ausgänge abfließen, bis nur noch er hier ist, inmitten all der Gegenstände, derer sie sich behelfen. So zurückgelassen wirken sie wie innerlich belebt, wie geweckt durch das Verschwinden ihrer Besitzer – Zeigestock, Gesetzesbücher, in der Ecke brennt ein letzter Scheinwerfer. Einzelne Akten ragen aus ihren Stapeln, Blätter mischen sich zu neuen Partien, ein Kopfhörer hängt über der Tischkante, gerade noch in der Schwebe. Jeden Moment kann sich hier etwas lösen und einen unumkehrbaren Prozess anstoßen, ob der Klärung oder endgültigen Verheerung, aber noch lauern sie, nur scheinbar unübersichtlich, einander wesensfremd, sind sie genau aufeinander abgestimmt, das Uhrwerk des Saals, dessen Räder und Züge sich gegenseitig in nicht wahrnehmbarer Bewegung halten, der Raum holt sich sein Recht zurück.

Richard geht als Letzter hinaus, will niemanden treffen, keinen grüßen. Er weicht einer Gruppe Wachen aus, Grafenwöhr-Division, wandelnde Schränke, und blickt im Vorbeigehen auf zur weiten Gewölbedecke entlang des Brückenüberbaus, der zum Hauptgebäude führt. Aus dem Dokumentenzimmer hängen Drähte quer über den Flur. Wo die Amerikaner zusätzliche Leitungen benötigten, haben sie sie nicht unter Putz verlegt, sondern kurzerhand Lücken in die oberen Türkanten geschnitten. Einige Räume sind seit der Bombardierung noch immer nicht wiederhergestellt worden, andere bis zur Decke einfach mit Ölfarbe gestrichen, so dass sie glänzen, als bewegte man sich in ihnen durch ein begehbares Bild. Das Kurbeln von Tonfilmbändern ist durch eine angelehnte Tür zu hören, am vordersten Regal ein Schild: *Spitzmaschine nicht benutzen, während telefoniert wird!* Zwei Scheuerfrauen machen auf der Treppe Platz, es riecht nach Lysol, nach Lazarett, weißen Bettgestellen in Reih und Glied, nach Fliegen um die Glühbirnen und dem Gurgeln eines Filtertornisters, Richards Absätze klacken zielbewusst auf dem glatten Marmor, doch erst draußen vor dem Gebäude atmet er wieder frei.

Auf dem Vorplatz parken Militärfahrzeuge, Motorräder, ein einzelner Panzerspähwagen knirscht über den Kies, ihre Tarnfarben beflecken den Schnörkelpalast, seinen Arkadengang, die verzierten Kapitelle, ungewiss, ob bewacht oder belagert. Zwischen schwarz-weiß gezackten Wachhäuschen patrouillieren Soldaten, grüne Stoffuniformen, leuchtend weiße Gamaschen, und jeder scheint zu rauchen. Einer schüttelt für Richard eine Zigarette aus der Packung, ein anderer ruft stehengebliebenen Schaulustigen zu, Keep going, no loitering! Hinter der Mauer stehen Besucher an, längs einer aufgestellten Lattenabsperrung zur Fürther Straße, noch auf der zugigsten Chaussee ein Gartenzaun. Die ersten tiefen Züge bringen den Schwindel zurück, aber jetzt würde sich Richard gerne von ihm erfassen und in das laute, lebendige Treiben der Straße tragen lassen. Zwei Fahrradfahrer strampeln heran, keuchen gegen den Wind, an der Trambahnhaltestelle richtet man die Kragen auf, während die 17 auf sich warten lässt – zwischen den Gleisen feuchter Morast, der

Regen hat den letzten Schnee getaut. Gegenüber klafft das zersprengte Dach des Kasernengebäudes in den Niesel, und aus den Fenster- und Türbuchten flattern schmutzige Planen, wie in leiser Panik. Erst jetzt merkt Richard, dass er seine Robe noch trägt, klamm von der Feuchtigkeit, gewellt eine Schlagzeile an der Litfaßsäule, *SPD weiter im Aufwind: Hessen wählt Christian Stock zum Ministerpräsidenten,* darunter Reklame von Betten-Schmidt.

Als Hellmut zu seinem Eröffnungsplädoyer ansetzt, kann Richard es wahrscheinlich im Stillen mitsprechen, so oft werden sie es sich Absatz für Absatz vorgetragen und überarbeitet haben. Das muss die Einschätzung seiner Wirkung jetzt erschweren, denn obwohl sich Richard bemüht, ihm wie zum ersten Mal zu lauschen, klingen bei fast allen Sätzen weitere unausgesprochene mit, Überlegungen, die sie dazu angestellt haben, versteckte Absichten, als wäre der Vortrag gespickt mit stummen Klammern. Wenn Hellmut sagt, es gehe der Anklage nicht mehr, wie im Strafrecht bewährt, um die persönliche Ausführung eines Verbrechens, sondern offenbar reiche es schon, dass jemand davon wusste und nicht widersprach, stellt er dem Vater unsichtbar ein ganzes Volk an die Seite. Auf diese Weise könne jedermann zum Kriegsverbrecher gestempelt werden. Er spricht vom grellen Licht, in das gewissenhafte Männer nun gezerrt würden, von der Bestürzung, die die Anklage des Vaters in der ganzen Welt hervorgerufen habe, und dass sich die Wahrheit nicht aus der papiernen Scheinwelt der Dokumente erschließe, sondern aus den Berichten leibhaftiger Menschen, hervorragender Persönlichkeiten, wie aus den Tagebüchern Carl J. Burckhardts, des ehemaligen Hohen Kommissars des Völkerbundes in Danzig.

Hellmut spricht beinahe frei, er deutet das Senken des Kopfes zum Manuskript nur an und hebt den Blick gleich wieder zu den Hunderten Augen, die auf ihn gerichtet sind, lässt ihn kreisen, zieht sie an sich, bevor sie ihn abschätzen können. Nichts schwingt sich auf an seiner Stimme, die Verbindlichkeit, die in ihr liegt, noch aufgehellt durch ein ab und zu kurz angespieltes Lächeln und ein stetes Nicken, das selbst die gewagteren Aussagen sacht bestätigt. Stirnrunzeln, Nasekräuseln, die Laute leicht verwaschen, was *Weizsäcker* in seiner häufigen Wiederkehr wie ein Geheimwort klingen lässt, das, je öfter man es hört, desto kodierter erscheint, und Richard erinnert sich, dass er sich als Kind manchmal einzelne Wörter so lange vorgesagt hat, bis sie zu fremden Lauten ohne Sinn wurden und ihn ausgehöhlt bis in den Schlaf verfolgten.

Er kennt Hellmuts Art zu sprechen genau, aber weil er weiß, wie gespannt sein erster Auftritt beobachtet wird, fällt sie ihm wieder auf und auch, dass kein Hauch von Zweifel in seiner Zurückhaltung liegt und wie bereitwillig man jemandem glauben will, dessen Überzeugung unerschütterlich steht. Hellmut reizt die Gefahr des Ausgesetztseins, einmal hat er gesagt, wegen dieser Anziehungskraft sei er damals Soldat geworden. Niemand hier im Saal würde darauf kommen, wie lange er die Eröffnung vor dem Spiegel geübt hat. Trotzdem spürt Richard jedes Mal ein Unbehagen, sobald das Wort Wahrheit fällt, als zerbröckle es, kaum dass es Hellmuts Mund verlassen hat, von allen Seiten befingert und zerrieben, auch von ihm, in Richards Händen.

Kein Wanken in Hellmuts Rede macht sie kenntlich, doch Richard weiß um ihre wunden Punkte, weiß, wo sie angreifbar ist, hinter Wällen aus Formulierungen notdürftig verborgen, und hört sie nun nur umso deutlicher heraus, es drängt ihn, rings in die Gesichter und die Mängel dort erkannt oder versäumt zu sehen, doch besser nicht aus der Deckung wagen, keine offene Flanke enthüllen. Ihre schlechte Ausstattung, offene Legitimationsfragen oder dass sie bei weitem noch nicht alle Akten sichten konnten und viele wichtige Fürsprecher des Vaters nicht mehr leben, um ihm beizustehen, Henderson, Attolico, Wilson – vielleicht hätten sie das alles überhaupt nicht erwähnen sollen, auch nicht um die eigenen Erschwernisse zu betonen. Es folgt doch bloß der gescheiterten Verteidigung der Hauptkriegsverbrecher und rückt den Vater erst recht in ihre Nähe. Aber Hellmut glaubt, wer seine Schwächen selbst benennt, hat die Deutungshoheit über sie, und Tote, zu Verbündeten erklärt, können zumindest nicht mehr widersprechen, er sagt: Vor allem jedoch glauben wir, hohes Gericht, dass die Persönlichkeit selbst der Schlüssel zu den Dokumenten ist und nicht die Dokumente der Schlüssel zur Persönlichkeit. Unser Beweisvortrag zeigt Weizsäcker, wie er ist: ein Christ, ein Diplomat im besten Sinne des Worts, ein wahrer Patriot.

Wieder ein unbehaglicher Schauer, als Hellmut die charakterliche Prägung des Vaters entwirft, ausgerechnet hier sträubt sich etwas in Richard, bei der Annäherung ans Innerste ihrer Verteidigungslinie. Protestantendynastie, Staatsbeamte, den letzten Ministerpräsidenten des Königreichs Württemberg als Vater, der Großvater ein bedeutender Theologe, Hellmut sagt: Der älteste Sohn gehört mit Heisenberg und Hahn zu den bekanntesten deutschen Atomphysikern und ist heute Professor an der Universität Göttingen. Der zweite Sohn ist im Polenfeldzug gefallen, der dritte Sohn hat am russischen Feldzug bis zum Ende teilgenommen und ist heute mein Assistent in der Verteidigung seines Vaters.

Mit dem Arm eine Geste in Richards Richtung, Köpfe drehen sich, Fußspitzen wippen, jetzt nur nicht erröten. Er wollte den letzten Satz streichen, Vorsicht vor jedem Eindruck von Unsachlichkeit, lieber würde er im Abseits bleiben. Aber Hellmut hat darauf bestanden, ihn vorzustellen – seit Generationen

Verantwortung, Redlichkeit und Pflichterfüllung fürs Vaterland, das ist unser Fundament, die Lesart des Handelns deines Vaters, und du stehst hier als Kriegsheld und Stauffenberg-Vertrauter, stehst vor der ganzen Welt für deinen alten, gebrandmarkten Vater ein, das wiegt Hunderte von Akten auf! Richard hält es für riskant. Die familiäre Geltung betont doch zugleich all das Altherrschaftliche, das Kempner zufolge so viel Unheil ermöglicht hat. Sollen sie sich hier wirklich auf Karl Hugo berufen, der noch 1917 das römische Imperium als staatliches Ideal verehrt hat, die Arbeiterschaft als rote Flut verachtet? Da war die Familie gerade noch geadelt worden, in letzter Minute. Titel wie mit Federbusch, staubige Meriten, der Abriss seiner Familie klingt für Richard plötzlich wie aus einer überkommenen Zeit herüber. Sie trägt dem Vater Schuld nach und Richard Schulden. *Der dritte Sohn.* Auch er bürgt nun für seinen Vater, den Menschen, angeklagt wegen Verbrechen gegen die Menschlichkeit, *Weizsäcker, wie er ist.*

Noch einmal fragt sich Richard, was er über seinen Vater überhaupt weiß. Dass er in der Seeschlacht vor dem Skagerrak gekämpft hat. Dass er 1900 als Seekadett in Kiel zum ersten Mal das Meer gesehen hat, solche Dinge. Aber was noch, jenseits von Bruchteilen, zu Episoden verleimt, gefunden und gemeinsam zu Erzählungen gefügt, erfunden. Wenn der Vater gut gelaunt ins Schwäbische verfiel, sagte er nicht *erzählen,* sondern *verzählen.* Verzähl doch nichts. Verzähl dich nicht, Hellmut sagt: dass Widerstand in der Diktatur ein Spiel mit verteilten Rollen ist, und Richard denkt daran, wie sie früher sonntags mit verteilten Rollen Schiller lesen mussten, Dramen, Balladen, geflochtene Zöpfe über Adelheids Schultern. Er im Matrosenanzug mit Schleifchen, während an der Streifentapete auf einem Stich der sterbende Josef im Schoß Mariens ruhte, nebenan Katzenjammer, Heinrich übte Cello. Im beunruhigend diffusen Licht des Nachmittags wünschte sich Richard dann raus auf die Fasanenstraße zu den spielenden Freunden, er mochte es nicht, wenn der Vater, der sonst kaum über Gefühle sprach, je nach Figur die Stimme verstellte, dabei hingebungsvoll wie selten, oder mit Inbrunst deklamierte, wenn du ein Mensch bist und ein menschliches Herz hast, Erlöser, den ich nicht kenne, so höre den Jammer eines Vaters! Er verlor sich darin, im Sonntagsstaat, Hellmut sagt: dass er sein Kleid der Diktatur anpassen musste, SS-Uniform und Ehrendegen, um die geheimen Ziele zu erreichen, und die Welt ihm Dankbarkeit für dieses Opfer schulde, für seinen selbstlosen Kampf, bis zum bitteren Ende. Kein Wanken. Die Tonübertragung steht. Aber ein leises Raunen in der Klangfarbe, ein nervöses Echo, aus Opferbeschwörung und Kampfespathos – wie soll das gehen, könnte Richard überlegen, mit der Sprache des Krieges den Vater freisprechen, und als Hellmut sagt, Weizsäcker hat der exzessiven Übermacht einen großen stillen Kampf geliefert, und in einer Niederlage liegt heroische Tragik, keine Schuld, wenn sie mit wahrer Menschlichkeit erlitten wurde, da fragt sich Richard vielleicht, ob sie nicht dabei sind zu verlieren, sich zu verlieren, in missverstandener Humanität.

3

Dazwischen: das waren Übergänge, in denen Gespenster schwebten. Diplomatische Codes mussten entschlüsselt, Aussagen in andere Sprachen übersetzt werden. Zeiten überlagerten einander in den Erinnerungen der Zeugen, im Staubglitzern des Projektorlichts, das Filmaufnahmen an die Leinwand warf. Schemen eines alten und eines neuen Landes berührten sich im Zwielicht. Ernst von Weizsäcker rang darin um Orientierung, er fürchtete, der ganze Prozess stehe still, seiner ebenso wie der gesellschaftliche, weil nicht dem *Hitlergeist* nachgespürt werde, sondern nur seinen Werkzeugen. Dabei war gerade er wie untoten Epochen verhaftet. Noch dreißig Jahre nach der Revolution beschwor er die Monarchie mit einem einsichtigen Fürsten an der Spitze, ihre Ordnung, in der jeder wusste, wo er hingehörte.

Die Journalistin Margret Boveri, die für die Badische Zeitung über den Wilhelmstraßenprozess berichtete, sah in Weizsäcker einen guten Geist, einen, der noch erlöst werden konnte. *Die Aufrollung des Falles Weizsäckers hat uns ein historisches Exemplar der Epoche vorgeführt, die noch die klassische Sonatenform beherrschte. Und wenn wir an das Berliner Trio Attolico-Henderson-Weizsäcker denken, so ist es, als kämen die verwehten, durch Motorenlärm, Funkstimmen und Bombenexplosionen zerrissenen Klänge eines Geistertrios zu uns herüber.* Hier ein paar Takte, dort ein Rhythmus, Weltpolitik als harmonischer Akkord, der Diplomat als Übersetzer, der sich in beide Seiten einfühlt, der Fühlung nimmt, wie es Weizsäcker in seinen Papieren oft nennt. Er erledigt nicht, er ordnet. Niemals würde er Dokumente fälschen, um im Handstreich Tausende Juden zu schützen, er beschafft einzelne Visa für bedrohte Familien, rettet, wo es sich in seinem Amtsverständnis verordnen lässt, hier ein Dr. Eckstein, dort die Frau Simonson. Als ginge es um die Improvisation kurzer Tonfolgen, so schrieb es die Boveri. Statt Aktennotizen habe er sich in diesen Fällen einen Knoten ins Taschentuch gemacht. Er sei ein Fremdling in unserer Welt der Unordnung. Ein vornehmer Geist, noch im Geiste Bismarcks, mit einer Haltung aus dem letzten Jahrhundert und Erfolgen, die die Geschichte unsichtbar feiern muss, um sie aufzunehmen. Stilles Glätten, Kalmieren, noch bevor nationaler Unmut entsteht, Alarmieren nur, um friedenswillige Kräfte zu wecken. Schattenhaftes Handeln: der dem Licht abgewandte Doppelgänger des Geschehens, aber diesem so immer einen Schritt voraus. Über Jahrhunderte bewährt und plötzlich überwältigt, vom Plärren der Propaganda, vom Ungeist der neuen Methoden im Laden Ribbentrop, wo die alte Schule nur noch Horchposten beziehen kann, ein paar Schreibtische in der Wilhelmstraße *Nr. 74–77*, für Margret Boveri bald selbst Chiffren des Anstands.

In Weizsäcker wollte sie sich wiedererkennen, er sollte Stellvertreter sein für alle Deutschen, die in der Heimat geblieben waren und weitergearbeitet hatten. Bis Kriegsende schrieb sie für Das Reich, Goebbels' Aushängeschild im Ausland, vorher für die Frankfurter Zeitung, wenn es sein musste auch über die jüdische Weltverschwörung. Sie hatte Weizsäcker während der Dreißigerjahre einmal getroffen, jetzt sendete sie ihm Briefe in die Haft, beobachtete ihn von der Pressetribüne aus – und projizierte, beschrieb sein silbernes Haar, die gelassene Väterlichkeit seiner Sprechweise und wie würdig er wirke, in sich ruhend, obwohl vorgeführt. Sie bekannte *ein Gefühl der Schuld vor dem Leiden, ein Gefühl des Dankes vor der Haltung des Mannes, in dessen Person der langwährende, verwickelte und schmerzhafte deutsche Zwiespalt, wie ich glaube, auf einer besonders hohen und edlen Ebene sichtbar geworden ist.*

Voll glühender Dankbarkeit wiederum für ihr Einfühlungsvermögen versorgte Hellmut Becker sie mit Unterlagen, sie möge doch auch gegen den Unfug mit den Vorwürfen in der Judenfrage anschreiben, und ging der Nationalsozialismus nicht ohnehin im viel größeren kosmischen Los des Nihilismus auf? In seiner Zelle notierte Weizsäcker: Es mit dem Geist aufzunehmen, der stets verneint, damit er das Gute schaffe, das sei doch eigentlich der Sinn des Lebens.

Das Dritte Reich als dunkle Heimsuchung außerhalb der Zeit, ein Anschlag Hitlers und seines Schwefeldunstkreises auf die deutsche Geschichte, die eigene Verteidigung auch die der anständigen Beamtenschaft überhaupt – so wollte Weizsäcker verstanden werden, und Margret Boveri wollte ihn verstehen. Sie schrieb wie entflammt, schwärmte für seine unbeirrbare Überzeugung. Für sie war er ein *schöner Märtyrer.* Seine Zeit würde wiederkommen, wenn diese Jahre der Anarchie einmal vorbei wären. Der gute Geist würde überdauern; ihr Buch, das noch 1948 erschien, erschuf ihn mit als Mythos.

Es war dann aber vor allem Boveris eigene Zeit, die kam, während die alte noch durchschien. Sie verfasste Bücher über den Verrat als dauernd sich wandelnder Schatten ihrer Epoche und über das Berliner Tageblatt im Dritten Reich, für das sie tätig gewesen war: *Wir lügen alle.* Ab 1968 nahm Uwe Johnson lange Gespräche mit ihr auf, er arbeitete an seiner Figur der Gesine Cresspahl, da war Margret Boveri schon die Boveri, eine große alte Dame des Journalismus, Pionierin auf männlichem Terrain, Deutscher Kritikerpreis, bald Bundesverdienstkreuz 1. Klasse. Ihre Stimme auf den Tonbändern gedämpft, leicht verschwommen, gegenwärtig und unerreichbar fern zugleich, wie hinter weißem Rauschen. Johnson konfrontierte sie auch mit alten Hetzartikeln – sie hätte doch gehen können, ihre Mutter war Amerikanerin, es gab Verbindungen. Stattdessen habe sie eine Fünfzimmerwohnung am Breitenbachplatz gemietet, sich mit einer Atmosphäre guter Taten, guter Freunde umgeben und ihren Texten kleine Alibis verschafft, hier ein eingeschmuggeltes Adjektiv, dort ein Nebensatz. Aus der Befragung wurde ein Verhör, er sagte, innere Emigration sei feuchter Kehricht, und sie antwortete, die Liebe zu Deutschland habe sie festgehalten, das Gefühl, dass man sein Land gerade dann nicht verlässt, wenn es ihm schlecht geht.

Zwanzig Jahre vorher beeindruckte Margret Boveri vor dem Nürnberger Gericht besonders der Auftritt von Erich Kaufmann, einem jüdischen Völkerrechtler, der zur Schlüsselsprache diplomatischer Dokumente befragt wurde. Bezeugten eine Unterschrift, eine Paraphe Mitverantwortung oder nur Kenntnisnahme einer von vornherein unumstößlichen Entscheidung? Bargen sie vielleicht ganz andere Bedeutungen, die in den Kürzeln versteckt waren, unsichtbar, aber latent vorhanden? Boveri ahnte, dass davon das Urteil über Weizsäcker maßgeblich abhing, und wahrscheinlich verdankte er am Ende seine milde Strafe tatsächlich auch dem Kreuzverhör zwischen Kaufmann und Kempner, dessen *sich steigernde Erregung, die jede Frage und Antwort durchzittert, sich in dem nachmittagsheißen Gerichtssaal bald auf alle Anwesenden überträgt.*

Boveri war elektrisiert von dem Duell, seinem *scharf kontrapunktischen Fugato.* Weizsäcker beobachtete es dagegen gelassen, ja gerührt. Seit die Zeugen der Verteidigung gehört und Leumundsbekundungen zu seinen Gunsten verlesen wurden, hatte er wieder Hoffnung – weniger auf einen Freispruch, als dass sein *Typus* endlich anerkannt wurde. Die Verteidigung verbuchte zudem erste Erfolge. Der Zugang zu konfiszierten Dokumenten aus dem Auswärtigen Amt wurde durch das Gericht ausgeweitet, Verbrechen gegen die Menschlichkeit an deutschen Staatsbürgern vor 1939 als Anklagepunkt verworfen. Martin Niemöller ließ in den Kirchen alle Christen dazu aufrufen, sich nicht mehr als Zeugen oder Mitarbeiter von Spruchkammern an der Entnazifizierung zu beteiligen. Das wachsende Selbstbewusstsein der Verteidigung prägte nun die Presse. *Die Welt* berichtete über die eidesstattliche Erklärung des ehemaligen Reichskanzlers Brüning, Weizsäcker zum Verbleiben im Amt als Tarnung geraten zu haben – und überhaupt, die wirklich Schuldigen sollten doch verfolgt werden, die Gauleiter, forderte die *Christ und Welt* und vergaß nicht, auf die dunkelhäutigen Wachen in Nürnberg hinzuweisen sowie auf die vielen Kinderwägen, in denen Nürnberger Mädchen ihre milchkaffeefarbenen Babys vor die Kaserne führen. Von wegen Fraternisierungsverbot! Becker jubilierte. An seinen Mentor Ernst Rudolf Huber, einst leidenschaftlicher Nationalsozialist, schrieb er stolz, es sei gelungen, eine ganz einheitliche öffentliche Meinung für Weizsäcker zu schaffen. Die moralische Elite der ganzen Welt trete für sie ein. Sogar der Schweizer Bundespräsident Philipp Etter schickte ein offizielles Unterstützungsschreiben.

Während die Anklage auf die sachliche Nüchternheit belastender Dokumente vertraute, über die sich die Angeklagten gewissermaßen selbst überführen sollten, setzte ihr die Verteidigung eine menschliche Phalanx entgegen, wobei viele Zeugen verdeckt auch den eigenen sozialen Stand mit entlasteten. Würde eine Galionsfigur wie Weizsäcker verurteilt, müsste eine ganze privilegierte Schicht um ihre Pfründe bangen.

Erst hatte es ihm widerstrebt, Beweise für sein Wohlverhalten einzuholen, aber dann überwand er sich, der Ehre des

Familiennamens wegen. Er sollte nicht zur Schande werden. Theo Kordt, vor dem Krieg Botschaftsrat in London, sagte aus, Weizsäcker habe mit den Briten konspiriert, um Deutschland und dem gesamten Abendland eine unerhörte Katastrophe zu ersparen. Lord Halifax erklärte im Oberhaus, Baron Weizsäcker sei ein entschlossener Gegner der Nazi-Ideale und ihrer Politik gewesen. Aus Rom schrieb die Mutter Oberin Schwester Maria Adolfo di Sion, nur dank eines eiligen Schutzbriefes von Weizsäcker hätten sie 1944 in ihrem Kloster 185 Juden vor dem Zugriff der SS bewahren können, und Bischof Eivind Berggrav, der unter deutscher Besatzung Jahre in Einzelhaft verbringen musste, flog eigens aus Norwegen ein, um zu versichern, er habe in seiner Zelle immer gewusst, dass Weizsäcker ihrem Widerstand genauso diene und genauso leide wie er. Sein reines Wasser sei nie mit einem Tropfen Naziöl getrübt gewesen. Nach der Aussage bat Berggrav das Gericht, dem Angeklagten die Hand reichen zu dürfen, auf den Rängen umarmten sich Zuschauer vor Ergriffenheit.

Ach, wenn doch alleweil Gerichtstag wär! So strömt mir Liebe zu, schrieb Weizsäcker in diesen Juniwochen, wenige Tage nach der Aussage Kaufmanns, und kurz zuvor: *Manche denken ja sogar, meine heutige Aufgabe sei wichtiger als meine damalige. Nützlich für die Allgemeinheit sind nicht die Fälle, wo der Angeklagte recht bekommt, sondern wo er recht hat und es nicht bekommt.* Sein Fall könnte für die Welt gewichtig sein, das tröste te ihn, auch wenn er in sich nicht gleich einen zweiten Dreyfus sehen wollte, wie andere, er sei kein Freund der Übertreibung. Besser das Leiden des Unschuldigen mit stillem Mute formen, durch Liebe überwinden, Typus: Laokoon, der mit den Schlangen rang. *Unsere Leute machen's großartig.*

Ganz auf Linie der Verteidigungsstrategie zog Erich Kaufmann die Aussagekraft diplomatischer Akten in Zweifel, besonders bei solchen aus einer Diktatur, in der jemand wie Weizsäcker zu Vorgängen allenfalls habe Stellung nehmen, aber nichts entscheiden können. Wenn man zwischen Wortlaut und Zweck unterschied, kämen in den Dokumenten sogar entlastende Indizien zum Vorschein, die Deutung sei eine Kunst für sich. Schließlich legte Kempner ihm zwei Telegramme zwischen dem Gesandten in der Slowakei Hanns Ludin und der Deutschlandabteilung des Auswärtigen Amtes vor.

Preßburg, den 26. Juni 1942. Citissime
Die Durchführung der Evakuierung der Juden aus der Slowakei ist im Augenblick auf einem toten Punkt angelangt. Bedingt durch kirchliche Einflüsse und durch die Korruption einzelner Beamter haben etwa 35 000 Juden Sonderlegitimationen erhalten, auf Grund deren sie nicht evakuiert zu werden brauchen. Die Judenaussiedlung ist in weiten Kreisen des slowakischen Volkes sehr unpopulär. Diese Einstellung wird durch die in letzten Tagen scharf einsetzende englische Gegenpropaganda noch verstärkt. Ministerpräsident Tuka wünscht jedoch die Judenaussiedlung fortzusetzen und bittet um Unterstützung durch scharfen diplomatischen Druck des Reiches.
Erbitte Weisung, ob in dieser Richtung verfahren werden soll.
Ludin.

29. Juni. Für Herrn Gesandten Ludin persönlich.
An die Deutsche Gesandtschaft, Preßburg.
Unterstaatssekretär Luther.
Auf dortiges Telegramm Nr. 992 vom 26.6.

Die vom Ministerpräsidenten Tuka erbetene diplomatische Hilfe können Sie ihm in der Weise geben, daß Sie Staatspräsidenten Tiso gegenüber gelegentlich zum Ausdruck bringen, Einstellung

Judenaussiedlung und insbesondere die im Drahtbericht geschilderte Ausschließung 35 000 Juden von Abschiebung würde in Deutschland überraschen, um so mehr, als bisherige Mitwirkung Slowakei in der Judenfrage hier sehr gewürdigt worden sei.

Weizsäcker

Benötige man da zur Interpretation wirklich höhere Mathematik, fragte Kempner, es sei doch für jeden Schüler recht klar zu verstehen. Höhere Mathematik vielleicht nicht, antwortete Kaufmann, verwies aber auf die abschwächenden Zwischentöne im Antwortschreiben. »Gebeten wird um einen starken diplomatischen Druck. Darauf erwidert das Schriftstück, die vom Ministerpräsidenten Tuka ›erbetene diplomatische Hilfe‹ – erste Abschwächung – ›können Sie ihm in der Weise geben‹ – zweite Abschwächung –, ›daß Sie Staatspräsidenten Tiso gegenüber g e l e g e n t l i c h‹ – dritte Abschwächung – ›zum Ausdruck bringen‹, – weitere Abschwächung – ›Einstellung Judenumsiedlung und insbesondere die im Drahtbericht geschilderte Ausschließung 35 000 Juden von der Abschiebung würde in Deutschland überraschen‹. Ich sehe von einem erbetenen diplomatischen Druck nichts. Also, ich finde dieses Dokument als Antwort auf das vorhergehende Dokument deutlich und sehe darin keine Ankündigung von Unterstützung, sondern eine ins Auge springende, von Wort zu Wort steigende Abschwächung von dem Druck, um den das Auswärtige Amt gebeten wird.«

»Ist dies eine Art Protest gegen die Verschickung von Juden, oder gehen Sie nicht so weit?«

»Es ist weder ein Protest noch eine Zustimmung, sondern eine Ablehnung des diplomatischen Drucks, eine Schilderung der tatsächlichen Situation, wie sie in den maßgebenden Kreisen vorhanden war und wie die Dinge dort wirken würden.

Wodurch weder eine Zustimmung noch ein Protest deutlich ist.«

»Mit anderen Worten, Herr Ludin musste daraus entnehmen, dass das deutsche Auswärtige Amt gegen eine Verschickung ist?«

»Wenn Herr Ludin zwischen den Zeilen lesen kann, auch ein Dokument aus dem Dritten Reich, würde er sehen, dass das Auswärtige Amt sich außerordentlich stark als solches von der Sache distanziert.«

»Mit anderen Worten, dies ist ein Schutz für die slowakischen Juden durch das Auswärtige Amt, eine Protestmaßnahme?«

»Ich verstehe Sie nicht.«

»Ist das eine Maßnahme, um den wilden Mann Ludin zurückzufordern?«

»Es ist keine Maßnahme, um ihn zurückzufordern, aber es ist eine scherzhafte Geste, eine deutliche Maßnahme dessen, dass das Auswärtige Amt einer solchen Sache mindestens kühl gegenübersteht.«

»Herr Ludin hat es anders aufgefasst.«

»Weil er es wahrscheinlich so auffassen wollte.«

Kaufmanns Stimme bebt ein wenig, als friere er, dabei muss schon Sommer sein, denn durch die gekippten Saalfenster dringt vereinzelt Vogelgezwitscher, und Schweiß glänzt auf der Stirn des Zeugen, sammelt sich in der tief gekerbten Nasenwurzel, bis Kaufmann ihn wegwischt. Doch das kann Richard nicht sehen, weil er nach rechts zum Pressebalkon blickt und dort in der ersten Reihe Margret Boveri an ihrem roten Sommerkleid erkennt, wie sie konzentriert das Kreuzverhör mitschreibt, eine Mappe auf den Knien, den Oberkörper leicht vorgebeugt, wie auf dem Sprung. Am Morgen hat Richard ihr vor dem Gebäude das Buch von Sumner Welles übergeben, und sie haben kurz über die lange Tradition einer von außen kaum zu entschlüsselnden Diplomatensprache geredet, die sich nicht in Erlassen erschöpft, sondern auch ein bloßes Lächeln einschließen kann, eine verhaltene Anspielung, eine Pause an vielsagender Stelle. Welles berichtet in seinem Buch von einem Treffen mit dem Vater zu Beginn des Krieges und wie dieser ihm mit stummer Geste bedeutet habe, den Stuhl in die Mitte des Zimmers zu rücken, weil in den Wänden Abhörapparate saßen. Die dunklen Augen der Boveri schienen durch Richard hindurchzuschauen, als näherte sich etwas in seinem Rücken. Dass er ihren Duft wahrnahm, machte ihn noch befangener, er wollte hier nicht vertraulich mit Presseleuten gesehen werden und dachte an die Gier nach Parfum seit dem Krieg – das halbe Land eine wohlriechende Trümmerfläche, unter der es moderte: mordete. Meertod – oder an das ruhelose Eigenleben der Buchstaben, von Wörtern kaum gebannt, Treibsand in Treibsätzen. *Einstellung Judenaussiedlung und Ausschließung 35000 Juden von Abschiebung würde in Deutschland überraschen.*

Hanns Ludin ist vor ein paar Monaten in Bratislava gehängt worden, seine letzten Worte sollen *Es lebe Deutschland!* gewesen sein. Wie der Vater hat er sich vor Gericht für unschuldig erklärt, er habe unter Zwang gehandelt. Wie dem Vater war ihm der Bodensee mit seiner Mystik die nächste Landschaft. In den Wochenschauen und Fotografien, die Hellmut aufgetrieben hat, sieht man ihn mit glühenden Pausbacken, ein zu groß geratenes Milchgesicht bei Fahnen- und Fanfarengängen, beim Strammstehen im offenen Wagen, immer in Menschenmengen, der Inszenierung eines uniform kostümierten Volkes, Aufmärsche, Sportfeste, SA-Appelle im Scheinwerferlicht und deutscher Gruß in kurzen Hosen. Wenn Ludin nicht mit Kameraden lacht, bellt er in ein Mikrofon, Zigarette zwischen den Fingern, später Zigarre. Er geht als Gesandter in die Slowakei, um die Zügel des Vasallenstaates straffer zu ziehen, Jagdbefehl auf Partisanen, auf den Aufnahmen trägt er jetzt weiße Handschuhe, Keitel kommt zu Besuch, schwingt unentwegt den Marschallstab, Behördenhumor: Keitel, Lakeitel, Hitlers folgsamer Schoßhund. Ludins Tochter überreicht dem Führer Blumen, stammelt eingeübte Sätze, dann Zirkus spielen im Garten der Villa, vom örtlichen Bierkönig arisiert, Ludin wirft seine Töchter lachend in die Luft, fängt sie wieder auf, während auf der anderen Seite des schmiedeeisernen Zauns Pressburg judenfrei wird. Verbalnote: *100% Lösung der Judenfrage.* Geheime Reichssache: *2257 Juden sonderbehandelt.* Behördenhumor: Weil er sogar zu Hause immer dekoriert herumlief, hielten seine Kinder auch die Judensterne draußen für besondere Orden. Der Vater sagt, im Amt sei bekannt gewesen, dass Ludin sich ärgerte, wenn man ihn mit Hans statt Hanns adressierte, was nur umso häufiger geschah. Verschlusssache: *Errichtung eines Asyls für jüdische Kinder ohne Aussicht, da Judentum unterschiedslos verfolgt wird.*

Aber Hellmut ist zufrieden. Er hat ein Schriftstück gefunden, in dem Ludin von guten Gesprächen über die staatspolitische Notwendigkeit einer totalen Lösung berichtet, jedoch *ohne diplomatischen Auftrag* aus Berlin.

Wahrscheinlich wird Kempner trotzdem auf die Todesstrafe für den Vater abzielen. Dann würde er mit den anderen Untoten in Landsberg Woche für Woche auf seine Hinrichtung warten, keine elektrische Beleuchtung in der Einzelzelle, mindestens vierzehn Stunden am Tag ohne Licht, Richard stellt es sich vor: Damit die Wächter sie durch das Guckloch überhaupt erkennen können, tragen die Todeskandidaten rote Pullover, die matt leuchtend im Dunkeln schweben. Abends gespenstische Tafelrunde, wenn sie zusammensitzen und Zigaretten verwetten, wen das Los am Freitag diesmal trifft. Die Namen hängen donnerstags am Schwarzen Brett, wie Grabinschriften, die Verurteilten erzählen an gegen die Angst, Ablenkung mit Gefängnisklatsch: SS-Hauptsturmführer Sommer soll sich eine Prozesssekretärin angelacht haben. Hat sich von seiner Frau einfach allen Schmuck zurückgeben lassen und gleich der Sekretärin weitergeschenkt, Verlobung am Gitter der Besuchskabine. Jetzt schickt sie Gnadengesuche an Clay, an Truman und den Kongress, damit ihr Geliebter nicht zum lebenden Toten wird, wie die Wärter die Pechvögel der Woche auf dem letzten Gang zum Galgen nennen, nur mit einem Hemd bekleidet, während in ganz Landsberg die Armsünderglocken klingen. Wenn der Vater sie hört, blickt er durch sein Zellenfenster auf die Kreuze des Kirchhofs, Dante im Sinn – durch das Auge dringt die Angst in den Verdammten, durch die Haut der Schmerz, durch die Nase die Übelkeit. Und die Ohren? Es wundert ihn, dass die Todgeweihten keine ernste Musik hören wollen, sondern Märsche, Lieder, Potpourris. Saxophon lehnen sie ganz ab, das ist nicht deutsch. Dafür tosender Beifall, als ihre Kurkapelle in der Halle *Wem Gott will rechte Gunst erweisen* spielt, feuchte Augen, geschwellte Brust, von der Wucht des Schicksals bewegt, wer hat je so mit Gott und den Menschen gerungen wie sie. Und fast gesiegt. Durch die Wände prasselt der Applaus wie loderndes Feuer, während der Vater schreibt, die Zeilen selbst in der Dunkelheit noch gerade gezogen, *überhaupt, welche Ansammlung von Menschen, die von Haut und Haar keine Verbrecher sind, nur durch Krieg und Umstände in bedenkliche Lagen geraten. Und das hat man nicht hindern können?*

Aber das ist später. Noch sagt der Vater, er habe nicht gewusst, was sich hinter Ausdrücken wie *Judenaussiedlung* oder

Endlösung verbarg, die Sprache des Verbrechens sei verschleiert gewesen von Scheinbegriffen, Nebelkerzen, und Richard glaubt ihm, will ihm glauben, glaubt ihm noch, schließlich hat auch er das Wort Auschwitz im Frühjahr 45 zum ersten Mal gehört. Glaubt er. Davor gab es Gerüchte, von denen man sich ablenkte, weil sie undenkbar waren. Sie wurden gescheut wie böse Geister, wer wollte sich davon schon freisprechen.

Es muss Sommer sein, denn Richard schwitzt, und ein säuerlicher Geruch durchdringt den stickigen Saal. Man lockert Krawattenknoten, zieht Tücher aus Brusttaschen und tupft sich die Stirn, selbst Richter Maguire fächelt sich mit einer gefalteten Tagesordnung Luft zu. Elisabeth Gombel hat ihre Robe für etwas Zugluft zur Seite geschoben, und Richard kann erkennen, dass auf das Kleid darunter, oberhalb des Saums, klein die Initialen EG gestickt sind. Vor kurzem hat Seidl eine Ausgabe des *Spiegel* herumgereicht, der über sie berichtete – dass sie für Bohle eine Travel-Order nach Kiel erzielt hat, damit er seine kranke Mutter besuchen kann, und er manchmal während der Verhandlung kleine Zettel zu ihr durchreichen lässt, die sie dann liest und lächelnd einsteckt. Und dass sie mit Mädchennamen Liebetrau heißt, was viel besser zu ihr passt, findet Richard. Sie selbst hat sich von der Aufmerksamkeit nichts anmerken lassen.

Der Gerichtsdiener schleppt sich wie ein vertrocknender Frosch durch die Reihen und füllt aus einer Karaffe Wasser nach, trinkt einer, trinken andere, rundherum das leise Klickern wieder abgestellter Gläser und das helle Surren der Deckenröhren. Ihr stumpfes Licht überblendet sich mit der einfallenden Sonne zu einem Flirren, in dem Kempner hinter dem Sprecherpult wirkt wie aus bemaltem Glas. Dünnes Haar klebt ihm auf der glänzenden Kopfhaut, und gerade fragt er Kaufmann, wann er unter Hitler seinen Lehrstuhl an der Berliner Universität verloren habe und ob er nicht auch nach der Flucht sein Gehalt weiter zuverlässig in die Niederlande überwiesen bekam, bis 1941 volle Bezüge. Er lässt ihn kaum antworten, will ihn unter Druck setzen, er merkt, dass ihm Kaufmann gefährlich werden kann. Neben Richard schmunzelt Hellmut entspannt.

»Sie sind dann in Holland unter deutscher Besatzung geblieben, oder mussten Sie auch von dort fort?«

»Ich bin fünf Jahre unter deutscher Besatzung gewesen.«

»Sind damals viele Juden deportiert und getötet worden?«

»Deportiert sehr viele, man spricht von 105 000.«

»Sie sind also einer derjenigen, die glücklicherweise diese Zeit überstanden haben in Holland?«

»Es sind meines Wissens fast alle in Mischehen Lebenden geblieben, bis auf kleine Ausnahmen.«

Etwas zunehmend Gereiztes liegt in ihren Stimmen und leichtes Schmatzen von zu trockenen Mündern oder als wären ihre Zungen von der Hitze geschwollen und sie müssten deshalb jedes Wort überdeutlich artikulieren, abwechselnde Sprechübung. Kempner hält Kaufmann ein Zitat von ihm vor, *nicht die Gemeinschaft freiwollender Menschen, sondern der siegreiche Krieg ist das soziale Ideal,* doch Kaufmann lächelt nachsichtig und antwortet, darauf habe er nur gewartet, der Satz stamme von 1911, aus einem bestimmten rechtsphilosophischen Kontext mit den Begriffen Rudolf Stammlers. Kempner umfasst die Seiten des Rednerpults fester. Er hat wohl gehofft, mit den alten Zitaten wäre Kaufmann als Entlastungszeuge geliefert, denkt Richard, und dass es bei dem Schlagabtausch der beiden möglicherweise zwischen den Zeilen noch um etwas ganz anderes geht, um ihre eigenen gegensätzlichen Haltungen und Entscheidungen – darum, dass der eine emigriert ist, während der andere blieb, solange es ging. Oder dass Kempner jetzt just jenen Carl Schmitt für sich arbeiten lässt, der Kaufmann bei den Nazis denunziert und seinen Ausschluss von der Universität betrieben hat, *Prof. Kaufmann ist Volljude, doch es ist ihm gelungen, sein Judentum, das auf manchen besonders aufreizend wirkt, gegenüber anderen mit größtem Erfolg zu verbergen.* Wahrscheinlich hat Schmitt sogar bei der Vorbereitung dieses Verhörs geholfen, wahrscheinlich hat er Kempner auf die nationalistischen Aussagen Kaufmanns hingewiesen.

Hellmut gähnt entschlossen. Richard ist sich sicher, dass er sich bis zum Ende auf Kaufmann berufen wird: Ein Emigrant jüdischer Herkunft und anerkannter Professor für Völkerrecht erklärt, bei diplomatischen Dokumenten müssten stets komplizierte strategische Absichten mitgelesen werden, sei die Sprache auch noch so sehr die des herrschenden Systems. Bruchstückhafte Schriftstücke ergeben noch kein Menschenbild, und hat nicht schon Kardinal Richelieu gesagt, er benötige nur ein kleines Stück Papier mit vier handschriftlichen Wörtern darauf, um jeden Menschen eines Verbrechens zu überführen, das ihn aufs Schafott bringt? So wird Hellmut plädieren, und das muss Kempner erst einmal parieren. Der versucht, Kaufmann unglaubwürdig zu machen, aber er bekommt ihn nicht zu fassen, die schwülfeuchte Luft nimmt jedem Zugriff den Halt. Vielleicht spürt er es selbst und hat den Zeugen eigentlich schon wieder entlassen, denn fast ein wenig fahrig fragt er ihn jetzt nach Abseitigem wie den unterschiedlichen Schriftgrößen von Signaturen und ob sich daraus ein Grad der Verantwortlichkeit ablesen lasse, und Kaufmann antwortet, eine Abzeichnung werde strafrechtlich abgeschwächt, wenn sie nur der Vollständigkeit halber erfolge, aber kein Handlungsziel transportiere, doch Kempner sagt, sogar im deutschen Beamtengesetz von 37 stehe, ein Beamter müsse verbrecherischen Befehlen nicht folgen – dies sei dort aber nur als Tarnungsfassade formuliert, um den Schein alter Rechtstradition … erwidert Kaufmann? Oder Kempner? Schein: Nische. Inches. Richard ist matt, die Hitze verklebt seine Geistesgegenwart. Bestimmt weiß er manchmal selbst nicht mehr, was er noch glauben soll, so sehr scheint sich das Eigentliche an den Rändern abzuspielen, in den Nischen zwischen dem Sichtbaren. Aber hat nicht auch der Rand einen Rand, wenn man bloß genau genug hinschaut, und im Grunde immer so weiter? Sichtbar: Bartisch. Starb ich. Hat Kaufmann vorhin wirklich gesagt, das Telegramm des Vaters an Ludin sei als *scherzhafte Geste* zu verstehen? Konnte ihm als erfahrenem Redner ein derartiger Lapsus unterlaufen – und wenn ja, warum war kein Raunen durch den Saal gegangen, warum hatte sich Kempner nicht sofort darauf gestürzt, und wenn nein, wenn sich Richard nur verhört hat, ist es dann nicht auch möglich, dass sich andere ebenso verhört haben, die Protokollantin oder der Dolmetscher, und dass die Formulierung so unbemerkt in die Niederschriften gerät und von dort ins Dokumentenzimmer und weiter ins Prozessarchiv, wo sie jahrzehntelang schlummert und schließlich wahr wird, Richard denkt: dass er all das vielleicht gar nicht selbst denkt, sondern die Stimmen es ihm einflüstern, die gedämpft von hinten aus der Glaskabine der Dolmetscher kommen. Die meiste Zeit verliert sich ihr Murmeln in der eigenen Allgegenwart, ein beständiges Geräusch, das man schließlich nicht mehr wahrnimmt – nur wenn man sie nicht wahrnimmt, erfüllen sie ihre Aufgabe gut, sind sie anwesend, ohne einen Raum oder eine Rolle einzunehmen, und speisen als selbstlose Gestalten den Fluss des Prozesses, indem sie sich der Sprache anderer anverwandeln, den Gedanken, manchmal dem Wesen von Zeugen, Angeklagten oder Verteidigern gleichermaßen, und in ihnen möglichst ganz verschwinden. Ich brauche keinen Anwalt, soll Göring in den Saal gerufen und sich die Kopfhörer heruntergerissen haben, ich brauche einen guten Dolmetscher! Er glaubte, der Übersetzer spreche seinen Namen absichtlich wie Gering aus, eine versteckte Geringschätzung.

Ist aber ungerührte Buchstabentreue überhaupt möglich, wenn Angeklagte wie beiläufig über brutale Verbrechen berichten, sie selbstgefällig rechtfertigen, statt Reue verkappter Stolz, Befehl ist Befehl? Oder, kaum weniger schwer auszuhalten, im Ausdruck geschliffen, gewandt, oder teilnahmslos, so wie man eben über seine Arbeit spricht? Um das in kühler Sachlichkeit wiederzugeben, müssten die Dolmetscher schon mit der Simultananlage zu einer Maschinerie verschmelzen, mit dem kleinen verkabelten Holzkasten und den eiförmigen Mikrofonen vor ihnen, halb Mensch, halb Ding, und Richard stellt sich vor, wie groß die Versuchung sein muss, manchmal etwas von der Wahrheit abzuweichen, wenn jemand sichtlich übertreibt oder ablenkt oder in der Ausdrucksweise sehr zu wünschen übrig lässt, nur ein kleines bisschen am Steuerrad zu drehen, hier ein eingeschmuggeltes Adjektiv, dort ein Nebensatz, um das Schiff auf gewünschtem Kurs zu halten, und dass einen, bleibt es unbemerkt, Gefühle von Macht und Freiheit dazu verlocken, beim nächsten Mal noch weiter zu gehen, immer bloß einen winzigen Schritt. Letztes Jahr hat Fritz Sauckel vor seiner Hinrichtung behauptet, er sei nur wegen eines Übersetzungsfehlers zum Tode verurteilt worden. Übergesetzt, von Ufer zu Ufer.

Wahrscheinlich verstärken umgekehrt manche Zeugen absichtlich ihren Dialekt oder verschanzen sich hinter sperrigem Fachjargon, komplizierten Sätzen, um bei der Übertragung Verwirrung zu stiften, den Fortlauf zu verschleppen, und vielleicht revanchiert sich dann der Dolmetscher, indem er einen besonders dreisten Auftritt öfter als nötig durch das Aufblinkenlassen der Signallampen am Zeugenstand unterbricht, auf seine Weise Einspruch erhebt, gelbe Birne: Bitte nochmal, unverständlich! Rote Birne: Kurze Unterbrechung, Kabelbruch, Geschichte unsicher! Schattenkämpfe im Zwischenraum der Sprachen. Dort regt sich, was im offenen Saal verdeckt bleiben muss, hinter Konzentration und Teilsätzen, syntaktischer Akrobatik.

Ein Dolmetscher hat Richard erzählt, dass einige von ihnen als Kinder aus Deutschland fliehen mussten oder Angehörige an die Nazis verloren und schließlich unter alliierter Flagge wiedergekehrt sind, um ihre zertrümmerten Heimatstädte zurückzuerkämpfen. Sie kommen aus kleinen Orten wie Wilhelmstadt oder Hamar, wo ein deutscher Kommandant dreizehn Einwohner an Laternenpfählen aufhängen ließ und vier weitere erschoss, weil er in Eile war. Kaum einer ist in Sprachen ausgebildet, der Zufall hat sie hierhergeführt, Neugier oder der Wunsch, die Angeklagten besser zu verstehen, die ihre Kindheit, ihre Familien zerstört haben und jetzt bloß wenige Meter von ihnen entfernt sitzen. Durchsichtige Mittelmänner, mittelgroß, mittelgrau, mittelmäßig, Männer ohne Aussehen, in deren Rollen sie schlüpfen müssen, wenn sie ihren Erklärungen und Ausflüchten, ihren Selbstdarstellungen und Bezichtigungen wahrhaften Ausdruck verleihen wollen, nicht durch mechanischen Transfer, sondern mit feinster Durchlässigkeit für jedes Flackern im Innern, für Zusammenhänge und Redewendungen, sogar für Gestik, und einem Gespür für das, was jemand sagen will, noch bevor er es sagt – das ganze Register von Wut bis Ironie. Mitunter scheint es, als würden all die Beteuerungen und Rechtfertigungen überhaupt erst durch sie in die Welt gesetzt, ja beglaubigt, als würde dem, was durch die Kopfhörer dringt, mehr vertraut als dem unmittelbar Gehörten, denn in der monotonen, stets etwas zögerlichen und knarzenden Wiedergabe der Übersetzung klingt alles offizieller, auch bedeutsamer. Görings Kopfhörer versagten ausgerechnet bei der Verkündung seines Todesurteils. Er ließ sich neue geben, obwohl er das Amerikanische gut verstand.

Wie aber Grausamkeiten übersetzen, ohne selbst grausam zu sein, oder Lügen, ohne selbst zu lügen? Der Dolmetscher, mit dem Richard ins Gespräch kam, sagte, bei seinem ersten Einsatz im Gerichtssaal, der Eröffnung des Industriellenprozesses, habe er den ganzen Tag über nur sechsmal das Gleiche sagen müssen: I am not guilty. Es komme vor, dass Kollegen vor Ablauf ihrer Schicht übel wird, und Richard hat von einem gehört, der in der Kabine zusammengebrochen ist und seitdem nur noch Dokumente übersetzt.

Hildesheimer, sagte der Dolmetscher und streckte Richard die Hand hin, er heiße Wolfgang Hildesheimer, guten Tag, Herr Anwalt. Da hatte Richard auf dem Weg zur amerikanischen Rechtsbibliothek im Mittelgeschoss eine falsche Tür geöffnet und in einen strahlend hellen Raum geblickt, dessen Boden über und über mit heillos durcheinandergeworfenem Papier bedeckt war, ein kleines weißes Meer aus stenografischen Abschriften, Verhörvorlagen und Transkriptionen, raschelnde Gischt. Knöcheltief versunken watete darin ein Dutzend Schreibkräfte oder Korrekturleserinnen, entlang der Wände Tischreihen mit weiteren Aktenbergen, berstenden Mappen dicht an dicht, die Sitzfläche jedes Klappstuhls mit hohen, windschiefen Stapeln belegt, zwischen denen die Frauen sich träge tastend wie Schlafwandler bewegten, um gelegentlich mit größter Vorsicht einzelne Blätter auf die Türme zu legen, als drohten sie unter diesem letzten, schwebend leichten Gewicht einzustürzen, und aus der Mitte des Raums stakte ein junger Mann mit schwarzem Brillengestell auf Richard zu, die Haare wie von einer Seebrise nach hinten gelegt, und sagte, nur einmarschiert, willkommen im Papierkrieg.

Vor Gericht sollen die Dolmetscher und ihr Einfluss auf das Verfahren unsichtbar bleiben, doch als sich Richard jetzt unauffällig in ihre Richtung wendet, kommen ihm die Kabinen plötzlich wie die ausgestelltesten Plätze im ganzen Raum vor, die Dolmetscher exzentrisch in ihren Schaukästen auf leicht erhobener Tribüne. Vor aller Augen präsentiert, müssen sie sich von den dünnen Scheiben zugleich geschützt fühlen, denn wer nicht gerade das Mikrofon vor sich hat, zupft sich ungeniert Fussel von der Schulter, richtet die von den Spannriemen der Kopfhörer platt gedrückte Frisur. Keine Garderobe ist hier gedankenlos gewählt, man hat sich daran gewöhnt, sich zu zeigen, Anzug und Schminke trotz schweißfeuchtem Treibhaus, Pionierstolz hinter Vitrine.

Manchmal überlagern sich die Gesichter der Dolmetscher mit denen der Angeklagten, die sich im Kabinenglas spiegeln, zu merkwürdigen Doppelwesen. Das Simultandolmetschen erfordert angeblich übermenschliche Leistungen des Gehirns. Wie jung sie sind, viele gerade erst erwachsen. Neben ihnen fühlt Richard sich alt, obwohl er kaum älter ist. Er beneidet sie. Wenn sie abends die Transkriptionen mit den Tonbandaufnahmen abgeglichen haben und den Palast verlassen, sind sie befreit, streift die Abendluft für eine Weile alles von ihnen ab, was sie hören, was sie sagen mussten. Richard hat sie beobachtet, wie sie draußen auf dem Vorplatz die drängenden Fragen der Reporter fortlächeln, hier treten sie endlich in Erscheinung, haben Namen wie Sigi Ramler oder Julia Kerr, Hubertus Golch oder Hedwig Wiesendanck – sind Geheimnisträger, die vor Erschöpfung oft nicht mehr wissen, was sie überhaupt verraten könnten. Allein die deutschen Hypotaxen in die klaren Linien des Englischen zu bringen, hat Hildesheimer gesagt, erfordere eine so hohe Konzentration, dass sich das Bewusstsein irgendwann ausschalte. Erst nachts komme es unscharf wieder, bei manchen in Alpträumen oder auf schlaflosen Streifgängen durchs Haus, hellhörig, wie man es nur im Dunkeln ist.

An den Abenden aber sind sie für ein paar Stunden nichts als jung und stolz und ausgewählt, im Eignungstest mussten sie zehn Baumarten, zehn Autoteile und zehn landwirtschaftliche Geräte aufzählen, in beiden Sprachen, und absurde Begriffe wie *mündelsicherer Pfandbrief* übersetzen. Mit federndem Schritt laufen sie dann über den Kies zur Fürther Straße, im Rücken den selbst nachts von innen beleuchteten Palast und beflügelt von dem Gefühl, nicht nur unentbehrlich für die Prozesse zu sein, sondern sich ihnen buchstäblich einzuschreiben mit jedem übersetzten Satz, jeder Entscheidung, die sie in Sekundenbruchteilen treffen, der Bedeutung, die sie dabei schaffen, *Endlösung: Final Solution? Extermination.* In den amerikanischen PX-Stores dürfen sie kaufen, was andere nicht bekommen, gehen ins Kino, Spätvorstellung: *Das Ende einer Welt* mit der schönen Marchesa Montetristo, sie essen gemeinsam im Schloss Stein oder tanzen im Hotel Marbot. Untereinander sprechen sie Englisch, halten Distanz zum Tätervolk, wenigstens hier.

Dagegen sitzt Richard abends in seinem möblierten Zimmer bei Frau Dolles und bereitet Schriftsätze vor – Blümchen auf der welken Tapete, Porzellanfiguren auf dem Fenstersims. Manchmal vermisst er Göttingen. Den Kaligeruch der Institutsbücher, Carl Friedrichs Wohnung in der Bunsenstraße, nächtliche Gespräche über Tasso oder wo man einen neuen Kanonenofen herbekommt. Jetzt lauscht er hier nur dem Radioempfänger, dem Sprecher der Sendung *Prozesse der Zeit,* der im Rauschen und statischen Fiepen der Frequenzen immer wieder zu versinken droht, vielleicht hört er ihn sagen, dass im Nürnberger Wilhelmstraßenprozess ein Telegramm von 1941 vorgelegt wurde, in dem Ernst von Weizsäcker fordert, einen

Frieden zwischen Japan und den USA unbedingt zu verhindern. Oder dass sich Ulrike Greta von Weizsäcker, eine 25-jährige Nichte des Hauptangeklagten, von der Galerie des Frankfurter Doms in den Tod gestürzt hat. Oder dass Lord Vansittart vor Gericht der Aussage von Theo Kordt widersprochen hat, Weizsäcker habe im Amt verdeckten Widerstand geleistet.

Diese These der Verteidigung hat nun durch die eidesstattliche Erklärung des britischen Unterstaatssekretärs einen schweren Stoß erlitten. Vansittart sagt fast in allen Stücken das Gegenteil. Er bezeichnet Weizsäcker auch heute noch als die rechte Hand Ribbentrops. Er vermag sich an nichts zu erinnern, was bestätigen würde, dass Weizsäcker versucht habe, Hitler und Ribbentrop in den Arm zu fallen. Sie sehen, wie hier Behauptung gegen Behauptung steht.

Zwischendurch Tanzmusik und Vermischtes zu Max Schmeling und Mary Pickford. Richard kannte seine Cousine nicht sehr gut, aber sie waren verwandt. Er hat wahrscheinlich weniger Einfluss auf das Verfahren als jeder einzelne Dolmetscher, aber er ist verstrickt. Der dritte Sohn. So wie der Vater ein Leben lang wiederum seinem Vater in allem folgte, ist Richard, als gehe er den Spuren eines Schattens nach. Während die Übersetzer hier Erfahrungen machen und danach lebenslänglich frei sind, sich dazu eine eigene Geschichte zu erzählen, hat bei Richard die Familiengeschichte seine Erfahrung vorherbestimmt. Sie zieht an ihm, zieht ihn unter Wasser, von oben dringen Garben von Licht hindurch, doch er kann es nicht erreichen, er ist im Prozess gefangen, befangen. Das Gespenst – ist er.

Hildesheimer sagte, alles Wahrscheinliche sei Schein, nichts einfach übertragbar. Sogar das Kursbuch der Staatsbahn mit seinen Zeiten und Ortsnamen könne man übersetzen und zwischen den Zeilen doch auf einen Spielraum großer Entfernungen stoßen, und er sagte, dass es sich in der Glaszelle manchmal wie in einer Zeitkapsel anfühle, leicht verschoben wegen des kurzen Vorsprungs, den sie vor jenen hätten, die im Saal der Übersetzung folgten. Unter den Kopfhörern gebannt, würden sie durch die Scheibe Versuchspersonen ähneln, die in einem großen Labor alle miteinander verkabelt sind, die Richter und Presseleute, die Anwälte und der junge Weizsäcker dort, der schon die ganze Zeit herüberstarrt, als hätte er einen Geist gesehen, anstatt dem Kreuzverhör ihres Entlastungszeugen zuzuhören, auf den Rängen Pablo Casals, der berühmte Cellist – sie alle horchen auf die nächsten Anleitungen, wie diese Untersuchung ihrer selbst hier weiter ablaufen soll, und wenn gegen Ende einer Schicht die Konzentration langsam in Trance übergehe, dehne sich die Décalage zwischen Aussage und Übersetzung immer mehr, zu einem weiten Raum, so offen und licht, dass alles in ihm möglich erscheint. In diesem Zwischenraum können sie noch das leiseste Knacken im Holz der Wandtäfelung hören, jedes winzige Stocken bemerken, ein schnelleres Atemgeräusch, eine leicht veränderte Stimmhöhe, wenn ein Zeuge sagt, *auf die Juden wurde gepisst,* und Richard überlegt, ob er vielleicht bloß genau genug hinhören müsste, um all diese kleinen Regungen und Zeichen zu einer nur für ihn bestimmten Botschaft zusammenzusetzen.

Die Zeiger der Uhr stehen auf 14.58 Uhr, und Richard blickt zurück zum Rednerpult, wo jetzt nicht mehr Kempner, sondern Hellmut steht und Kaufmann fragt, was nach seiner Erfahrung die Grundregeln bei der Auslegung eines diplomatischen Aktenstückes seien. Die Zeiger stehen auf 15.20 Uhr, und Kaufmann antwortet, dass solche Akten eher Indizien seien, Andeutungen von größeren Zusammenhängen und komplexen Entstehungssituationen, aus denen heraus sie allein verstanden werden könnten. Hellmut fragt, ob die Rechtsstellung der Berufsbeamten nach 1933 nicht noch weiter geschwächt wurde und außenpolitische Entscheidungen unter dem Führerprinzip nicht auch ohne Zustimmung des Auswärtigen Amtes erfolgten. Er ist ganz Herr des Verfahrens, ist in seinem Element – und schwitzt nicht einmal, glaubt Richard, wie ein Fisch im Wasser, der das Meer nie sieht, das ihn umschließt. Anders als Kempner lässt Hellmut Kaufmann minutenlang dozieren und nickt Richter Maguire jovial lächelnd zu, sobald der ungeduldig wird. Dann erst hakt er ein, fasst zusammen, was festgehalten werden muss, er formuliert seine Fragen schon als Antworten, die Kaufmann schließlich bloß noch bejahen müsste, er begrüßt eine Unterbrechung, um den Saal zu lüften, hat keine Eile, denn er weiß, sein Verhör ist wie eine lange Gleichung aufgebaut, die sich Schritt für Schritt, Kürzung für Kürzung lichtet, bis am Ende ein Ergebnis von strahlender Klarheit übrig bleibt, und je mehr sich der Weg dorthin verzweigt und verzögert, desto eindrucksvoller wirkt nur das Geschick des allmählichen Enthüllens und umso entwaffnender die Lösung, die dem undurchdringlichen Gebilde schon die ganze Zeit innegewohnt hat und sich zuletzt zu erkennen gibt wie eine Losung. Dass diplomatische Dokumente häufig nicht den entscheidenden Vorgang erwähnen, auf den sie abzielen. »Dass hier eben immer wieder Argumente verwendet werden mussten«, sagt Kaufmann, »die auf die Adressaten den gewollten Eindruck machten oder machen mussten. So dass man also nicht unbedingt sagen kann, dass sie eine hauptsächlich freiwillige Meinungsäußerung der betreffenden Beamten waren, sondern geschrieben waren, damit sie den gewünschten Effekt auf den diktatorischen Leser ausüben.«

»Verstehe ich Sie da richtig, dass in einer Diktatur die Frage des Adressaten eines solchen Dokumentes noch eine verstärkte Rolle spielt?«

»Das ist das, was ich sagen wollte.«

Die Dokumente sollen Jahre später nicht für sich sprechen, sondern, richtig verstanden, ihr zweites, wahres Gesicht zeigen, die vollständige Unschuld des Vaters und dass die Berufsbeamten im Dritten Reich sogar von ihrer Beratungsfunktion weitgehend ausgeschaltet wurden – worunter sie schwer litten, Hellmut sagt: »Darf ich, da das Thema auf Grund der notwendigen sprachlichen Schwierigkeiten etwas kompliziert ist, die Sache noch einmal ganz klarzustellen versuchen. Ein Vorgang, der nicht die Außenpolitik betrifft und dem Auswärtigen Amt zugeleitet wird, bei einem solchen Vorgang kann die Stellungnahme des Auswärtigen Amtes und die Verantwortlichkeit des Auswärtigen Amtes also nicht den Vorfall als solchen betreffen, sondern nur die außenpolitische Zuständigkeit«, er sagt: »Professor Kaufmann, ich darf Sie noch einmal bitten, obwohl der Dolmetscher ganz Vorzügliches leistet, etwas langsamer und in möglichst kurzen Sätzen zu sprechen, weil es wirklich sehr schwierig ist, diese Dinge zu übersetzen«, und fragt ihn, ob unter solchen Umständen eine Rechtspflicht des Beamten bestanden habe, aus dem Amt zu scheiden. Kaufmann antwortet, diese Frage müsse er entschieden verneinen. »Ich stand und stehe auf dem Standpunkt, dass es in weitem Umfang eine Pflicht des Beamten war, zu bleiben, gerade wegen seiner normalen funktionellen Stellung. Ein Element der Tradition, seine erworbenen Sach- und Fachkenntnisse dem Staat weiter zur Verfügung zu stellen, machten es meines Erachtens dem Beamten zu einer schwer zu tragenden Pflicht, trotz Führerprinzip zu bleiben« – gelbe Birne: Stopp, schwer verständlich, und Richter Maguire nutzt die Unterbrechung, nimmt wie entkräftet seine Brille ab, deren Gläser beschlagen sind, und sagt, diese Frage habe doch eher der Gerichtshof zu entscheiden, nicht ein Zeuge.

Führer: früher. Für Ehr. Wenn sie früher sonntags nicht Schiller lasen oder Hausmusik machten, wurde gespielt, die Mutter stiftete an. Mah-Jongg, später Bridge, zwischen den Partien Streuselkuchen, im Hintergrund blubberte das Salzwasser-Aquarium, der ganze Stolz des Vaters, ein winziges Meer in Wilmersdorf. Bei der Zankpatience Racing Devil war die Großmutter kaum zu schlagen, und der Vater zitierte jedes Mal zerknirscht, Den Teufel spürt das Völkchen nie, und wenn er sie beim Kragen hätte – gab sich spöttelnd, doch alle wussten: Er verlor nicht gern. Etwas Empörtes lag dabei in seiner Stimme, als müsste es eine Scham überdecken, die Richard kaum ertrug, und wahrscheinlich erging es den anderen ähnlich, denn beim Vergleichsraten ließen sie ihn dann manchmal stillschweigend gewinnen, was es nur noch schlimmer machte, jetzt schämte sich Richard – für den Vater. Berühmte Persönlichkeiten waren durch Vergleichsfragen zu erraten: Welches Tier, Kunstwerk oder welche Pflanze wäre ihr ähnlich. Am einfachsten war noch Bismarck, deutsche Eiche. Hitler erriet der Vater ebenfalls nach drei Vergleichen. Käsesorte: Harzer. Sportart: Turnen. Sagengestalt: Siegfried. Erleichterung rundum, wenn der Vater im heruntergespielten Triumph nach mehr Kuchen für alle verlangte.

Von den Schreibspielen war Richard das Wörterzerlegen am liebsten. In *Hindenburg* steckten einsilbige Wörter wie *Gier,* zweisilbige wie *Beginn* oder *Unding,* dreisilbige wie *Hinderung.* Die volle Punktzahl brachten aber nur ganze Anagramme. Mit Ein- und Zweisilbern gab sich Richard gar nicht erst ab. Er verstand auch nicht, was die anderen immer so lange überlegten und notierten, wieder durchstrichen, dabei leise nuschelten, während er die Wörter einfach säuberlich vor sich auf ein Papier schrieb und betrachtete, bis einzelne Buchstaben etwas in den Vordergrund zu rücken und aufzuleuchten schienen. Er saß dann vor dem flachen Glastisch auf dem Teppich und wartete, dass die anderen fertig wurden, schob einen einzelnen heruntergefallenen Streusel mit dem Finger die verschlungenen Muster des Teppichs entlang, durch gewebte Rauten und Sterne, ein Irrgarten filigraner Ranken, und stellte sich vor, sie pflanzten sich bis auf sein Blatt fort und der Streusel wäre eins der Wörter, das in der falschen Reihenfolge der Buchstaben gefangen war und ein rotes Tor aus dem Labyrinth hinaus suchte, zu einem sicheren Ort, Richard musste es nur aussprechen. Tor: Rot. Ort.

Möglich, dass er daran jetzt im Gerichtssaal denkt, während er erneut darauf wartet, dass die anderen endlich fertig werden, und die Zeichen auf seinem Blatt vor sich betrachtet, die er gekritzelt hat, ohne es zu merken, kordelartige Muster, Kreise in Kreisen, und Richard überlegt, ob es nicht reichen würde, jetzt hier auf das Papier zu schreiben, der Vater sei unschuldig, um ihn zumindest vorübergehend freizusprechen. Er erinnert sich an die Decknamen, die sie in der Familie zu verwenden begannen, damit die Gestapo im Zweifelsfall das Gemeinte nicht verstand, man konnte nie wissen. In ihren Briefen hieß Hitler nun Pfeiffer, Göring war Geyer, Ribbentrop bald darauf Peter. Sie legten sich eine ironische Sprechweise zu und vereinbarten, dass ein Gedankenstrich am Ende des Satzes bedeutete, dass eigentlich das Gegenteil gemeint war. Es war erstaunlich, wie der spielerische Umgang den Ernst dahinter aufhellte, seine eigene bedrohliche Ursache. In verschlüsselter Form klang jede Besorgnis gleich weniger gravierend, bekam ein Augenzwinkern, sogar wider besseres Wissen, der Klang vermittelte nicht nur, er prägte auch den Eindruck und letztlich die Sache selbst. Die neuesten Streiche von Pfeiffer, Geyer und Peter – Gaunerbande halt. Wenn der Vater aus dem Ausland schrieb, er habe Schacht getroffen, diesen *frischen und energischen Nationalsozi-*

alisten, so wussten sie gleich, dass er den Ehrgeizling nicht leiden konnte. Und wenn er während der Sudetenkrise 38 in einer Denkschrift Ribbentrop mahnte, für einen *unmittelbaren Zugriff* sei die Zeit noch nicht reif, man solle besser der sauberen Lösung eines *chemischen Auflösungsprozesses* vertrauen, dann lag darin kein kaltes Kalkül, sondern der Versuch, Hitlers rasende Zerschlagungspläne zu bremsen, indem er den inneren Selbstzerfall des Landes betonte.

Allerdings fragt sich Richard, ob der doppelbödige Gebrauch der Sprache nicht auch irgendwann in die andere Richtung wirken musste. Ob man durch die dauernde Camouflage aus technokratischen Formulierungen, mit der man eigentlich die anderen täuschen wollte, die wahre Bedeutung dahinter vor allem sich selbst vom Leibe hielt. Vielleicht war es nur eine Frage der Gewöhnung, wann die Maske zum Gesicht wurde und nicht mehr die Umgebung getäuscht war, sondern derjenige, der im Spiegelbild immer noch ein verkapptes Selbst erkennen wollte. Während er doch längst ein anderer geworden war, einer der anderen. Sportart: Sport der Könige.

In den Amtspapieren des Vaters sucht Richard deshalb immer nach verborgenen Hinweisen auf seine eigentliche Haltung, nach versteckten Signalen einer Missbilligung, und sei es nur für Eingeweihte bestimmt und gänzlich wirkungslos gewesen oder gar bloß für sich selbst, als Vergewisserung, wer er war. Aber Richard findet kaum welche. Zumindest keine, bei denen er absolut sicher sein könnte, sie beim Lesen nicht selbst hineingelegt zu haben. Vermutlich ist er auch darum Kaufmann derart dankbar für seine Auslegung des Telegramms an Ludin, dass er jetzt stärker blinzeln und tief durchatmen muss – und wie aus der Tiefe hochgespült plötzlich Gedanken an Heinrich, wie er am Bahnübergang bei Klonowo stirbt, keine hundert Meter entfernt, vom Hals abwärts blutdurchtränkt, und wie Richard dann die Nacht beim Bruder wacht, vor einem notdürftig zusammengenagelten Kreuz, um sie die Schatten der Tucheler Heide. Er schiebt die Bilder fort, verschließt sie wieder, zu riskant.

Es war erst der zweite Kriegstag, als Heinrich starb. Doch da war im Grunde schon alles verloren, die sechs Jahre, die folgten, nur noch Agonie. Die Bemühungen des Vaters, den Ausbruch zu verhindern, gescheitert. Zurücktreten konnte, wollte er nicht, ein Mann des bewaffneten Widerstands war er nicht. Friede – ja, aber ohne ein niedergeworfenes Vaterland, die Großmacht des Reiches musste gewahrt sein. Ihm blieb das Lavieren, dazwischen.

Richard könnte aufgefallen sein, wie der Vater in seinen Erinnerungen, die er auf ihr Drängen hin seit Monaten in der Zelle aufschreibt, Heinrichs Rang als *Leutnant und Führer des 1. Zuges des Infanterie-Regiments Nr. 9* betont; er sei, als ihm der Hals durchschossen wurde, gegen polnische Schützen vorgegangen, *seinen Leuten voran.* Etwas könnte Richard daran stören, etwas im Ton, ein Pathos, das die persönliche Regung ersetzt, aber dem Bruder gar nicht entspricht. Auch im Kriegstagebuch des Vaters hat er nur die Notiz gefunden, *Nun sind wir im Kampf. Gebe Gott, daß nicht alles, was gut und wertvoll ist, dabei zu Grunde geht.* Das war drei Tage nach Heinrichs Tod. Und vier Jahre später, als ihre Villa in der Admiral-Schroeder-Straße abgebrannt war: *Nun ist alles dahin, was Richard und Heinrich gehörte, ihre Kleider, Bibliotheken, Erinnerungsstücke, Heinrichs Stahlhelm.*

Ausgerechnet der Stahlhelm. Wofür steht er, für den Heldentod eines Sohnes, der der Literatur und Geschichte zugeneigt war? Für das Größere, das eisern seine Opfer verlangt, die jungen Götterlieblinge zuerst? Oder dafür, dass in ihrer Familie über Inneres kaum gesprochen oder geschrieben wurde, früher schon nicht, aber noch weniger, seit sie auf ihre Worte achten mussten, seit sie ihre Sätze verschlüsselten und wieder rückübersetzten, bis immer weniger zwischen den Zeilen übrig blieb, am Ende ein Schlüssel ohne Schloss, das Schweigen. Richard kann sich kaum an Gespräche zu Hause erinnern, die über Alltägliches hinausgingen, ihre künstlerischen Interessen, den anstehenden Musikabend. War der Vater einmal besonders redselig, sprach er auch über Geschichte – oder erzählte Geschichten. Von den Ruderwettbewerben als junger Fähnrich um die Gefängnisinsel Munkholmen oder wie sie beim Anlegen in fremden Häfen heimlich militärische Anlagen ausspähten, in Singapur und Wladiwostock. Aber was sonst? Gelegentlich schimpfte er auf die Plumpheit der Parteiparvenüs, und Richard weiß noch, wie er ihm während des Röhm-Putsches auftrug, den ganzen Tag vor dem Radio sitzen zu bleiben und ihm von jeder Neuigkeit sofort zu berichten. Doch da beginnt es schon zu verblassen. Die Familie war für den Vater ein Refugium, bedeutete Rückzug, zuletzt von ihr selbst.

Vielleicht hat der Vater irgendwann sogar noch vergessen, was er verschwieg. Der vollkommene Code. Und Richard findet deshalb die Andeutungen nicht, die er sucht, selbst in den Briefen nicht, die der Vater aus dem Gefängnis schreibt und in denen er sich ihnen doch zu öffnen scheint wie nie zuvor. *Innerlich bin ich ganz ruhig und betrachte den kommenden Ablauf als einen historischen, zeitbedingten, der meine Person, mein Ich, nicht berührt.* Manchmal fürchtet Richard, dieses Ich existiere gar nicht, sondern sei nur eine Beschwörung, ein Wort mit drei Buchstaben, das den Vater vor anderen abschottet, Wörtern wie: Schuld. Es befreit ihn. Von sich.

Der Vater zerlegt das Ich in Einheiten, die noch seine Erniedrigung mit Sinn auszeichnen, *denn solch ein Aufenthalt ist wie kaum ein andrer geeignet, echte Maßstäbe des Lebens anzuzeigen und Mitgefühl für andere zu wecken. Das Mitgefühl und das Eingehen auf die Schmerzen anderer entwickelt sich beim Durchschnittsmenschen nicht leicht ohne eigenes Erlebnis.*

Ein Durchschnittsmensch will er nicht sein, will anderen helfen, auch mit seinem bekannten Namen, er geht auf Fühlung. Mit den Gefangenen, mit den Wärtern, *meist Ostseeprovinzler, Esten. Arme Menschen,* mit dem zum Tode verurteilten S., *wer würde diesem liebenswerten Menschen todeswürdige Dinge zutrauen? Mein Glaube an die Fähigkeit menschlicher Gerichte, subjektiv Schuldige von subjektiv Unschuldigen zu trennen, hat ohnehin schon lange Not gelitten. Aber auch die Bewertung des menschlichen Einzelschicksals hat bei mir einen Wandel durchgemacht. Die Bewertung der Werte, das Mitempfinden im Leid, das bleibt nicht unverändert, wenn man sieht, wie, ähnlich einer kämpfenden Truppe, den einen die Kugel trifft, den andern nicht. Nicht auf die gegnerischen Schützen kommt es an, sondern auf den Getroffenen und seine Haltung.* Seinen Leuten voran. Die Haft als Bildungsaufenthalt, der ihn bestimmen möge, doch ihn selbst kann Richard darin nicht richtig fühlen, bloß einen Stellvertreter, der mitfühlt. Mit sich.

Der Vater zerlegt das Ich in Überlegungen, die ihn nicht festlegen. Das Tun schließe immer Gefahren schuldhaften Handelns ein, das Nichtstun indes noch mehr. Jede Regung müsse in richtiges Verhalten übergehen, in *Haltung und Handlung eben im vorhandenen Rahmen.* Nur was heißt das für ihn, hat er genug getan? Zu wenig? Da hält er sich zurück, in dubio abstine. Das Gewissen: sei wie eine Glocke. Man hört sie laut, wenn man etwas Unrechtes getan hat, und schon leise, ehe man etwas Unrechtes tut. Doch was hört der Vater? Er schreibt, der moralische Irrtum beginne erst da, wo man nicht mehr auf das eigene innere Gehör achte, sondern sich vergleiche und Schuld bei anderen suche, bedauert aber selbst schon kurz darauf das *Hassenswerte* seiner Verfolgung und das *wirklich Unmoralische der hiesigen Methoden.* Wenn er über Verantwortung nachdenkt, dann bloß *über das Wort »Verantwortung«.* Wenn er sagt, man müsse die menschliche Verantwortung für jedes Geschehen im ganzen Umfang fühlen, dann nur, um sogleich zu bedenken, dass aber *das Sichtbare gar nicht das Eigentliche ist, nicht das Gemeinte.* Er laviert, dazwischen.

Einmal wenigstens schreibt er, es mache ihm Gedanken, was er *»angerichtet« habe,* und Richard wünschte, der Vater hätte nicht auch das in Anführungszeichen gesetzt. Und es beziehe sich nicht ausschließlich auf die eigene Seite, die eigenen Opfer. Die *Zerstörung unseres Familiendaseins,* den *Faden der Übeltat,* den nun die andere Seite spinnt, die Demütigung des Verfahrens, die man ungerührt erdulde.

Vielleicht sieht Richard den Wald vor lauter Bäumen nicht, und all die vergeistigten Überlegungen in den Briefen sind ebenfalls Camouflage, mit der der Vater sich gegen sich abschirmt. Statt zu hadern, stellt er Betrachtungen an, aus sicherer Distanz. *Die Objektivierung meines Falles. Die Trennung von Person und Sache. Mein Ich, nicht berührt.* Richard glaubt ihm ja, will ihm glauben, glaubt ihm noch. Aber was eigentlich? Dass er im Inneren kein Nazi war? Dass er im Äußeren alles nur Mögliche getan hat, eben im vorhandenen Rahmen? Dass er ein guter Mensch ist? Richard glaubt es, weiß es, doch er kann es nicht spüren. Die Distanzierung des Vaters gelingt zu gut. Je enger Richard in den letzten Monaten an ihn herangerückt ist, desto weiter scheint sich der Vater immer wieder auch von ihm zu entfernen, wie eine Spiegelung von etwas, das ganz woanders ist. Als verteidigte er sich selbst. Gegen ihn.

Nur manchmal, sehr selten, fühlt sich Richard ihm wirklich nah. Wenn der Vater seinen Schirm einmal kurz hebt und schreibt, er habe nicht schlafen können, weil er über *gewisse noirs* nicht hinwegkomme, *und zwischen Wachen und Schlafen wurde ich mit der Welt nicht fertig.* Oder er seine Welt in *einer Art von explosivem Auseinanderfliegen* sieht und hofft, dass ihm *genügend Anziehungskräfte entgegentreten, so daß ein Gleichgewicht entsteht, etwa wie in unserem Sonnensystem.* Dann rührt Richard die verzweifelte Selbsttäuschung des Vaters, noch zusammenhalten zu können, was längst zerbrochen ist, einmal mehr, und es bewegt ihn, seinen eigenen Namen dort zu lesen, wofür er sich zugleich geniert, als der Vater an die Mutter schreibt, *es ist ein Seelenbad, mit Richard zu reden, diesem Beherrscher des Feldes, auf dem die Seele und das Leben sich begegnen.* Dann spürt Richard seine Pflicht. Er darf den Vater nicht enttäuschen. Den Schirm nicht lüften, den Kreis nicht durchbrechen. Enttäuschen: Taten scheuen. Neue Schatten. Er liest über solche Sätze schnell hinweg, verschlüsselt sie wieder, zu riskant. Ein Satz des Vaters, ist es eigentlich recht, etwas zu schreiben, wenn man doch dabei seine letzten Gedanken versteckt?

Als Kaufmann aus dem Zeugenstand entlassen wird und Richter Maguire den Verhandlungstag mit einem Hammerschlag für beendet erklärt, verharrt der Saal noch für einen kurzen Augenblick, ehe Gewusel losbricht, ein reges Durcheinander wie auf dem Börsenparkett, aber es ist etwas verhaltener als sonst, von der gestauten Hitze gedämpft. Trotzdem steht Richard gegen seine Gewohnheit mit den Ersten auf, ohne auf Hellmut zu warten, und bahnt sich, was er sonst nur selten tut, seinen Weg zum Vater am Rand der Anklagebank. Träge bewegen sich seine Beine, ein leicht betäubtes Vorwärtskommen, auf angenehme Weise mühevoll, wie wenn man über Sand geht. Er hat das unbestimmte Bedürfnis, mit seinem Vater zu sprechen, der dort allein noch sitzt, nachdem die anderen um ihn sich erhoben haben, sich unterhalten, sein Ellbogen wie so oft auf die Absperrung gestützt, ein sauber zusammengelegtes Taschentuch in der Hand, um sich Schweißtropfen von der Stirn zu tupfen und aus den Augenwinkeln, als wären es Tränen. Er ist blass, er trinkt zu wenig, sagt der Gefängnisarzt, in sich versunken sieht er Richard erst, als der schon fast vor ihm steht, und scheint kurz verwundert, bevor sein Gesicht aufklart. Zwei Meter weiter lässt sich Elisabeth Gombel von Bohle einen Handkuss geben, während Richard nicht weiß, ob er seinem Vater über das Geländer hinweg die Hand reichen soll – und weil auch der Vater zögert, zu ihm aufzustehen, schließlich sitzen bleibt, winden sie sich einen Moment lang in angedeuteten, wieder zurückweichenden Bewegungen voreinander, bis der Vater endlich sagt, das ist doch durchaus erfreulich verlaufen heute, und Richard antwortet, ja, Hellmut at his best. Erleichtert lachen beide auf, noch wie auf Probe, aber es geht. Sie verlieren kein weiteres Wort über den Gerichtstag, als könnte jedes falsche den Erfolg gefährden. Richard richtet Grüße von Carl Friedrich aus, er hat Gastvorlesungen in Chicago in Aussicht, und der Vater nickt anerkennend, antwortet, heute müsse ein Europäer Amerika kennenlernen wie ein Athener Rom zur Kaiserzeit und dass er übrigens einen neuen Mitbewohner in der Zelle habe, eine Maus, die nachts an den Brotvorrat in der kleinen Pentry geht – dann wird alles hell, dann wird alles dunkel, als ein greller Blitz sie blendet und erstarren lässt.

In gewissem Sinn behielt Margret Boveri Recht. Ein Geist überdauerte, nur dass es nicht unbedingt ein guter war. Viele Leitbilder des Auswärtigen Amtes aus dem Dritten Reich werden in der neuen Bundesrepublik Anschluss suchen und finden, Legenden werden nachträglich geschaffen. Das naziverseuchte

Ministerium habe einen versteckten Doppelgänger gehabt, einen, der anständig geblieben sei, heroisch ausgeharrt habe. Rehabilitierung verdrängt Entnazifizierung im Wiederaufbau. Alte Seilschaften helfen über bräunliche Vorgeschichten hinweg, und Konrad Adenauer wird sagen, man schüttet kein dreckiges Wasser weg, solange man kein sauberes hat. Anfang der Fünfzigerjahre besteht die Mehrheit der Ministerialdirektoren, -dirigenten und Referatsleiter des Amtes aus ehemaligen Mitgliedern der NSDAP. Ein Untersuchungsausschuss des Bundestages stuft nur wenige Fälle inkriminierter Beamter als *ungeeignet zur Weiterverwendung* ein, und Adenauer wird sagen, wir sollten mit der Nazi-Riecherei jetzt Schluss machen. Einige Publizisten wie Peter de Mendelssohn oder Michael Mansfeld halten dagegen, aus dem Nürnberger Zeugenstand geistere das gestrige Personal einfach ungeläutert zurück an ihre Schreibtische, wie schwankende Wiedergänger. Derweil wird ein mittlerer Beamter wie Fritz Kolbe, der unter dem Decknamen George Wood von 1943 bis 1945 dem US-Nachrichtendienst in Bern wertvolle Informationen weitergab, als Spion stigmatisiert und von einer Rückkehr ins Amt ausgeschlossen. Hinter vorgehaltener Hand demontieren ihn besonders die Brüder Theo und Erich Kordt, die in Nürnberg als Hauptzeugen für die Widerstandstätigkeit Weizsäckers aufgetreten sind.

Auch antisemitische Angriffe nehmen wieder zu, bis in die Chefredaktionen hinein. Richard Tüngel von der ZEIT fordert noch Ende 1951, den Nürnberger Ankläger Robert Kempner des Landes zu verweisen: *Einem Schädling muss das Handwerk gelegt werden.* Der *seelische Krüppel* habe den Staatssekretär von Weizsäcker erst ins Gefängnis und dann in den Tod gehetzt. Da liegt das Urteil schon mehr als zwei Jahre zurück. Kempner selbst zeigt sich gefasster. Er beschreibt Weizsäcker später als eine tragische Figur der Nürnberger Prozesse, die geglaubt habe, lügen zu müssen, auch um seine Kollegen aus dem Amt zu schützen. Wie Gespenster hätten sie während der Verhandlung unsichtbar neben ihm gestanden und beobachtet, ob er ihr Boot zum Kentern bringt. *Die feinen Herren mit den blutgesprenkelten weißen Westen.* Ein weiteres Dutzend von ihnen wäre vielleicht angeklagt worden, hätte er ehrlichere Einblicke gegeben. So aber immunisieren sie sich, überdauert der elitäre Geist im Mythos vom gesunden Kreis und in der geringen Strafe Weizsäckers, der noch unter Beschuss die Haltung bewahrte, seinen Leuten voran.

Wenn ich durch mein Zellenfenster sehe, so habe ich vor mir ein Stück Himmel und eine Baumkrone darunter. Die hat eine so merkwürdige Form, daß ich sie mit einem Wikingerschiff vergleiche; am Bug vorn als Galionsbild hat sie den Kopf eines mysteriösen Tiers. Wenn der Wind durch den Baum streicht, dann bewegen sich die Figuren im Boot und der Tierkopf fängt an zu schnappen und zu kauen. Ich glaube, er frißt böse Geister.

4

Drei Ähren spreizten sich im Familienwappen auf blauem Grund, vor dem blauen Himmel von Hohenlohe, wo die Müllersleute Weidsäcker die Bernhardsmühle betrieben, Weinberge ringsum. Ein Nachkomme wurde Mundkoch seines Fürsten, ein anderer trommelte für die Revolution, Einheit vor Freiheit!, rief er nach dem Scheitern, dann eben Bismarck, dann eben Krieg, Deutschland wird Vaterland! Die Kristallgläser klangen beim Anstoßen nach, während Dienstboten Silberbesteck polierten, das Bürgertum stieg auf mit großdeutschen Träumen, bildete sich an Cicero, an Horaz, und als sein Bruder 1914 fiel, schrieb der junge W., *Carl hat sein lebenswertes Leben für eine große Sache heldenhaft beschlossen, darum darf man doch still weinen um ihn.*

Da machte W. bei der Kaiserlichen Marine schon selbst Karriere, hatte in Kalkutta auf dem Ball des indischen Vizekönigs getanzt und im Schloss von Bangkok den Weißer-Elefant-Orden erhalten, der ihm das Recht auf zweihundert Frauen verlieh. Klassenerster, Flaggleutnant, Flottenstab. Er lernte Befehl und Gehorsam, im Berliner Marinekabinett übte er das Verwalten, Abteilung Orden und Ehrengerichte. Ihn ärgerte, dass Prinz Adalbert schneller befördert wurde, weil er der Aristokratie angehörte, doch dafür konnte W. dem König von Württemberg im Schloss von der alten Mandschu-Fürstin erzählen. Bei Tisch führte er das Wort, ohne glänzen zu müssen, sollten doch die anderen kriechen. W. schwärmte schnell, begeisterte sich – für die aufgewühlte Biscaya-See oder das am Morgen erwachende Himalaya-Massiv, für das gütige Geschick, das ihm auf der Stuttgarter Solitüde seine künftige Frau Marianne von Graevenitz vorstellte.

Während der Hochzeitsreise bei Kap Kullen schrieb eine schwedische Zeitung zum ersten Mal vom Krieg. Danach verschwand das Wort nie wieder aus der Tagespresse, etablierte sich, bis der Ausbruch fast folgerichtig einer Vorschrift zu entsprechen schien. W. setzte Hoffnungen in ihn, als eine schöne Zeit moralischer Regeneration. Den Eltern schrieb er, sie müssten stolz sein, gleich drei Söhne ins Feld schicken zu dürfen. Als W. sich am Tag der Mobilmachung zur Flotte meldete, bewies sich in Marianne die Soldatentochter, beim Abschied wurde keine Szene gemacht. Seinen zweijährigen Sohn Carl Friedrich stemmte W. noch einmal Richtung Himmel, wie einen Pokal. Alles war Bewährung. Über die Bewahrung von Bismarcks Erbe sprach W. nachts mit dem Kaiser höchstpersönlich, wenn der das Flaggschiff besuchte, an Bord so ungezwungen wie nirgends sonst, Wilhelm sagte, unsere Zukunft liegt auf dem Wasser. Die aufstrebende Marine, Reichssymbol, die Engländer spotteten: Willy's Spielzeug. W. fertigte Denkschriften über den Seekrieg an, murrend über so viel Halbheit. In historischen Sammlungen suchte er nach geschichtsträchtigen Parallelen und sehnte auf See ungeduldig seine erste Schlacht herbei, das große Examen – es kam mit der übermächtigen englischen Flotte westlich von Jütland auf ihn zu: als tosende Artilleriesalven und aufblitzende Geschütze hinter dichten Rauchsäulen, als Glut lodernder Masten. Im Funkenregen wirbelten Holzplanken durch die Luft, im qualmenden Wasser schrien Matrosen. Noch mehr als drei Jahrzehnte später bewunderte W. in Nürnberg die Gemütsruhe ihres Vizeadmirals Scheer während dieser *größten Seeschlacht der Geschichte.* Im Angesicht des feindlichen Geschwaders hatte Scheer sich noch über eine lästig klappernde Schiebetür im Achterdeck beschwert, sie habe seinen Schlaf gestört. Hinterher trank man auf der rußenden Kommandobrücke Champagner.

Sie soff mit den U-Booten ab, die Tonnage großdeutscher Träume. Das Ende des Krieges verfolgte W. bei der Seekriegsleitung aus gehobener Position, ernüchtert, erschüttert vom schnellen Zusammenbruch des Kaiserreichs und den Bedingungen der Sieger, *sie sind so niederziehend, daß mein erster Gedanke ist: Hieraus entsteht ein neuer Krieg. Unsere Kinder werden ihn ausfechten müssen.*

Sein Sohn Carl Friedrich schrieb lange nach W.s Tod über ihn, er sei eine bewahrende Natur gewesen, kein nationalistischer Heißsporn. Hadernd mit einer neuen politischen Orientierung und den sozialen Niedergang fürchtend, malte er Aquarelle, die die gefährdete Ruhe der Dinge darstellten, Stillleben von weiten Landschaften und aus der Erinnerung das gleichmäßig glänzende Farbenspiel an den Felsen von Gibraltar oder den Sonnenaufgang über der Brahmaputra-Ebene. In den letzten Kriegswochen rührte W. besonders der Anblick des unerschütterlichen Hindenburg, seiner stoischen Würde, ein Monument. Und ihn schmerzte, Wilhelm II. allein im Hofzug sitzen zu sehen, ausrangiert auf einem Abstellgleis in Spa, durch die Scheibe des Abteils erkannte W. den Untergang der Monarchie. Während der Kaiser den Weg ins Exil wählte, zog es W. nach Berlin, *der Machtmittelpunkt hat magnetische Wirkung.* Dort wetterten bald rote Plakate gegen Spartakus: Schlagt ihre Führer tot! Am Brandenburger Tor verbarg sich W. vor Maschinengewehrfeuer hinter einer Marmorbank, Handzettel kündigten an, die Abrechnung nahe. Sie marschierte mit Noskes Truppen ein, und W. schob gerade Dienst im Marineamt, als ein alter Kamerad hereingeschlichen kam, Ernst, ich hab gestern den Liebknecht abgeknallt, wir haben im Tiergarten eine Panne vorgetäuscht und die Laus von hinten – da drängte W. ihn zur Flucht, tauch unter, sonst holt dich die rote Flut. Ein gutes Jahr später waren bei Duisburg noch immer Schüsse zu hören, während W. mit seiner Familie auf einem Rheinfrachter bis Mannheim schipperte, auf Geisterfahrt durch ein rumorendes Land, entlang verlassener Häfen, blockierter Eisenbahnschienen, der Fluss ohne Betrieb. In Stuttgart kamen sie in der Mansarde der Königsresidenz unter, Marianne im neunten Monat schwanger. Ihr dritter Sohn wurde in einem Schloss geboren.

Dass er einen politischen Mord deckte, erwähnt W. nicht in seinem Erinnerungsbuch, aber er schreibt, Noskes Leute hätten Berlin schrittweise von ordnungsstörenden Elementen gesäubert und die Sozialdemokratie habe in dem Chaos auch sonst ordnend gewirkt. Das gehetzte Gesicht des Mörders Horst von Pflugk-Harttung hatte er vielleicht vergessen, den Blick aus dem Fenster auf den Landwehrkanal, vergessen wollen.

Vor Gericht in Nürnberg wurde W.s mangelndes Erinnerungsvermögen getadelt, er schwieg lieber, als kleinste Fehler zu riskieren. Den Kampf jedoch wollte er fortsetzen, auch den gegen eigene Schwachheit und Müdigkeit. In den Ecken seiner Zelle türmten sich Papiere. Er wühlte sich durch Gerichtsunterlagen, nummerierte selbst die privaten Zettel an seine Frau oder seine Mutter, auf Nr. 13 notierte er, die Akten würden sich auf den Steinfliesen 1,20 Meter hoch stapeln, er könnte ein kleines Ministerium beschäftigen. Seine Erinnerungen arbeitete er ebenfalls ab, entgegen anfänglichem Sträuben. Man überschätze ja im Gefängnis so leicht das eigene Schicksal, den eigenen Schmerz, und die Menschen wollten aus der Geschichte nicht lernen, jede Generation wolle ihre eigenen Fehler machen. Aber die Kinder und Enkel sollten sich doch später nicht für ihn genieren müssen und von den Tantiemen ein wenig leichter leben. Mehrmals, in verschiedenen Briefen, nannte W. seine entstehenden Memoiren einen Roman.

Von der Pike habe er nach dem Krieg im Auswärtigen Amt noch einmal angefangen, schreibt er, und gleich mit ansehen müssen, wie die Deutschen unerfüllbare Verträge unterschrieben, um für den Augenblick Schlimmeres zu verhüten, schon jetzt – wie die Alliierten die junge Republik vorführten und damit Hitlers Keime in deutschen Boden senkten, das Ausland ein unbedachter Gärtner, schon jetzt. In einem wiedererstarkenden Deutschland wünschte er sich ein Wort mitzusprechen. Bald leitete er in Basel die Passstelle des Konsulats, bewunderte das Niveau Schweizer Patriziertums, hatte wenig Arbeit und viel Zeit. Er flanierte zum Hotel Drei Könige, wo Erzherzog Eugen gesellig exilierte, oder zum Bahnhof, um von aktueller Politik zu hören. Bundesräte kamen hier an, Delegationen stiegen nach Rapallo um, Rathenau hakte sich auf dem Bahnsteig bei ihm unter, schwärmte von der Basler Architektur und seufzte, die Franzosen bringen uns nur Niederlagen bei.

Fast nichts schreibt W. über die Familie, kaum etwas über sein Innenleben, nur dass die Schweizer Periode glücklich gewesen sei. Statt Selbstbefragung diplomatische Vorgänge, Rückblick mit umgedrehtem Fernrohr, Erinnerung als Rechenschaftsbericht. Seine politischen Urteile sind scharf und von einer Bestimmtheit, die den Aufzeichnungen aus der Zeit selbst abgeht. Als er kurz vor seiner Entlassung aus dem Gefängnis das fertige Manuskript der *Erinnerungen* noch einmal durchsah, erschrak W. selbst über den schroffen, bissigen Klang und hoffte bloß, *daß der kämpferische Ton die Leser mehr aufweckt als ein sanfteres Hinweggleiten über Unebenheiten.*

Aber aufweckte woraus? Aus der falschen Geschichtsschreibung der Sieger? Aus den Irrtümern der Anklage, mit denen sie sich *auf das Niveau von Hitler und Ribbentrop begibt*? Er erinnert sich: an Stresemanns Selbsttäuschung in Locarno, Deutschland durch Demilitarisierung wieder salonfähig zu machen. An den gesegneten Strand von Öresund. An das quälende Ringen um Rüstungsausgleich in Genf, wo W. das Völkerbundreferat leitete. Die Blindheit der Alliierten, die den Deutschen nur ewige Kriegsschuld aufbürden wollten und nicht sahen, dass sich die neue Generation nicht länger als minderwertig behandeln lassen würde. Blind waren immer die anderen. Er vergisst: dass er seinen Eltern den Völkischen Beobachter zur Lektüre empfahl und dem französischen Ministerpräsidenten Poincaré den Tod wünschte. Dass er das rechte Volksbegehren gegen den Young-Plan begrüßte und ihm die Demokratie ein *Krebsschaden* war, in dessen Dienst er stand. In Genf habe die deutsche Demokratie den Fangstoß erhalten, schreibt er. Stresemann, der nervöse Schwätzer, wurde nicht heimisch in der internationalen Welt, und die anderen begriffen einfach nicht, dass Deutschland den Frieden wollte und brauchte wie kein anderes Land, dass es wehrlos war, siehe Vertrag von Locarno, Anlage F. Die freie Presse, eine Lästigkeit. Der Völkerbund voller Scharlatane. Lappalien wurden zu nationalen Prestigefragen aufgeblasen, Reden nur für die heimatlichen Zeitungen gehalten, zähe Tagungen und Konferenzen, wo zwangloser Ausgleich doch vertraute Gespräche brauchte. Sein Vater war noch vor wenigen Jahren nur dem König gegenüber verantwortlich gewesen, und W. sollte jetzt laut feilschen und Hände schütteln, wie Kleinbürger es taten. Weit und breit *keine Figur mit Prädikat »staatsmännisch«* in Sicht. Manche sammelten in den Verhandlungspausen sogar fremde Zigarrenstummel auf. W. träumte sich zurück ins höfische Halbdunkel, wo der Diplomat noch freien Spielraum genoss. Frei von Parlament, Mehrheiten und Meinungen des Augenblicks festigte oder lockerte man dort Bündnisse zwischen Rollfleisch und Tarte Tatin, der qualmige Salon ein Karussell aus Abkommen und verschleierten Interessen, das sich im Takt klingender Cognacgläser drehte.

Eine glückliche Kongressfigur machten die Deutschen dagegen nicht, schon der Fremdsprachen wegen und Brünings schwächlicher Ellbogen. Wegen der falschen Moral der Franzosen, des Erbfeindes, der das Wort Krieg aus Schulbüchern tilgen und Bleisoldaten als Kinderspielzeug verbieten wollte, aber die Deutschen noch zehn Jahre nach der Niederlage im Staub kriechen ließ. Wegen Versailles, der Wurzel allen Übels. Schuld waren immer die anderen. Hätte Grey 1914 statt seiner Rumpelstilzchen-Politik mit offenen Karten gespielt, wäre der Weltkrieg zu verhindern gewesen. Hätte der Flottenstab auf W.s Ablehnung des uneingeschränkten U-Boot-Krieges gehört … und hätte man sie in der Weimarer Republik gleichberechtigt behandelt, Hitler hätte kaum etwas zu geifern gehabt. Doch derart erniedrigt, schutzlos, hatte es da für die Deutschen überhaupt noch Entfaltungsräume gegeben, *konnten sie im Frieden leben, wenn sie nur selber friedlich dachten?*

Bitter enttäuscht führte W. eine Gesandtschaftsvertretung nach Oslo, über Weiden und Regenpartien an der Selbo-See. Mit Rutebooten durchs Land nach Norden, wo sein Blick zum Horizont ins Grenzenlose ging, endlich war es ruhig, die Natur ein unantastbarer Wurf, der Mensch in ihr verewigt, unendlich klein und groß zugleich. Hier gab es kein Verbiegen. Die Norweger waren so geradeheraus wie die gewaltigen Brocken Urgestein, die mitten in den Städten aus den Straßen ragten. Selbst König Haakon verriet W. gelassen, er dürfe seine Nase in nichts stecken, außer in ein Taschentuch, W. schreibt: dass so auch er als höherer Beamter seinem Land loyal zu dienen und sich nicht in das System einzumischen hatte. Eine Verfassung war kein Glaubensbekenntnis.

Entsprechend überrascht hätten ihn die Nachrichten von der Berliner Machtübernahme und Hindenburgs Steigbügelhaltung – der Hitler wird unter mir höchstens Postminister, hatte der doch noch verbreiten lassen, dann kann er mich auf der Briefmarke von hinten. Von der Wucht des Nationalsozialismus wollte W. im Ausland zu wenig mitbekommen haben, um ihn ernst zu nehmen. Bereits in den ersten Tagen machte sich Göring mit einem Drohtelegramm an Göteborg lächerlich. Erst als W. auf einer Dienstreise in Altona eingeschlagene Fenster jüdischer Geschäfte sah, in Berlin die Brutalität der SA mitbekam, spürte er die nächste revolutionäre Flut ansteigen, da war es schon fast zu spät, um noch sicheren Boden unter die Füße zu kriegen. Am 1. Mai rissen vor seinem Osloer Amtssitz vorbeimarschierende Sozialisten die Hakenkreuzflagge herunter und schleuderten sie ins Meer, W. drückte ein Auge zu, kurzer Dienstweg mit Kollege Mohwinckel. Neuerdings musste er Berichte nach Berlin schicken, Rechenschaft ablegen, gegenüber Amateuren! Zugeständnisse an ihre Denk- und Sprechweise waren indes unvermeidlich, wollte man die heftigsten Stöße in beide Richtungen abfedern, auch Neurath blieb ja auf dem Posten, und W. beschwor den kränkelnden Bülow, im Amt zu bleiben. Bis der Reiter über den Bodensee wäre, würden sie das Schiff schon schaukeln, man versicherte sich gegenseitig, auf Sicht zu fahren. W. sichtete für die Bewegung jetzt den Amtskörper und stärkte den jüdischen Beamten den Rücken, nur wo ihre ablehnende Haltung zur Partei in den Akten stand, war eben nichts mehr zu machen, Dokumente sprachen für sich, die Uniformen auf den Korridoren für ein Ende der Vertraulichkeit, das Lebenselement des Dienstes, entblößt von den alles durchleuchtenden Blicken der Partei, da traten die Eifrigen gleich selber bei. Andere ließen sich treiben und hofften, der Spuk gehe vorüber. W. drückte beide Augen zu. Während Synagogen angegriffen wurden, jüdische Läden geplündert, ihre Besitzer misshandelt, machte ihm am meisten die Respektlosigkeit der Nazis gegenüber den christlichen Konfessionen zu schaffen, neben den Altären wehten nun Parteifahnen. Und ihn trieb die Engstirnigkeit der anderen Völker um. Jahrelang hatte man die Deutschen antichambrieren lassen und doch immer wie einen proletarischen Eindringling missachtet, ihren guten Willen, bis ihnen nur noch der Weg durchs Feuer blieb. Die Ursache lag immer woanders.

Am 20. März 1942 antwortete Franz Rademacher, Leiter des *Judenreferates* im Auswärtigen Amt, auf zwei Schreiben aus dem Reichssicherheitshauptamt. Darin hatte Adolf Eichmann angefragt, ob Bedenken gegen die Deportation von 6000 französischen und staatenlosen Juden in das Konzentrationslager Auschwitz vorlägen. Rademacher schrieb, es bestünden seitens des Amtes keine Bedenken. Staatssekretär W. brachte noch zwei handschriftliche Änderungen an: Statt *keine Bedenken* würde *kein Einspruch* gegen das Vorgehen erhoben; zudem habe es sich bei den 6000 um *polizeilich näher charakterisierte Juden* zu handeln.

Die Verteidigung sah darin Indizien für einen verhaltenen Protest W.s sowie den Versuch, den Kreis der zu deportierenden Juden zumindest einzugrenzen. Dagegen erkannte die Anklage in den kleinen Korrekturen gerade die Ignoranz einer verbrecherischen Bürokratie und den verbreiteten Antisemitismus einer alten Elite, die noch angesichts der Vernichtung zwischen guten und schlechten Juden unterschied. Robert Kempner glaubte, W. sei die Sache vielleicht etwas unheimlich gewesen und er habe den Zusatz eingefügt, damit es so aussah, als handelte es sich ohnehin nur um kriminelle Juden. Von den 6078 Deportierten lebten 1945 noch 180.

1941 und 1942 waren W. auch Berichte der Einsatzgruppen in Polen und der Sowjetunion vorgelegt worden, darunter Tätigkeits- und Lageberichte wie Nr. 6: *Die Lösung der Judenfrage wurde insbesondere im Raum ostwärts des Dnjepr seitens der Einsatzgruppen der Sicherheitspolizei und des SD energisch in Angriff genommen. Die von den Kommandos neu besetzten Räume wurden judenfrei gemacht. Dabei wurden 4891 Juden liquidiert.*

Mit braunem Stift zeichnete er Schnellbrief und Berichte mit seiner Paraphe ab: *W.*

Lässt sich später noch ein Weltbild des Vorher skizzieren, das das Nachher erhellt? In seiner Zelle in Nürnberg taten W. die Geschichtsschreiber leid, die nie in der Geschichte mitgetan hatten und sich trotzdem ein Bild von ihm machen wollten, wie Gerichtsschreiber. Er selbst sah sich rückblickend als alten Seemann, seit Jahrzehnten auf dem stürmischen Deck der Deutschland, das Schiff hin und her geworfen, aber nicht leck, die Takelage noch in Ordnung. Wie hätte er da an Havarie glauben sollen. Er sah sich als bedachten Gärtner, der das Gute sacht von Dornen befreien wollte, damit es von selber wachse. Sein Sohn Carl Friedrich beschrieb ihn einmal als einfachen Charakter, der stets nach allen Seiten Fühlung nahm, dem aber die Rauschhaftigkeit des großen Verbrechertums uneinfühlbar blieb. Der andere, Richard, glaubte, dem ganzen Weltbild des Vaters habe es an der Vorstellung des Dämonischen gemangelt, das bereits am Werk war.

Dafür beschäftigte sich W. jedoch recht viel mit dem Bösen, zumindest nach dem Krieg. Er war sich sicher, dass es existiert und das Gute sich an ihm erproben, stärken soll im Gefecht. Von allen edlen Kreaturen könne nur der Mensch zwischen falsch und richtig wählen. Hitlers ungewöhnliche Gabe der Verstellung habe es ihm allerdings lange schwer gemacht ihn zu durchschauen, sein erratisches Wechseln zwischen gespielten Regungen, das beliebige Verdrehen von Wahrheiten. Allein sein eigens für ihn gebrautes Lieblingsbier war so ungenießbar, dass nur mit dem Bösen im Bunde sein konnte, wem es schmeckte.

Durchs Fenster seiner Zelle erblickte W. jetzt *zum Glück nur eilende Wolken und den Himmel, nicht aber zerstörtes Menschenwerk.* Er dachte dann an Carl Friedrichs Schilderungen der Sternenwelt, um alle Beklemmung von sich abfallen zu spüren, und es bedurfte bloß einer kleinen Drehung an der inneren Linse, um selbst in den kalten Steinfliesen ein pompejanisches Mosaik zu erkennen und im Metallabort einen griechischen Brunnen. Je enger der Raum, desto weiter W.s Gedankenreisen – mit ihm als ewig Wanderndem auf hoher See, der den Verlockungen eines leichten Lebens in der Ferne widerstand, um heimzukehren, Typus: Odysseus, der sich dem letzten Kampfe stellt.

Als Robert Kempner vor Beginn des Prozesses Marianne von Weizsäcker in Kressbronn besuchte, um sich einen Eindruck von der familiären Atmosphäre zu verschaffen, sagte sie über die abgezeichneten Deportationen: Sehen Sie sich die Hände meines Mannes an. Es ist ausgeschlossen, dass diese Finger so etwas unterzeichnet haben.

Aber das war später.

Auf Hitlers Machtübernahme 1933 reagierte W. wie bewährt: Er las sich ein. Sonntags, im Familienkreis, hatten sie gerade die *Odyssee* beendet, jetzt kam *Jud Süß* an die Reihe. Für sich las W. dazu *Mein Kampf,* das ihm etwas veraltet erschien, aber auch warmherzig gegenüber dem sozialen Elend. Das war nicht das Werk eines Reaktionärs! Und selbst wenn, man ließ sein Land nicht im Stich, nur weil es eine fragwürdige Regierung hatte. Ihr vulgäres Lärmen war vielleicht stillos. Doch eine Rosskur in Sachen Disziplin, Haltung und Familienwerte konnte Deutschland gut gebrauchen, und wer wusste schon, was nach ihr käme, sollte sie versagen – so musste man die neue Ära eben stützen, ihr mit Sachverstand und Lebensweisheit zur Seite stehen. W. erwartete, gebraucht zu werden. Er fügte sich ein. Bewahrung des Etablierten, Ruhe und Ordnung um jeden Preis, Sicherung von Einfluss. Man musste nur *die richtige »mesure« in das neue System* bringen. Das Maß fand er bei Hitler bald gewahrt, seine Reden gut und abgewogen, das Wüten gegen die Sozialdemokraten, zugegeben, *eine Referentenrede ist das ja nicht! Ich spüre darin aber doch einen Grundton der Mäßigung und Versöhnung.* Selbstberuhigung. Taktische Ausweichmanöver um die verachteten proletarischen Manieren – dass man Deutschland nun alles zutraute, konnte gegenüber Frankreich noch von Vorteil sein. Die eigentliche Gefahr kam schließlich von außen.

In Oslo versuchte W., die Nachrichten von den Übergriffen der SA zu entkräften, aber *die anti-jüdische Aktion zu begreifen, fällt dem Ausland besonders schwer, denn es hat diese Judenüberschwemmung eben nicht am eigenen Leib verspürt.* Die Zwangsdemokratie. Die Inflation, die Juden anzog und mächtig machte. Gewalt gegen sie gefiel W. nicht – gleichzeitig tat er sie ab, als schäumendes Kielwasser des revolutionären Auftriebs, des moralischen Aufschwungs. Der Pöbel würde seinen Mut schon kühlen. Im Sommer empfing ihn Hitler in der Reichskanzlei, und W. war fasziniert von seinem Ernst, seiner inneren Festigkeit, wie eine metaphysische Erscheinung nahm er ihn wahr, die alle Görings und Goebbels rundum überragte. An seinem

Schreibtisch sitzend kämpfte Hitler mit einer widerspenstigen Locke, die er sich immer wieder in die Stirn strich. Darin sah W. später ein böses Omen. Sie sprachen über Bern, wohin W. als Gesandter gehen sollte, Hitler schwärmte von der dortigen Architektur und seufzte, nichts als Verleumdungen in der Schweizer Presse.

Auch W. wurden sie zum Ärgernis, die kritischen Zeitungen: *Werkzeuge des Teufels.* Kein Wunder, dass sie sauberes Papier anschwärzten. Was hieß hier Folter im Konzentrationslager Dachau und ein Häftling lebendig begraben? Gegen solche deutschfeindlichen Schmähungen musste man doch vorgehen können!

Die spöttischen »Heil Adolf«-Rufe in der Schweiz: machten W. *nur noch mehr zum Freund der NSDAP.*

Aufführungen von Erika Manns *Pfeffermühle* oder Friedrich Wolfs *Professor Mannheim*: versuchte W. verbieten zu lassen.

Dass der KZ-Häftling Carl von Ossietzky für den Friedensnobelpreis vorgeschlagen wurde: ein Affront.

Thomas Manns Angriff gegen die Nationalsozialisten aus dem Schweizer Exil: ein Grund zur Ausbürgerung.

Deutsche Gesandtschaft
A 806/II
Bern, den 6. Mai 1936.
Auf den Erlass vom 24. v. M.
– 83–76 25/3 Thomas Mann –
Zwei Berichtsdurchschläge
Inhalt: Ausbürgerung Thomas Mann.

Nachdem Thomas Mann in seinem in der »Neuen Zürcher Zeitung« vom 3. Februar d. J., Nr. 193, veröffentlichten Brief eindeutig gegen das Dritte Reich Stellung genommen und den bisherigen Langmut der deutschen Behörden gegenüber seiner Person mit höhnischen Bemerkungen bedacht hat (vgl. Seite 7 des mit dem nebenbezeichneten Erlass übersandten Schreibens der Geheimen Staatspolizei), dürfte der Tatbestand des Artikels 2 des Gesetzes über den Verlust der deutschen Staatsangehörigkeit vom 14.7.1933 (feindselige Propaganda gegen das Reich im Ausland) erfüllt sein. Es bestehen daher diesseits keine Bedenken, das Ausbürgerungsverfahren gegen ihn nunmehr in die Wege zu leiten.

Weizsäcker

In der Neuen Zürcher Zeitung war zuvor ein offener Brief von Thomas Mann erschienen, in dem er schrieb, dass aus der Naziherrschaft nichts Gutes kommen könne, weder für Deutschland noch für die Welt. Der Judenhass gelte nicht zuletzt auch *Europa und jedem höheren Deutschtum selbst,* er richte sich gegen die *christlich-antiken Fundamente der abendländischen Gesittung* und sei der *Versuch einer Abschüttelung zivilisatorischer Bindungen, der eine furchtbare, eine unheilschwangere Entfremdung zwischen dem Lande Goethes und der übrigen Welt zu bewirken droht.*

Thomas Mann wusste, dass er damit endgültig eine Grenze überschritten hatte, dass das Regime sich dafür rächen würde. Schon die Aussicht darauf erfüllte ihn mit Genugtuung. Während das deutsche Verfahren gegen ihn noch lief, nahm er in Zürich bereits die tschechoslowakische Staatsbürgerschaft an.

Denkbar, dass W. nur auf einen Erlass der Gestapo reagiert hatte, das erwähnte Gesetz ihm kaum eine andere Wahl ließ, wollte er unangreifbar bleiben. Aber wäre es wirklich so riskant gewesen, Bedenken darüber zu äußern, einen weltberühmten Schriftsteller vor aller Öffentlichkeit zu verstoßen, zumal die

Behörden aus ebendiesem Grund seit Jahren davon absahen? Und selbst wenn – wann kam der Zeitpunkt, sich einmal angreifbar zu machen? Wann wurde aus der vermeintlichen Deckung das bequeme, in Reichsfarben schillernde Versteck eines Mutlosen, der sein Harren stets mit der Drohung des nächstgrößeren Bösen rechtfertigte, das er dann nicht mehr würde bekämpfen können? Wo wurde aus kompromittierendem Mittun Selbstgleichschaltung?

Möglicherweise hat W. sich von Thomas Manns Artikel persönlich angegriffen gefühlt. Gerade von ihm, dem Bürger par excellence, dessen *Joseph und seine Brüder* sie zu Hause gerne lasen und dabei über seine politischen Stellungnahmen nachsichtig hinwegblickten. Jetzt berührte er W.s wundesten Punkt, die geistig-ethische Kultur, von der sich die neue Herrschaft immer weiter entfernte, er trat in sittliche Gegnerschaft zu ihr und allen, die sich ihr antrugen, er zog die Linie zwischen sich und W. ausgerechnet durch dessen geistige Heimat, das zivilisatorische Erbe.

Wenn Thomas Mann bald nach seiner Ausbürgerung schrieb, er hätte nicht leben, nicht arbeiten können, er wäre erstickt, ohne von Zeit zu Zeit seinem Abscheu Ausdruck zu geben gegen das, was in Deutschland an unsühnbar Schlechtem geschah, und dass sein Deutschtum aus einer Verbindung zur Welt stamme, nicht aus Abgrenzung zu ihr, aus einer Verantwortlichkeit gegenüber einer allgemeinen Humanität, nicht aus einer nationalen, die sich im *Vornehm-»Kulturellen« isoliert,* dann konnte W. darin seine eigene Anpassungsbereitschaft angeklagt sehen, die sich auf falsche Begriffe des Deutschen und Patriotischen berief. Es konnte ihn besonders treffen, von jemandem wie Thomas Mann, dem der Gedanke einer konservativen Revolution selbst nicht fremd war, des moralischen Selbstbetrugs verdächtigt zu werden – des Trugschlusses, dem Frieden zuliebe einem Regime zu dienen, das allein auf den Krieg ausgerichtet war.

Konnte W. wirklich so arglos sein? Nur wenige Wochen nach seinem Thomas-Mann-Schreiben notierte er, es gebe für ihn hinreichend Grund, weiter im Auswärtigen Dienst zu arbeiten, *solange angenommen werden kann, daß*

1. *zum nationalen und sozialen Gedanken im III. Reich sich noch ein allgemeines religiöses und kulturelles Ethos gesellen,*
2. *das Reich – im nationalen und internationalen Rahmen – eine rechtlich begründete Friedensordnung anstrebt und*
3. *der im Auswärtigen Dienst Befindliche den Weg zu 1) und 2) ebnen helfen kann.*

Im Stillen mag W. dem konservativen deutschen Traum einer Vormachtstellung nachgehangen haben, die sich ohne Krieg behauptet, der mutwilligen Illusion, Versailles mit der Kraft eines Systems abzuwerfen, für das Versailles immer nur der Anfang war, die Zündschnur. Wehrpflicht, Remilitarisierung, Anschluss Österreichs, vieles begrüßte er. Mit England konnte man sich vielleicht gegen Frankreich verbünden, ihr Herrschaftsbewusstsein bewunderte er. Auf ein Dazwischen von größenwahnsinniger Expansion und kleinmütigem Frieden hoffte er.

W. suchte dafür Gewähr im Volk, er zählte darauf, dass es einer ethischen Einstellung und wahrer Kultur den Spielraum sichern würde. Das Volk, auf das er oft herabgesehen hatte, sollte jetzt seine windschiefe Position abstützen. Dabei hatte Goebbels gerade getönt, zur Not könne man auch mal ohne Butter auskommen, aber nie ohne Kanonen. Reichsjuristenführer Hans Frank hatte die Gewaltenteilung für aufgehoben und Hitler zur einzigen Macht im Staat erklärt. Wenige Wochen vor W.s Dreipunktepapier sprach sich Alfred Rosenberg in einer Rede vor der Nationalsozialistischen Kulturgemeinde für die Überwindung alter Werte aus, ein paar Wochen danach bejubelten bei der Eröffnung der Olympischen Spiele in Berlin Zehntausende ihren Führer mit ausgestrecktem Arm.

Die Begeisterungsstürme im Rhythmus einer entfesselt dröhnenden Bewegung gingen im Rauschen der Aare lautlos unter, wenn W. sie vom Fenster des Gesandtschaftsgebäudes aus betrachtete. Manchmal tauchte er nach Dienstschluss noch in das gebirgskühle Wasser, es spülte für ein paar Augenblicke alles von ihm ab, was er hören, was er sagen musste, um die Schweizer zu besänftigen, wenn Göring polterte, die Eidgenossen hätten nur Dreck im Kopf, zu beschwichtigen, als die Gestapo in Kleinbasel den Publizisten Berthold Jacob verschleppte, der über heimliche deutsche Aufrüstung berichtete. In seinen Erinnerungen schreibt W. nicht, dass er in erster Linie einen deutschen Gesichtsverlust verhindern wollte oder dass Jacob später von der Gestapo zu Tode gefoltert wurde, er schreibt, er habe geräuschlos seine Rücklieferung betrieben und könne sich kaum an seinen Nachnamen entsinnen, *ich glaube, er hieß Salomon*.

Überall musste W. taktieren, beruhigen. Die Schweizer verstanden einfach nicht, dass es doch Deutschland war, das sich Bedrohungen ausgesetzt sah und Toleranz benötigte. Auf die Schweiz hatte das Reich überhaupt keinen Appetit! Und über die Behandlung der Juden daheim verlor W. erst gar kein Wort, das brachte nur Unruhe. So lästig auch all die Konjunkturritter und Parteiintriganten, die das deutsche Fieber jetzt ausschwitzte, niedere Existenzen, die ihre große Stunde gekommen sahen, als Spitzel der Partei, als Unruhestifter Nebendiplomatie betrieben und W. die Sacharbeit erschwerten. In seinem Amtstelefon knackte es verdächtig. Auf langen Spaziergängen in der

Elfenau grübelte er nach, wie er diesem Ungeziefer begegnen sollte, befragte im Stillen Napoleon, der als Stich in der Gesandtschaft hing. SA-Morde, Säuberungen: wirklich scheußlich. Aber die Revolution fraß eben ihre Kinder. Sie würde sich schon mausern. Und Fieber bedeutete schließlich Selbstheilung des Körpers, Löschbrand. Die Bergfeuer leuchteten am Schweizer Nationalfeiertag in der Abendlandschaft, doch W. sah darin kein Fanal, er fuhr vom Bodensee zurück nach Bern, er fuhr nach Paris, nach Italien, überall Umgang mit hervorragenden Familien, Menschen mit umfassender Kultur und Ordnungssinn. Er fuhr zu den Nürnberger Parteitagen, wo man als Gesandter anständig untergebracht war und gute Plätze bekam – freie Sicht auf den Lichtdom aus Flakscheinwerfern, deren Säulen bis zum Himmel ins Ewige strahlten und noch jedem Kleinsten aus der Masse seinen Stern zuwiesen. Hitler ist Deutschland und Deutschland ist Hitler!, schrie Heß mit eng geschnalltem Koppel über das Menschenmeer – hinterher wurde auf den Schutz des deutschen Blutes angestoßen, Dr. Goebbels durchaus liebenswürdig, und Ribbentrop lallte, die Basler Nachrichten würden doch bestimmt von Moskau bezahlt.

Durfte man unter solchen Leuten weiterarbeiten? Nächtliches Brandyschwenken mit Kollege Moltke aus Warschau, Blick über die Schultern, gedämpfte Stimmen – man musste sogar!, jetzt umso mehr, als das Ausland Hitler keinen Riegel vorschob, ihm allenthalben Zugeständnisse machte, beim Flottenabkommen, beim Austritt aus dem Völkerbund, es ließ ihn gehen, ein verantwortungsloses Laisser-aller.

Um die Verteidigung in Nürnberg zu unterstützen, fertigte W. in seiner Zelle eine Reihe handschriftlicher Notizen an, etwa zu *Judensachen, allgemein* oder *in Sachen 6000 Juden* oder *zum*

Anklagedokument 1731 SD an AA 8. I. 1942: Die Durchsicht der Einsatzgruppenberichte, die W. jetzt zum ersten Mal vorgenommen, mutet infernalisch an. Daß der Krieg aber in jeder Hinsicht in dieser Richtung ausarten würde und daß die Gefühllosigkeit, z. B. auch bei Bombenangriffen auf dichtbevölkerte Städte, immer entsetzlicher werden müsse, hat W. freilich nicht verwundert. W. ahnte, weshalb er durchaus gegen jede Katastrophen-Politik von beiden Seiten war, Krieg hieß eben die Pforten der Hölle öffnen.

Häufig schrieb W. von sich in der dritten Person, wie von einer Figur.

W. stieg auf mit großdeutschen Träumen, 1937 zog er aus der Schweiz als Leiter der Politischen Abteilung nach Berlin, zum Machtmittelpunkt.

W. fand dort ein Auswärtiges Amt vor, das er unter Hitlers Machtapparat als *tastend, inkonsequent und schwächlich* empfand.

W. entwarf eine neue Ära, eine föderative deutsche Großmacht, die *Ostpreußen (durch den bisherigen Korridor) mit Deutschland wieder direkt verbände, Österreich u. das Sudetendeutschtum nahe an uns anschlösse u. gewisse Grenzkorrekturen in Oberschlesien, vielleicht auch bei Tondern, bei Eupen usw. aufwiese.*

W. wollte seinen Kampf im Amt *nur für Führer, Bewegung und Vaterland führen.*

W. wollte ihn im *Charakter eines Strebens nach internationaler, rechtlich u. moralisch begründeter Friedensordnung* aufnehmen.

W. warnte: Die Ziele durften dem Ausland nicht bekannt werden, nur dann war ein *überwältigender Sieg der deutschen Sache* möglich.

W. empfahl Deutschland nach außen ein *freundliches Gesicht, um eintretendenfalls umso überraschender handeln zu können.*

W. stellte sich vor, seine Mitwirkung *aus Gründen der Selbstachtung* aufzugeben, *wenn eine unmittelbar in den Krieg führende Politik gemacht würde.*

Eintretendenfalls. W. schlingerte noch innerhalb ein und derselben Denkschrift. Kam er nie auf den Gedanken, dass das freundliche Gesicht der Kriegspläne möglicherweise er selbst war? Dass die Partei ihn so steil beförderte, obwohl er noch kein Mitglied war und des allzu Moderaten verdächtig, um mit ihm als Übergangsgehilfen einem verbrecherischen System Respektabilität zu verschaffen, der Getarnte eine Tarnung? Oder galt er schlicht als Begabtester, nach Charakter und Gesinnung, wie Albrecht Haushofer an Ribbentrop schrieb?

Zehn Monate nach W.s eigenem außenpolitischen Entwurf weihte Hitler einen engen Kreis über seine Absichten ein. W. will davon nicht erfahren haben, aber er stellte seine Mitwirkung auch nicht ein, als ihn Ribbentrop bald darauf über das *große Programm* des Führers informierte, das *nicht ohne das Schwert zu erfüllen* sei. Im Gegenteil, er nahm das Angebot an, Staatssekretär zu werden, wofür Ribbentrop grundsätzliche Übereinstimmung mit der Politik Hitlers voraussetzte. In sein Tagebuch notierte W. über das Gespräch: *Wenn Ribbentrop und Führer mich haben wollen, so folge ich als Soldat … Das A. A. muß an den Reichswagen angekuppelt werden. Ich stellte zum Schluß fest, daß bis auf weiteres kein Krieg geplant und keiner mit Erfolg geführt werden könnte. –*

W., der oft zauderte und sich neue Entwicklungen erst zu eigen machte, wenn mögliche Risiken überwunden waren, schätzte Ribbentrop seinerseits als wandelbar ein und hoffte vielleicht wirklich, dem Amt in höherer Position wieder mehr

Einfluss sichern und so einen Krieg verhindern zu können, *welcher nicht nur das Ende des III. Reichs sondern Finis Germaniae wäre.* Doch andererseits – kann er, der stets übervorsichtig agierte, das tatsächlich geglaubt haben, wenn nicht einmal Hitlers engste Vertraute ihren Führer bei seinen Entscheidungen für zugänglich hielten und besonders bei Kriegsfragen kein Hauch von Illoyalität zwischen Ministern und ihren Staatssekretären aufkommen durfte? Als Ribbentrop W. auf Gut Sonnenburg Angriffspläne gegen England unterbreitete, brachte W. strategische Einwände vor und will ein paar Wochen später, während sich die Sudetenkrise zuspitzte, Ribbentrop angebrüllt und gemahnt haben, *wer das deutsche Reich und den Führer lieb hat, kann nicht zum Krieg raten.* Bei den Nürnberger Prozessen bestritt Ribbentrop, dass W. je Unzufriedenheit über seine Außenpolitik zum Ausdruck gebracht habe. Aber das allein musste nichts heißen; selbst Goebbels hielt Ribbentrop für einen Schwindler.

Das freundliche Gesicht W.s hellt sich in seinen Memoiren immer weiter auf. Er spart aus und übertreibt, er stilisiert und überschreibt. Je sachlicher er aber den Rückblick auf das verwaltende Tagesgeschäft verengt, desto schärfer treten auch die Lücken darin hervor: kaum ein Wort zu dem, was ihn angeblich so quälend umtrieb, der Verzweiflung über die sich abzeichnende Eskalation oder Mitgefühl mit jenen, die im Land bereits verfolgt wurden, während er seine Laufbahn krönte. Statt nachträglichem Entsetzen und Bedauern bloß neuerliches Übersehen.

Ich möchte gern schreiben, wie ein alter Burgunder schmeckt.

Noch 1938 wollte W. glauben, der aggressive Antisemitismus sei nur eine persönliche Manie Hitlers und Propagandamittel der Partei. Das Volk habe sich dagegen längst abreagiert. Ende

Oktober ließ die Gestapo Tausende in Deutschland lebende polnische Juden festnehmen und in Zügen und Lastwagen zur Grenze abtransportieren, wo während der behördlichen Verhandlungen viele tagelang im Niemandsland oder in überfüllten Bahnhöfen ausharren mussten. In das diplomatische Vorspiel dieser massenhaften Zwangsabschiebung, der *Polenaktion,* und der Arisierung jüdischer Vermögen war auch Staatssekretär W. eingebunden, der mit dem Ausland über Quoten abzunehmender Juden verhandelte, jedoch feststellen musste, *daß zwar viele Länder Juden produzierten, daß aber kein einziges sie konsumieren wolle.* Als der junge Herschel Grynszpan erfuhr, dass seine Familie zu den Vertriebenen gehörte, betrat er in Paris die deutsche Botschaft und erschoss den Legationssekretär Ernst vom Rath, was die deutsche Propaganda zum willkommenen Anlass nahm, um die einsetzenden Übergriffe auf jüdische Wohnungen, Geschäfte und Synagogen anzufachen. Einen Tag nachdem die Nachricht vom Attentat die Tagespresse erreicht hatte, brachen die Novemberpogrome los, mit Hunderten Toten und Zehntausenden verhafteten und in Konzentrationslager deportierten Juden. Das Haus eines geflohenen Bankiers sollte W. mit seiner Familie bald als Dienstwohnsitz beziehen, ein Palais in der vornehmsten Gegend. Unmittelbar nach den Pogromen, am 11. November, fuhr W. noch nach Paris zur Trauerfeier für vom Rath, wo er den Lilienkranz des Führers niederlegte, die Kirchenlüster mit schwarzem Flor umhüllt, der Sarg gesäumt von Hakenkreuzfahnen. W. hielt eine Ansprache, in der er vom Raths Treue für den Führer würdigte, die Treue bis zum Letzten, dem jüdischen Überfall. Dieser werde Deutschland aber nur noch härter und entschlossener machen. Es folgte ein Beethoven-Adagio des Wendling Quartetts. In seinem Erinnerungsbuch schreibt W., die anwesenden Journalisten hätten sich wohl verhört; keineswegs habe er seine Rede mit der SA-Parole *Deutschland erwache!* beschlossen, sondern dem Toten vielmehr *Deutschland erwartet dich!* nachgerufen. Zu den Pogromen bemerkt W. nur den Halbsatz, der Presse-Irrtum habe leider nicht mehr richtiggestellt werden können, da Dr. Goebbels gerade zu einem Generalangriff gegen die Juden ausgeholt hatte, indem er überall Synagogen anzünden ließ. Dann schwärmt W. ausführlich von einem mehrwöchigen Urlaub in Italien, der sich für ihn und seine Frau glücklicherweise gleich angeschlossen habe.

Wer von der Gegenwart Abstand und wieder einmal geschichtliche Maßstäbe gewinnen will, der reise an das Mittelmeer. Er betrachte die gegen die Sarazenen aufgerichtete päpstliche Hafenfestung von Civitavecchia. Er stelle sich auf die zweifach überbauten Fundamente von Karthago, besuche das aus dem Flugsand ausgegrabene Leptis Magna in Tripolitanien, steige hinunter in die Steinbrüche von Syrakus, wo griechische Arbeitssklaven ihre Freiheit wiedergewonnen haben, wenn sie Epen auswendig zitieren konnten. Oder er betrachte die klassische Tempellandschaft des alten Agrigent und kehre schließlich über Rom mit neuen Horizonten in die Heimat zurück. Glichen nicht Mussolini und Hitler den Wagenlenkern von Quadrigen, wie sie einst auf der Rennbahn jenseits vom Palatin den Staub zum Himmel aufwirbelten, der eine unter dem dröhnenden Applaus der Masse seine eigene Lust austobend, der andere, von einem Dämon besessen, von Runde zu Runde nach immer neuen nebelhaften Erfolgen jagend?

Das war W.s Roman.

5

Den linken Arm hat der Vater auf die Umrandung des Zeugenstands gelegt, als suchte er, der im Kreuzverhör doch vor aller Welt Haltung beweisen will, dort festen Halt, und weil sein Stuhl ein Stück herausgerückt ist, muss er sich dafür nach vorne beugen, so dass er hinter der klobigen Holzbox noch weiter versinkt. Von Richards etwas tiefer liegendem Platz aus scheint es, als reckte der Vater seinen Kopf gerade noch über die Kante, wie ein Untergehender über steigendes Wasser, der Unbeugsame ein gebückter alter Mann, der auf die Fragen des Anklägers, ob er Ehrenmitglied im Stab des Reichsführers SS gewesen sei und ob er gewusst habe, dass im Osten Tausende durch Einsatzgruppen dieser SS hingeschlachtet wurden, zunächst antwortet, er höre schlecht und wäre dankbar, wenn der Dolmetscher sehr präzise formulieren wollte.

Richard fährt ein Ziehen durch den Magen, wie in der Kindheit, wenn er den Vater, selten einmal, geschwächt oder erschrocken erlebte, er endlich aus seiner überlegenen, immer weit entfernt etwas überlegenden Verhangenheit fiel, ganz in die Gegenwart, was Richard sich ja oft ersehnte, aber dann kaum aushielt. Wie an dem Wintertag auf dem Weiher in Kopenhagen, als der Vater beim Schlittschuhlaufen vor ihm schwer auf den Hinterkopf stürzte, eben noch mit ruhig ausholendem Schritt über das schneeverwehte Eis gezogen war, leicht vorgebeugt, die Hände hinter dem Rücken ineinandergelegt, die Beine in den Kurven geschmeidig rangierend, in völliger Gewissheit jeder Bewegung, und plötzlich auf dem Rücken lag, ein verdrehtes, hilfloses Wesen. Nichts Schlimmeres, als in den Augen des Vaters Angst zu sehen, Richard, hilf mir auf.

»Herr von Weizsäcker, Sie haben ausgesagt, dass Sie von Anfang an gegen die Prinzipien der nationalsozialistischen Ideologie waren, nicht wahr?«

»Auf welchen Teil beziehen Sie sich?«

»Sagen wir mal, die Zeit nach 1935 oder Anfang 1936, als Sie die Ergebnisse des Röhm-Putsches gesehen haben, die Verfolgungen verschiedener Klassen. Sie haben ausgesagt, dass Sie da Ihre Opposition gegen die nationalsozialistische Ideologie und die Methoden, die auf fast allen Gebieten angewendet wurden, erkannt hätten. Ist das richtig?«

»Ich glaube, es wäre richtiger, dass der von Ihnen erwähnte Vorgang, der Röhm-Fall, mich mit seinen Methoden auf das Äußerste angewidert hat und dass ich damals wieder einmal sehr ernsthafte Überlegungen angestellt habe, ob es richtig sei, eine Regierung im Ausland zu vertreten, der solche Handlungen zur Last zu legen seien.«

»Trifft es nicht zu, dass Sie, nachdem Sie beim Auswärtigen Amt Leiter der Politischen Abteilung wurden, diese Handlungen selbst bemäntelt haben? Sie haben die Tätigkeiten umstürzlicher Natur der NSDAP-Vertreter im Ausland geleugnet?«

»Verzeihen Sie, aber was Sie gesagt haben, war kein deutscher Satz.«

Aus der Entfernung kann Richard die Augen des Vaters sicher nicht erkennen, aber er müsste seine eigenen nur schließen, um sie so nah und deutlich vor sich zu sehen wie bei ihren Gesprächen am Gitter, die blauen Iriden verblasst, das Weiß von der Mangelernährung gelblich getrübt – und wie sie manchmal glasig zu schimmern beginnen, wenn Richard ihm ein Bild mitbringt, das der Enkel für ihn gemalt hat, oder berichtet, wie unermüdlich die Freunde ihn im Hintergrund unterstützen. Vor ein paar Tagen, bei ihrem letzten Treffen vor seiner öffentlichen Vernehmung, hat der Vater gesagt, er werde im Zeugenstand keine fremde Rolle spielen oder gar um Gnade winseln. Bei dem Verfahren gebe es doch ohnehin keinen Raum für einen Freispruch. Wenigstens er wolle dann frei sprechen, wolle der bleiben, der er vorher war, und damit dem Glück, ja der Gnade all des Zuspruchs gerecht werden, der ihm von vielen Seiten zugehe.

So knapp und spröde die Aussagen sein mögen, die er sich für das Kreuzverhör vorgenommen hat, seinem Naturell entsprechend, wie er glaubt, so berührbar ist er in dem Jahr seiner Haft zugleich geworden, rührselig fast. In seinen Briefen schreibt er jetzt viel von Liebe. Wie wunderbar es auf Erden doch eingerichtet sei, dass die kleinen Menschenwesen einander mit der Bestimmung begegnen, sich zu verstehen, sich zu lieben. *Nichts ist wirklich als die Liebe. Alles andere ist Schein und Hülle.* Richard merkt dann, wie er, der sich den Vater früher aufgeschlossener gewünscht hat, nun selbst im Gespräch ablenkt, sich am liebsten abwenden würde von dem offenen Empfinden oder es schnell überlesen, wenn die Briefe ans Sentimentale gehen, als fehlte dem Vater, der aus der Enge der Zelle heraus in menschlicher Weite schwelgen will, noch das Gespür für die Maße, und die Sentimentalität wäre die Rückseite seines Ordnungsdrangs, eine Selbstrührung über die Opfer, die die Pflicht ihm abverlangt, *grüße mir alle die Lieben, und alles Getier, alle Bäume, alle Berge.*

Möglicherweise gilt Richards Unbehagen auch gar nicht ihm, sondern sich selbst, seiner leisen Scham für den Vater, den er nicht so ungeschützt sehen kann: nicht noch einmal auf dem Eis liegen. Und der seine Regungen erst jetzt nach außen trägt, um sich an ihnen zu trösten, da er selbst der Verfolgte ist. Für seine Taten schämt sich der Vater nicht, er hat sie aus Liebe begangen, aus Liebe zum Vaterland. Dafür muss er sich nicht schämen, zumal sein eigenes Gewissen ihn schon entlastet hat. Wie käme dann erst Richard dazu. Nichts Schlimmeres, als sich in einer Familie für den anderen zu schämen.

Die Augen, die Hände, die Stimme des Vaters wirken auf Richard noch vertrauter als sonst, seit er im Zeugenstand aussagen muss, auf überbetonte Weise gegenwärtig, als wäre mit dem Vater auch ihre Verbundenheit der öffentlichen Beurteilung ausgesetzt und durch die Gefährdung, die darin liegt, noch einmal gestärkt. Wahrscheinlich hat sich Richard seinem Vater sogar selten näher gefühlt als jetzt auf diese sechs oder acht Meter sichere Distanz zwischen ihnen. Sie machen es ihm leichter als am Gitter, den Blick des Vaters zu halten und ihm durch kleinste Andeutungen eines Nickens und das kurze Schließen der Augen ein Zeichen der Zustimmung zu geben, wenn er, selten einmal, in Richards Richtung schaut. Die meiste Zeit würdigt der Vater die Tribüne und die Bankreihen im Parkett keines Blickes, vielleicht um das Schauspiel mit Verachtung zu strafen, das um ihn aufgeführt wird, vielleicht ignoriert er es aber auch, weil es dann für ihn wirklich verschwindet und er hier nicht mehr führt als ein Sachgespräch in eigener Sache, und Richard fragt sich, was die Augen des Vaters schon alles gesehen haben. Den Vulkan bei Nagasaki im Morgennebel. Daladier beim Münchner Abkommen im Führerbau, wie er sich auf ein Sofa warf und nach bayerischem Bier verlangte. Die frisch aufgeschüttete Erde auf Heinrichs Grab am Schloss Solitude. Aber was noch, über- oder unterbelichtet durch verdrehte Einstellungen, verblendet oder später verdeckt von verknickten Bildern, abgegriffenen Anschauungen.

Im Moment sind die Augen des Vaters auf William Caming

gerichtet, der für die Anklage heute das Kreuzverhör führt und ihn nach einer Polizei-Konferenz aus dem Jahr 1936 fragt, zu der der Vater für die Gestapo Einladungen verschickt haben soll, an Griechenland, Bulgarien. Auch Himmler und Heydrich nahmen teil und leiteten die ausländischen Delegationen durch mehrere Konzentrationslager, damit sie ihnen als Vorbild für ihre Länder dienen konnten, Caming zitiert aus dem Konferenzprotokoll: *Als eigentlicher Zweck der Reise folgte alsdann eine ausgedehnte Führung durch das Konzentrationslager Dachau, wobei den Herren nach Belieben Gelegenheit zur Unterhaltung mit Schutzhäftlingen gegeben war; Herr Manoloff als Deutschsprechender machte hiervon ausgiebig Gebrauch.*

Caming spricht mit kehliger, aber klarer, verbindlicher Stimme, ohne auffahrenden Eifer. Er beugt sich weit über das Pult, wodurch das geöffnete Jackett wie ein schlaffes Segel von dem schlaksigen Oberkörper hängt. Richter Maguire nimmt eine Mappe von dem Stapel neben sich, blättert darin und fragt Caming nach der Identifizierungsnummer des Dokuments. Dazu tippeln unterhalb der Richterbank die Finger der Stenotypistin über die Tasten, während Berger auf der Anklagebank ungeduldig auf die Muschel seines Kopfhörers klopft und Elisabeth Gombel ihre schwarze Handtasche vor sich aufklickt. Aus dem Augenwinkel beobachtet Richard, wie ihre Hand hineinfährt und nach etwas tastet, er wechselt das übergeschlagene Bein, schaut auf die Uhr, die Zeiger stehen auf 10.48 Uhr, und Hellmut signalisiert dem Richter einen Einspruch, tritt neben Caming ans Rednerpult und sagt, es belaste die Akten unzulässig, wenn im Kreuzverhör fortwährend neue Exhibits hinzugefügt würden, die Zeiger stehen auf 11.22 Uhr, und Hellmut sagt, es sei nicht angängig, dass dem Angeklagten hier zu Vorgängen, die voller Fachausdrücke seien, Dokumente in englischer Übersetzung vorgelegt würden. Einsprüche als

Selbstbehauptung, Nadelstiche, die nicht mehr bewirken sollen, als Luft aus den aufgeblasenen Papierballons der Beweismittel zu lassen, den Fluss des Verhörs zu hemmen und den Beobachtern zu zeigen, dass man sich auch diesem übermächtigen Gegner nicht einfach beugt. Zermürbungs- und Verzögerungstaktik, ein Spiel, bei dem sie zumindest Zeit gewinnen.

Der Vater wird als Mann des Widerstands umso glaubwürdiger, je widerständiger er und die Verteidigung vor Gericht auftreten, glaubt Hellmut. Eine reine Strafmaßverteidigung würde Kapitulation bedeuten. Aber Richard ist sich da nicht immer sicher. Haensel etwa geht anders vor, er betont kein Dilemma bei seinem Mandanten Steengracht, ficht nichts an, er windet sich durch, unauffällig wie ein Verwaltungsbeamter. Steengracht sei eben ein kleiner Fisch in einem fauligen Teich gewesen, doch an sich kein schlechter Kerl. So ungefähr. Und Bohle hat Kempner sogar gestanden, alles sei noch viel schlimmer gewesen, als die Akten erahnen lassen. Die anderen Angeklagten sprechen kaum noch mit ihm, seit er sein Schuldbekenntnis abgelegt und im Zeugenstand offen erklärt hat, sie alle hätten die Augen vor der Judenverfolgung verschlossen und im Grunde bis heute nicht eingesehen, dass die sogenannte Judenfrage nicht ein Problem und eine Frage war, sondern eine Beleidigung der Menschenwürde und all dessen, was Deutschland der Welt jahrhundertelang gegeben habe. Richard hat es noch im Ohr, auch manch ausgespucktes *Verräter!* hinterher.

Ein solches Eingeständnis kommt für den Vater nicht in Frage, er sagt: Man kann immer nur über eine Straße gehen. Wer dabei ein gutes Ziel anstrebt, muss andere Rücksichten leider oft links liegen lassen. So musste er eben mitansehen, wie Autolastwagen mit Judentransporten durch Berlin fuhren. Wie verdächtige Personen still verschwanden, die Gestapo in rasender Willkür vorging. Aber das Odium hat er auf sich genommen, um weiter für den Frieden arbeiten zu können, und jetzt soll er dafür Rechenschaft ablegen, vor Amateuren! Die nie in der höheren Politik tätig waren, kein totalitäres System erfahren haben, die Wahrheit nicht erkennen wollen: dass in einer Diktatur niemand moralisch unschuldig bleibt. Ein Satz des Vaters, wer mich nicht von selbst versteht, dem habe ich nichts mitzuteilen. Zum zweiten Mal in seinem Leben sieht er sich unüberwindlichem Misstrauen und Unverständnis ausgesetzt – und wieder aus dem Grund, dass er die Politik als Kunst des Möglichen begreife, man von ihm jedoch die Kunst des Unmöglichen erwarte. Ribbentrop verlangte das Unmögliche im Sinne der Gewalt, die Anklage verlangt nun das Unmögliche im Sinne der Gewaltverhinderung. Der Vater glaubt aber auch, dass Kempner und seine Leute nach all den entlastenden Zeugenaussagen und verlesenen Affidavitis längst ahnen, dass sie sich in ihm vergriffen haben, und sich jetzt in persönliche Beschimpfungen flüchten, weil sie sich dafür genieren und meinen, den falschen Schein wahren zu müssen, er sagt: dass Hitler versucht hat, seine Gegner zu vernichten, in Nürnberg setze man jetzt seine Arbeit fort. Doch das will der Vater aushalten. Er will es auf sich nehmen um der guten Ziele willen, der Ehre des alten Amtes und der Lehre aus dem Prozess für die Nachwelt. Dass moralische Verantwortung bedeute, sich vor der Beschmutzung nicht zu drücken, sich nicht bequem zu salvieren, sondern für seine Gewissenspflicht zu kämpfen, und koste es den eigenen Namen.

Bei ihrem letzten Treffen am Gitter hat der Vater Richard wieder Zettel mit Notizen mitgegeben.

Man könnte auch so sagen:
Ich komme mir hier wie in einer Komödie vor:

1. *Wer von uns, die Anklagebehörde oder ich, hat zuerst Krieg und alle Greuel gewittert?*
2. *Ich kann s i e belehren, wie Kriege entstehen.*
3. *Ich kann s i e belehren, daß man Kriege nicht anfangen darf.*
4. *Ich kann s i e belehren, wie man sie vermeidet.*
5. *Ich kann s i e belehren, wie man mit ihnen umgehen muß und nicht umgekehrt.*

Burleske, wie man hier die Rollen vertauscht.

Alles wird durchnummeriert. Als stünde bereits die richtige Reihenfolge für die Verlässlichkeit der Gedanken, die äußere für die innere Position. Trotzdem ist sich Richard bei vielem unsicher. Schon ob er die meist mit resigniertem Trotz formulierten Überlegungen des Vaters bei ihren Gesprächen wirklich von ihm selbst gehört oder sie seinerseits zusammengesetzt hat aus dem, was er in Briefen und Notizen, in seinen Tagebüchern und Memoiren gelesen hat, und ob es dann, derart zerschnitten und neu angeordnet wie eine Bastelarbeit, deren Klebestellen überall durchscheinen, überhaupt noch die Ansichten des Vaters sind oder chiffriert längst seine eigenen, brüchiges Flickwerk, das aus den aufgelesenen, oft widersprüchlichen Aussagen und Verhaltensweisen etwas Einheitliches zu formen versucht, etwas, das leichter zu benennen wäre, das einen Namen tragen könnte oder eine Nummer. 4814617. Aber was davon bürgt dann noch für die Wirklichkeit? Oder ist es einerlei, weil Richard ohnehin wie von selbst die Position ausbilden muss, die seiner Rolle als Sohn und Verteidiger gerecht wird, den Bedürfnissen des Vaters und Hellmuts strategischen Überlegungen – weil Richard einen Namen trägt, der ihn prägt, in den er Jahr für Jahr weiter hineingewachsen ist, bis seine Erwartungen und geerbten Erinnerungen sich auch in Richard verkörpert haben, eine unabtrennbare Schuldigkeit. Weil auch seine Position von der richtigen Reihenfolge vorgezeichnet ist: der dritte Sohn. Verzähl dich nicht.

Er verliert sich wieder. Verläuft sich in vertrackten Gedankengängen, um nicht in Versuchung zu geraten, über den Vater zu urteilen, der gerade im Zeugenstand sagt, dass sich seine unterschriebene Selbstverpflichtung, *die Bewegung nach besten Kräften zu fördern,* nicht auf die SS bezog, sondern auf den Nationalsozialismus und natürlich bei weitem konsumiert war durch den Eid, den jeder Beamte damals zu leisten – Richard blinzelt, da sagt der Vater, es sei ihm durchaus nicht erinnerlich, ob er die Einsatzgruppen-Berichte, die ihm von Admiral Canaris zugingen, selbst gelesen – wieder blinzelt Richard, und der Vater sagt, dass er bei der Zusammenarbeit von Himmler und Ribbentrop allenfalls mit der Regelung des Postweges zwischen Polizeiattachés und Sicherheitspolizei betraut gewesen sei, und wenn er mehr ins Detail gehen solle, müsse er auf einem sauber einsehbaren Originaldokument bestehen, anstelle einer derart unvollkommenen Reproduktion.

Abfällige Handbewegung, kaum verhohlene Verächtlichkeit des Fachmanns gegenüber Dilettanten. Der Schreibtischtäterschaft beschuldigt, ausgerechnet von Papierkriegern. Fühlt der Vater sich vom Ankläger zu früh unterbrochen, schürzt er die Lippen und sagt Sätze wie: Ich glaube, ich dürfte meinen Satz beenden. Richard hat von dem Aberglauben gehört, man könne an der Form der Lippen eines Angeklagten schon vorab das Urteil ablesen, und er fragt sich, ob es der Glaubwürdigkeit des Vaters nicht eher schadet, dass er immer wieder penibel auf einzelne Wörter in einzelnen Sätzen in einzelnen Dokumenten pocht, während ihre Verteidigung ja eigentlich den Wert solcher Dokumente gerade anzuzweifeln versucht. Statt sich mit weltmännischem Überblick in den größeren Zusammenhang eines schicksalhaften Zeitlaufs zu stellen, wie er es in seinen Tagebüchern oft tut, schaut er jetzt mit der Lupe des kurzsichtigen Buchhalters auf seine Bilanz. Früher mag er manchmal vor lauter Weitsicht nicht mehr genau wahrgenommen haben, was vor seinem Fenster geschah, nun zerlegt er grundsätzliche Fragen zu berechenbaren Einheiten hinter Spiegelstrichen. Doppelte Buchführung. Wie kann er gleichzeitig todesmutiger Widerstandskämpfer und machtloser Beamter gewesen sein. Darüber nochmal dringend mit Hellmut sprechen, denkt Richard oder ihm fällt ein, dass Carl Friedrich in ihrer Jugend einmal ausgerechnet hat, wie lange ein Mensch ins Dunkle starren würde, wenn man alle Male, die er in seinem Leben blinzelt, aneinanderreihte, ähnlich wie man im Kino wegen der Blende im Projektor die Hälfte der Zeit nur Schwarz sieht und das Hirn die Lücken mit eigenen Bildern überbrückt, einem zweiten, parallel laufenden Film.

Die Gefahr eines Rollenwechsels ist bei Hellmut ausgeschlossen. Er steht neben Caming vorne am Pult, Richard weiß nicht, ob schon wieder oder immer noch. Eine einzelne Strähne aus seinem zurückgestriegelten Haar klopft bei bewegterer Gestik auf Hellmuts Stirn, markiert Satzzeichen, dramatischen Akzent. Er beherrscht ein ganzes Repertoire: eingestreute Pausen, schweifender Blick vom Richter zum Vater zu den Bänken der Anklage, während er mal zögerlich einen Zeigefinger an die Lippen legt, als dämmere ihm etwas Entscheidendes, mal ihn langsam hebt und schließlich immer höher in die Luft stößt, je mehr sich seine Stimme steigert, bis sie fast schrillt. Das Rednerpult ist der einzige Platz im Saal, bei dem man das Publikum im Rücken hat, wie ein Dirigent. Manchmal nimmt Hellmut beim Sprechen seine Brille ab und schielt versonnen auf die Gläser, stottert absichtlich, um einer Verwunderung besonderen Ausdruck zu verleihen, oder schwenkt langsam einen Bleistift auf Kopfhöhe, als wollte er den Zeugen hypnotisieren. Bevor er eine entlarvende Frage stellt, auf die er insgeheim schon die ganze Zeit zugesteuert ist, lächelt er überlegen oder breitet seine Arme aus, weitet die Robe, bevor er ruft, es ist zu leicht, einen einzelnen Mann hierfür anzugreifen! Wildes Gestikulieren, Wedeln mit Papieren, Krawattenknoten im Eifer gelockert – offenes Visier. So fest scheint Hellmut in seiner Rolle zu stecken, dass er sie nicht nur ausfüllt, sondern ausstülpt. Obwohl er sie nicht im eigentlichen Sinne spielt, ja sich offenbar ganz in ihr wiederfindet, weil ihm das Theatralische natürlich ist, wirkt jede Handlung, als ahmte er seine eigenen Vorstellungen von der Welt nach, als stünde er auf einer Bühne und folgte einer unsichtbaren Vorlage.

Verteidiger Becker stützt die Ellbogen aufs Pult und bewegt die gespreizten Finger wie flackernde Flammen.

Er zerreißt einen Zettel mit erledigten Notizen.

Während eines Einspruchs wechselt er erregt ins Englische und ruft mit aufgerissenen Augen: »1938, your honor! 1938!«

Einmal hat Hellmut am Ende einer längeren Ausführung geradezu zärtlich den Mikrofonkopf umfasst, die Finger in die Chromrillen gelegt, ist mit dem Kopf vorsichtig näher herangerückt, so dass Richard schon der Eindruck überkam, er würde gleich einen gefühlvollen Gesang anstimmen, da sagte er leise, ins Leere blickend: Eine Verurteilung des Baron von Weizsäcker wäre ein Schlag gegen eine ganze junge Generation, der man die letzten Vorbilder nimmt. Und dabei blendete die Nachmittagssonne Richard durch das Fenster auf eine Weise, die dem Raum für einen Moment seine Tiefe und Farben entzog und Richard glauben ließ, er blicke auf eine schwarzweiß bewegte Leinwand.

Burleske, wie man hier die Rollen vertauscht.

So fremd ihm Hellmuts Auftreten oft ist, Richard bewundert seine Unbeirrbarkeit. Hellmut spricht sogar wieder von Freispruch, seit der Vater im Zeugenstand aussagt und die Presse wohlwollend über die Strategie der Verteidigung berichtet: sie sei aufsehenerregend. Die Süddeutsche Zeitung hat ihnen schon gleich zu Beginn des Kreuzverhörs bescheinigt, die Thesen der Anklage dialektisch widerlegt zu haben, denn erst dadurch, dass der Vater an maßgeblicher Stelle stand und alle Pläne der Naziführung kannte, habe er schließlich verdeckten Widerstand leisten können.

Wenn Weizsäcker von Geiselerschießungen, Judendeportationen, Arbeiterverschickungen gewußt hat, so nach der These der Verteidigung deshalb, weil er ein Amt innehatte, dessen Träger zwangsläufig diese Dinge erfuhr, ohne sie letztlich verhindern zu können. Weizsäckers Schicksal könnte einem Shakespeare oder Schiller den Stoff zu einer Tragödie, einem Ranke das Thema einer Biographie geliefert haben. Heute ist es Gegenstand eines Strafverfahrens. Die Diktatoren haben Recht und Moral im zwischenstaatlichen Leben so sehr mißachtet, daß man jetzt im Interesse der Völkergemeinschaft dazu neigt, den bindenden Charakter von Völkerrechtsnormen überzubetonen und gegebenenfalls völkerrechtliche Tatbestände in strafrechtliche Tatbestände umzuwandeln. Ob damit wirklich der Humanität gedient wird, ist eine Frage, die durch den »Fall Weizsäcker« von neuem zur Diskussion gestellt wird.

Schiller, das hat dem Vater natürlich besonders gefallen. Schmunzelnd zitierte er darauf am Gitter, was man von der Minute ausgeschlagen, gibt keine Ewigkeit zurück, und sagte, selbst wenn er jetzt zur interessanten Figur gestempelt werde, sehne er sich danach, kein öffentliches Thema mehr zu sein. Aber die Artikel möge man doch aufheben, für später einmal, wer weiß, vielleicht werden sie noch einmal nützlich.

In ihrem Büroraum hat Hellmut sämtliche Berichte ausgeschnitten, an die Wand gepinnt, wichtige Stellen farbig unterstrichen oder umkreist und mit anderen zu einem Netz aus Pfeilen und Linien verbunden, vor dem er oft lange schweigend steht und es anstarrt wie ein Ermittler, der sich aus einem undurchsichtigen Mosaik den einen entscheidenden Hinweis zu erschließen versucht. Er sagt, lass das mal ein paar Jahre so hängen, dann ist es Kunst, er sagt, die Presse nimmt uns die halbe Arbeit ab, sie trägt den Kampf an die Heimatfront. Gehört alles mit zum Prozess. Die Stuttgarter Zeitung hat die Aussage des Vaters übernommen, erst die Zögerlichkeit des Auslands habe Hitlers Macht überhaupt gefestigt, und im Münchner Merkur stand, wie der Vater versuchte, das Kriegsstreben Hitlers und Ribbentrops zu bremsen, später um Waffenstillstände rang, geheimen Einfluss suchte, über Franco, über Molotow, mit dem Mute der Verzweiflung. Der Artikel endet sogar mit einem Satz des Vaters: *Wenn die Anklage heute von einer Verschwörung gegen den Frieden spricht, folgt das nicht den Tatsachen. Im Auswärtigen Amt gab es nur eine Verschwörung gegen den Krieg.*

Richard muss sich ermahnen, Hellmuts Euphorie zu teilen. Er ist unsicher, ob der Vater nicht mehr Zerknirschung zeigen müsste, das reine Ableugnen war doch schon Sache der Hauptkriegsverbrecher. Oder ob ihre Zweifrontenverteidigung nicht auch ein Dilemma ist. Denn je glaubwürdiger sie den Widerstand des Vaters vertreten, umso stärker wächst gleichzeitig die Gefahr einer neuen Dolchstoßlegende im Volk, die ihm vorwerfen könnte, im Zusammenspiel mit Leuten wie Henderson oder Attolico der deutschen Führung ständig in den Rücken gefallen zu sein. Sie müssen deutlich machen, dass es die Treue zum Vaterland war, die den Vater zum Widerstand gezwungen hat, gerade sagt Caming: »Ich möchte noch einmal auf Ihren Opernbesuch mit dem italienischen Kollegen Attolico im März 1938 kommen, Herr von Weizsäcker. Ich nehme an, dass Sie in diesem Fall Ribbentrops Befehle befolgt haben, wenn Sie Attolico gegenüber nichts über die bevorstehenden Tschechoslowakei-Pläne Hitlers bekanntgegeben haben. Stimmt das?«

»Das muss so sein. Sie können meinem Memorandum an Herrn von Ribbentrop ja entnehmen, dass ich offenbar ausweichende Antworten gab. Aus dem Brief an Herrn von Mackensen vom Tage vorher ersehen Sie wiederum die Weisung von Herrn von Ribbentrop an uns, dem diplomatischen Korps keine Auskünfte zu geben, auch nicht über Vermutungen. Ich glaube eigentlich, dass das Memorandum zusammen mit meinem Gesicht, das ich geschnitten habe, ganz deutlich illustriert, wie ich eine doppelte Sprache zu führen hatte. Das Eine war, was ich meinem Feinde mitteilte, Herrn von Ribbentrop, und das Gesicht schnitt ich für Herrn Attolico, und der verstand das.«

»Aber war es nicht möglich, dass Sie während der Zeit im Opernhaus mit Attolico mal unter vier Augen sprechen und ihm mehr sagen konnten, ohne es Ribbentrop in einem Memorandum zu eröffnen?«

»Das weiß ich nicht.«

»Aber Sie haben es nicht getan?«

»Es scheint so, aber ich sehe an dem Dokument hier zumindest, dass ich eben doch einige vage, ausweichende Antworten gegeben habe. Ich erinnere außerdem daran, dass der italienische Code in unserer Hand war. Ich musste sehr vorsichtig sein in Äußerungen, die über Attolico dann von der italienischen Botschaft nach Rom liefen.«

»Baron Weizsäcker, Sie haben Attolico damals, am 12. März, schon ziemlich lange gekannt, nicht wahr?«

»Ja, oh ja.«

»Sie haben ihn nicht nur offiziell gesprochen, sondern ließen ihn auch in Ihr Haus zum Mittagessen kommen und hatten persönliche Verbindung mit ihm. Das stimmt doch, oder?«

»Wir haben uns viel gesehen.«

»Eine Sache erscheint mir dabei merkwürdig, vielleicht könnten Sie das für mich aufklären. Im Laufe der vielen Male, bei denen Sie Attolico persönlich gesehen haben, ohne irgendwelche Beamten um Sie herum oder sonst jemanden, der Sie hören konnte: Warum haben Sie ihm nie gesagt, dass die Deutschen den italienischen Code hatten?«

»Das kann ich Ihnen nicht sagen, warum ich das nicht getan habe. Aber ich weiß, dass es den Italienern später von anderer Seite mitgeteilt wurde, von Canaris.«

In der Zeitung stand, die verhaltene, sorgfältig formulierende Stimme des Vaters erinnere eher an die eines Universitätsprofessors oder Theologen, dem nur die lang geübte Pflicht der internationalen Höflichkeit gebiete, den weit angereisten Herren von der Anklage bei ihrem Anliegen behilflich zu sein und seine Indignation darüber mit Verbindlichkeit zu unterdrücken. Mit gelassenem Wohlwollen und der freundlichen Ruhe des Historienerzählers, so hat es auch Margret Boveri vor ein paar Tagen geschrieben. Alles an seiner Natur sei undramatisch, undynamisch, etwas Väterliches liege in seiner Sprechweise. Richard hat den Verdacht, dass die Boveri zu denen gehört, die Angeklagte im Allgemeinen schön findet, und er fragt sich, was diese Stimme des Vaters schon alles gesagt hat. Schwimm an Land, sonst holen dich die Ungeheuer. Ich schwöre Dir, Adolf Hitler, Treue und Tapferkeit bis in den Tod. Richard, hilf mir auf.

Mehr als andere Zuhörer mag Richard in der vom sachten Auf und Ab des schwäbischen Anklangs zusätzlich getragenen Stimme aber noch eine gegenläufige Unterströmung wahrnehmen, ein leichtes Schwanken, Zittern oder sekundenkurzes Einbrechen, wenn Caming den Vater zum Beispiel wieder einmal fragt, ob er sein Gedächtnis auffrischen solle. Dann ist es, als rutschte die Nadel in eine andere Tonspur, als liefen hinter dem Gesicht des Vaters in jedem Augenblick noch andere Spielarten der gleichen Darbietung ab und er müsste nur ein benachbartes Register ziehen, damit all sein Schmerz und seine Reue endlich hervorbrechen könnten, oder sein ganzer kalter Zorn.

Noch unheimlicher ist das Umschlagen der Stimme des Vaters in ein verbissenes Ausstoßen kurzer, harter Laute, wenn sie sich am Gitter der Besuchskabine direkt gegenübersitzen und die plötzliche Feindseligkeit für einen Moment ihm, Richard, zu gelten scheint, als Übermittler schlechter Nachrichten oder weil er das Anklagedokument 1697 mitgebracht hat, das sie für ihre Verteidigungsposition dringend besprechen müssen, und daraus flüsternd von den französischen Juden vorliest, die nach Auschwitz abtransportiert wurden, Sühnemaßnahme für Anschläge auf die Wehrmacht, festgesetzt in einem Lager bei Compiègne, kein Einspruch des Auswärtigen Amtes, gez. *W.* – der Vater unterbricht ihn harsch, fährt mit dem Kopf vor ans Gitter und presst wie angewidert hervor, eine Weigerung des Amtes hätte innerhalb von Stunden nur einen ausdrücklichen Führerbefehl und sofortige Verschickung nach sich gezogen und außerdem sei es ja wohl nur schwerlich zu verstehen, weshalb diese Juden nicht vorher die zwanzig Monate der Besatzung genützt hätten, um ins unbesetzte Frankreich auszuweichen wie fast alle anderen. Vielleicht wegen des schwachen fahlen Lichts, das das Gitter als Raster umso schärfer auf das

Gesicht des Vaters legt, je näher er in seinem Aufruhr herangerückt ist, als könnte es derart eingeteilt genau vermessen und durchdrungen werden, hat Richard dabei den Eindruck, die Haut des Vaters spanne sich zu einer immer dünneren Schicht und es zeichneten sich darunter die Schemen einer unbekannten Gestalt ab.

Um solche Befremdungen wieder loszuwerden, versucht Richard meist, den Vater abzulenken, fragt ihn nach Neuigkeiten aus dem Gefängnisalltag, nach Palasttratsch, für den der Vater eine ungeahnte Schwäche entwickelt hat. Richard staunt immer, wie blendend er informiert ist, und entspannt sich seinerseits daran, wie das Gesicht des Vaters sich dann aufhellt, seine Stimme ins leicht Glucksende gerät und noch leiser wird, als sollte der Wachmann neben ihm nach allem, was sie vor ihm schon besprochen haben, ausgerechnet von diesen Vorgängen lieber nichts erfahren. Wie dass Meissner für irgendwelche geheimen Aussagen in Dachau war und dafür in eine amerikanische Uniform gesteckt wurde. Oder dass Schellenberg jetzt im Gefängnis heiraten will, vor einem Traualtar im Lazarett, der Jesuitenpater ist bereits bestellt. Die anderen spötteln, ob der in seiner Predigt wohl auch die Abhöraktionen im Salon Kitty würdigen wird, für die Schellenberg damals Frauen persönlich in ›Spionagetechniken‹ geschult hat. Der Vater lächelt wie verlegen darüber, jetzt mit derartiger Kolportage beschäftigt zu sein, die seinem Namen, seiner Stellung kaum angemessen ist, aber noch mehr vielleicht über die eigene schelmische Freude daran. Er sieht dabei jungenhaft aus, das Gesicht weicht auf, trotz der zunehmenden Verhärmung in Haft. Seine Gefangenschaft erscheint Richard in solchen Augenblicken fast wie ein geschützter Raum, in dem der Vater für Minuten so jung sein kann, wie er nie war, von allen Pflichten befreit, *so wie der Soldat in friedlichen Zeiten es leicht hat und nur dem Reglement sich anzupassen braucht, um ein sorgloses Dasein zu führen. Man teilt uns sogar mit, wenn's zum Rasieren geht.*

Eine Weile verspürt dann Richard ebenfalls Erleichterung von seiner Aufgabe, als falle ihm erst wieder ein, dass nicht einzig und allein von ihrer Erfüllung das Befinden des Vaters abhängt und auch nicht sein eigenes ganzes Leben, während der Vater amüsiert erzählt: wie sich Schwerin von Krosigk beim Essen über Schachts *Abrechnung mit Hitler* aufgeregt und gleich ein eigenes Buch mit Erinnerungen begonnen hat. Lammers und Meissner wollen nun ebenfalls schreiben, jeder sein eigenes wahres Vermächtnis, und so sitzen sie jetzt abends, bis das Licht auf halbe Spannung gedreht wird, alle Zelle an Zelle an ihren Tischen und kritzeln um die Wette, um die besten Plätze in der Geschichte. Jeden Morgen zählen Krosigk und Lammers Zeile für Zeile ihre neu geschriebenen Wörter, vergleichen pedantisch, und Meissner raunt, bei Mondschein schreibe er teils wie im Traum. In diesem magischen Zustand führten die Figuren ihn durch die Sätze, nicht mehr umgekehrt. Er nennt es die Macht der Nacht und gibt unter vier Augen praktische Ratschläge, als wären es Geheimparolen: möglichst wenig erklären, schon gar nicht rechtfertigen, einfach den Leser eintauchen lassen und so weiter. Das hat ihm wiederum Haensel geraten, und der muss es wissen, der hat früher Romane geschrieben, die mit Luis Trenker verfilmt wurden, und für sein Buch über die Prozesse schon jetzt einen Vertrag in der Tasche, hoch dotiert laut Krosigk, und der muss es wissen, als Finanzbuchhalter.

In freien Nachmittagsstunden sitzen sie manchmal zu viert in einem der sonnigen Höfe und lesen sich aus ihren Manuskriptheften vor, während in der Nähe Skat oder Bridge gespielt wird und die Wespen unterm Birnbaum um das Fallobst summen. Auf den Gerüsten entlang der Mauern patrouillierende Wachen. Wegen seiner Glatze muss Lammers mit der Sonne aufpassen, und wenn seinem Text widersprochen wird, ist sein Lieblingsspruch, unter euch Blinden bin ich immer noch König, weil er bloß mehr ein Auge hat. Beim Lesen hält er deswegen den Kopf schief, als spicke er auf das Blatt des Nachbarn, der Vater sagt: Man könnte fast meinen, wir wären ein Männerkloster.

Derweil könne Körner kaum noch gehen vor Stolz, seit Emmy Göring für ihn ausgesagt hat. In einem Nebenraum durften sie sich für eine halbe Stunde die Hände streicheln. Draußen auf dem Gerichtsgang soll sie vorher im langen schwarzweißen Kostüm und mit einem Haarreif als Krone in den Locken durch ein weites Spalier von Bewunderern auf die Saaltür zugeschritten sein, als dürfte sie endlich wieder spielen und der Vorhang öffnete sich ihr zur ersten Premiere nach so vielen Jahren, das Gesicht zur weißen Maske geschminkt, die ihr Alter überdeckte, völlige Selbstbeherrschung, keinerlei Anzeichen ihrer marternden Ischias-Schmerzen, kein Stehplatz mehr zu haben – vereinzelt sogar Applaus nach ihrem Auftritt, eine angedeutete Verbeugung, und mit schwarzem Handschuh hat sie nochmal durch das Autofenster gewunken, als sie zurück ins Forsthaus nach Auerbach gebracht wurde, wo sie an ihren Memoiren sitzt, Arbeitstitel: *Meine große Zeit.* Über einen Kulissenschieber am Stadttheater kennt sie die Sekretärin von Kempner und hat schon öfters mit ihm telefoniert. Sie tauschen sich über ihre Rückenleiden aus. Trotzdem hat er sie angeblich ohne jeden Respekt im Kreuzverhör gefragt, ob sie ihre Karriere nicht nur der Protektion durch ihren verbrecherischen Mann verdanke. Mit fester Stimme deklamierte sie jedoch noch zur hintersten Reihe hin, selbst ein Gründgens habe sie immer anerkannt! Außerdem sei ihr Hermann der größte Kriegsgegner aller Zeiten gewesen. Und Pilly ganz bestimmt kein Hampelmann – Pilly, so hat sie Körner genannt, so nennen ihn jetzt alle.

Wenn der Vater am Gitter einmal so lebhaft erzählt, beobachtet Richard vielleicht seine Hände, ihr sanftes Eigenleben. Auch nach fast einem Jahr Haft wirken sie noch gepflegt, nur auf den mittleren Fingerknöcheln ist die Haut rissig. Die Nägel wachsen über die Kuppen nicht mehr hinaus, sondern liegen in ihnen eingebettet, die weißen Rundungen setzen zu früh an, daran erkennt man ein Leben lang, wer als Kind gnadenlos auf ihnen gekaut hat. Umso sorgsamer ist der Vater immer auf seine Hände bedacht gewesen, als wären sie seine empfindlichste Stelle, die es zu schützen, möglichst zu verbergen galt. Saßen Gäste bei ihnen zu Hause am Tisch, stützte er sich auf die Ellbogen und ließ die Hände über die Kante in seinen Schoß baumeln, so dass sie verdeckt waren. Beim Händedruck knackten die langen, teigig weißen Finger manchmal wie brechendes Gezweig. Nur noch fester packte er wohl deshalb zu. Richard kann sich an keine Zeit erinnern, in der sein Vater und er sich zu Begrüßung und Abschied nicht bloß die Hand gegeben hätten. Die Mutter umarmten sie dagegen beide, als übertrage sie die körperliche Geste zwischen ihnen.

Es sind noch immer feingliedrige Hände, Finger wie Fühler. Stets ein bisschen feucht vom Handschweiß, den der Vater vorher unauffällig am Hosenbein abstreifte, wenn er bei offiziellen Anlässen Hände schütteln musste. Auf den Handtellern glänzte die Feuchtigkeit in den Linien wie winzige Flussbetten, ein sich immer weiter verzweigendes Netzwerk aus Deltas und Nebenläufen, ein Spurenverzeichnis aller Berührungen, Handhabungen, das sich auf den Handrücken in stark hervortretenden Adern fortzusetzen schien. Als Junge drückte Richard auf den blassgrünen Wülsten herum, während der Vater in der anderen Hand ein Buch hielt und daraus vorlas, er versuchte das Blut zu stauen oder fuhr seine verästelten Irrwege nach. Streckten sie alle nebeneinander ihre Daumen aus, konnte ihn keiner so weit verbiegen wie der Vater, geschweige denn an der Wurzel aus- und wieder einrenken zu ihrem wohligen Grusel, bis Adelheid schrie, aufhören, ihr werde schlecht! Es würde Richard interessieren, ob der Vater diesen Trick noch kann oder welche anderen Erinnerungen er an früher hat, die sie miteinander verbinden können, doch er wird ihn hier sicherlich nicht danach fragen.

Früher verfolgte Richard die Hände des Vaters gerne bei Fertigkeiten wie dem Einbinden ihrer Schulbücher in braunes Schutzpapier zu Beginn jedes neuen Schuljahres, dem ruhigen, exakten Glattstreichen der Kanten mit dem Daumen. Da gab es keine schiefe Linie, da musste nichts geklebt werden. Maßarbeit, wie beim Schneiden des Brotes am Frühstückstisch. Am kraftvollsten erschienen die Hände, sobald sie eine Form erfüllten: die Stempelwiege über Briefpapier rollen, die Weihnachtsgans mit Filetierbesteck systematisch tranchieren, die Hände zum Tischgebet falten, wobei der Vater so fest zudrückte, dass Fingerkuppen und Gelenke weiß anliefen. Beim Schreiben drückte er ebenfalls stark auf, vollkommen sicher in der Spur. An den Tagebüchern und Notizen ist Richard aufgefallen, dass der Vater sich fast nie verschrieben oder etwas durchgestrichen hat. Und so gut wie keine Tintenflecken. Nur die linken oberen Ecken sind häufig gewellt oder sogar leicht eingerissen, wo seine feuchten Finger sie gehalten haben.

Er hat sie nie geschlagen, keinen von ihnen, nicht ein einziges Mal. Das ist nichts Geringes. Selten auch drückten seine Hände Zärtlichkeit aus. Wenn er sich an dämmrig gestreckten Abenden des Krankseins zu Schulzeiten auf Richards Bettkante setzte, sanft vielleicht sagte, was macht mein Lümple denn für Sachen, während er ihm über die heiße Stirn fuhr, dann war Richard glücklich für den Tag, die Hand auf seinem Kopf ein zartes Streichen, dem schwebenden Zeichnen ähnlich, mit dem der Vater seine Aquarelle vorskizzierte, dabei die Luft über dem Blatt flatternd schraffierte und den Bleistift bloß manchmal für ein paar dünne Striche aufsetzte, als führten seine Finger ihn kaum, sondern hielten sich an ihm fest.

Bei jeder Verabschiedung am Gitter lässt der Vater die Hand so lange gegen die rostigen Waben gedrückt, bis Richard seine als Erster löst – was er anfangs zögerlich tat, bald jedoch mit dem verbindenden Einvernehmen des Rituals. Anders als beim Händeschütteln früher, das Richard oft mehr als Vermessen eines Abstands empfunden hat, liegt in ihrer Berührung jetzt eine größtmögliche Nähe, die sich gerade deshalb behaupten darf, weil sie von der letzten, nicht zu überwindenden Schwelle des Gitters abgesichert ist, und Richard fragt sich, was die Hände seines Vaters sonst noch alles getan haben.

An den deutschen Botschafter in der Sowjetunion,
29. Juli 1939

Es wäre uns wichtig zu wissen, ob die Astachow und Babarin gegenüber gemachten Ausführungen eine Resonanz in Moskau gefunden haben. (…) Das betrifft insbesondere die polnische Frage. Wir wären bereit, bei jeder Entwicklung der polnischen Frage, sei es, wie wir es wünschen, auf friedlichem Wege, sei es auf einem uns aufgezwungenen anderen Wege alle sowjetischen Interessen zu wahren und uns mit der dortigen Regierung darüber zu verständigen. Auch in der baltischen Frage könnte bei einem positiven Verlauf der Gedanke vertieft werden, daß wir unsere Haltung gegenüber dem Baltikum so einrichten, daß lebenswichtige sowjetische Ostseeinteressen respektiert werden.

»Wir verwenden dies zur Auffrischung Ihres Gedächtnisses, Herr Baron. Um den 29. Juli war also der nun zu befolgende Kurs festgelegt.«

»Ich bin überzeugt, dass damals Hitler den Willen hatte, so oder so die polnische Frage zu lösen, und man kann es hieraus auch zum Teil entnehmen.«

»Weiterhin haben Sie in Ihrem Telegramm gesagt, dass Sie sich langsam mit der Frage eines Vertrages mit der UdSSR oder eines ähnlichen Abkommens befassten.«

»Nein, das stimmt nicht, denn nicht ich plante das, sondern Hitler plante das, und dieses Telegramm ist selbstverständlich ein befohlenes.«

Berlin, den 15. August 1939
Gegenüber dem Britischen Botschafter führte ich wieder aus, wie die britische Politik der Polnischen Regierung Narrenfreiheit gegeben habe, welche sich die Polen nunmehr ungezügelt zunutze machten. England müsse jetzt erkennen, wohin seine sogenannte Einkreisungspolitik geführt habe, und werde doch wohl schwerlich geneigt und verpflichtet sein, sich von seinen wild gewordenen polnischen Freunden ins Unglück führen zu lassen. (...) Das Maß unserer Geduld sei bis an den Rand gefüllt. Die Politik eines Landes wie Polen setze sich aus tausend Provokationen zusammen. (...)
Henderson meinte dann, ob denn nicht deutsch-polnische Verhandlungen zu führen wären, zu denen wir Anlaß geben könnten. Hierauf erinnerte ich Henderson daran, daß Beck in seiner letzten Parlamentsrede sich wie ein Pascha auf den Diwan gesetzt habe mit der Erklärung, wenn Deutschland sich den polnischen Prinzipien anpasse, so sei er bereit, in diesem Rahmen Vorschläge gnädig entgegenzunehmen.

»Dieses Memorandum wurde Ribbentrop unterbreitet?«

»Ganz richtig.«

»Stimmt es, dass Ribbentrop damals darauf bestand, England würde nicht kämpfen?«

»Das war Ribbentrops sehr irrtümlicher Standpunkt; der meinige war es bekanntlich nicht.«

»Deshalb bestätigten Sie durch die Vorlage dieses Memorandums bei ihm, dass Sie seine Weisungen ganz genau ausführten, nicht wahr?«

»Nicht nur, sondern ich überbot sogar, mit der Absicht, aus dem britischen Botschafter die Versicherung mit aller Deutlichkeit herauszuholen, dass England marschieren würde. Das war der ganze Sinn meines Gesprächs. Sie manövrieren hier mit einem Papier, das ich ein Ribbentrop-Papier nennen möchte. Was ich eigentlich mit Henderson vorhatte, glaube ich in meinem direkten Verhör gesagt zu haben.«

»Gewannen Sie während dieser Unterhaltung mit Henderson den Eindruck, dass er zu der Ansicht komme, Sie handelten ziemlich angriffslustig und sogar brutal Polen gegenüber?«

»Ich ging überhaupt nicht gegen Polen an. Henderson hat ganz genau gewusst, dass ich Frieden wollte.«

»Haben Sie irgendwann im Verlauf Ihrer Unterhaltung bei ihm den Eindruck erweckt, dass die äußerste Grenze der Geduld Deutschlands nun erreicht wäre hinsichtlich der polnischen Frage?«

»Hitlers Geduld. Das habe ich Henderson sehr deutlich gesagt, um ihn zu alarmieren, und ich bin mit dem Effekt des Gespräches sehr zufrieden gewesen.«

*Der Staatssekretär des Auswärtigen Amts
an die Deutschen Diplomatischen Missionen
Rundtelegramm
Berlin, den 3. September 1939*

Zur Information und Regelung der Sprache

Nachdem Versuch direkter deutsch-polnischer Aussprache durch Nichterscheinen Polnischen Bevollmächtigten trotz zweitägigen Wartens Deutscher Regierung ergebnislos geblieben war, und wir gezwungen waren, polnische militärische Übergriffe mit Übergang zu militärischer Aktion zu erwidern, forderten England und Frankreich am 1. September von uns Zurückziehung deutscher Truppen von polnischem Gebiet. Kriegsgefahr schien jetzt noch beschworen werden zu können durch Eingreifen Mussolinis, der Waffenstillstand und anschließende Konferenz zur Lösung deutsch-polnischen Konflikts vorschlug. Dieser Vorschlag ist von uns und auch von Französischer Regierung positiv beantwortet worden; Britische Regierung hat hingegen heute mit zweistündiger Befristung Forderung Zurückziehung deutscher Truppen wiederholt und sich nach Ablauf dieser Zeit als im Krieg mit Deutschland befindlich erklärt. Frankreich ist dann mit Mitteilung gefolgt, daß es sich gezwungen sehe, Polen beizustehen.

Vernünftige deutsch-polnische Regelung wäre ohne Englands Dazwischentreten und seiner antideutschen Einkreisungspolitik sicher längst zu erzielen gewesen. Statt aber Polen zum Einlenken zu ermahnen, hat England ihm Generalvollmacht gegen Deutschland erteilt, sich selbst in Abhängigkeit von Polens Entschlüssen gebracht und schließlich im letzten Augenblick auch noch Vorschlag Mussolinis durch sein Verhalten zum Scheitern verurteilt. Damit ist Saat der Männer aufgegangen, die in Eng-

land seit Jahren Vernichtung Deutschlands predigen. Dieser Verlauf Ereignisse zeigt klar volle Verantwortlichkeit Englands für Kriegsausbruch.

Weizsäcker

Auf einem uns aufgezwungenen anderen Wege. Vernichtung Deutschlands. Sportart: Sport der Könige. Das Telegramm zur Sprachregelung verschickte der Vater nur wenige Stunden nachdem Heinrich gefallen war. Der letzte Vermittlungsversuch gescheitert, Hitler notfalls zum Nibelungentod entschlossen. Später hat der Vater Richard erzählt, wie er buchstäblich bis zum Vorabend des Kriegsausbruchs geglaubt habe, der Führer spiele bloß riskant va banque, um am Ende nachzugeben, und wie er, als er den Irrtum erkannte, Ribbentrop einmal mehr seinen Rücktritt anbot. Sogar Göring rief er zuletzt zu Hilfe und beschwor ihn, das Dritte Reich nicht einem Geistesgestörten wie Ribbentrop zu opfern. Dieser werde als Erster baumeln, aber andere würden folgen. Doch alles zu spät. In der Nacht auf den 31. August, als er bei dem entscheidenden Gespräch zwischen Hitler und Ribbentrop anwesend war, brachte es der Vater nicht über sich, die geladene Pistole aus seiner Tasche zu ziehen. Er sei zu so etwas nicht erzogen worden. *Es beginnt ein neuer Abschnitt,* notierte er in sein Tagebuch, *ob mein Leben noch einen Sinn hat, es wird sich zeigen.*

Ihm zeigte sich: kein Kriegsgeheul beim deutschen Volk, keine gehässigen Demonstrationen vor der britischen Botschaft in der Wilhelmstraße. Das war kein Krieg der Deutschen, sondern allein Hitlers und Ribbentrops, ein Sturm, der sich legen würde! So lange musste er bleiben. Bei Seenot schlich die Mannschaft nicht unter Deck, nur weil der Kapitän den Verstand verloren hatte. Der ersten Reichstagssitzung nach Kriegsbeginn mit Hitlers Rede blieb der Vater fern, nicht einmal als Zuhörer wollte er beteiligt sein, und in der Morgensitzung des 1. September gab er seinen Leuten im Amt freie Hand, jeder tue, was ihm sein Gewissen vorschreibt. Schreib das auf, hat Richard dem Vater am Gitter gesagt, schreib das alles genau so in dein Buch, beschreibe dich, dachte er – aber schreibe nicht, wie die Siegeseuphorie der ersten Jahre auch dich angesteckt hat und du dir eine neue Weltordnung mit deutschen Kolonien im Osten ausmaltest und dass man zuvor alle Kräfte gegen die Engländer werfen müsste, die im Sport zur Zähigkeit erzogen seien, oder wie du nach dem Sieg über Frankreich an die Mutter schriebst, *ich wünschte, der Papa hätte den heutigen Tag noch gesehen, die Bedingungen, die man heute nachmittag den Franzosen übergab, verraten die Meisterhand des Führers.*

Manchmal hat Richard das Gefühl, der Vater verhülle noch etwas vor ihm, nicht bewusst, sondern weil er es seinerseits scheut und obwohl er stets betont, man müsse ihn als Menschen begreifen, um sein Handeln richtig beurteilen zu können. Doch was, wenn da gar nichts weiter ist, wenn es zwar einen Kern geben mag, dieser aber hohl ist und die Verschalung selbst das Eigentliche, *die Trennung von Person und Sache,* was, wenn die Taten, die ihm hier vorgeworfen werden, somit nicht im Kontrast stehen zu seinem Charakter, der sie in einem anderen Licht erscheinen lassen soll, sondern aus ihm erst mit hervorgegangen sind. Und hätte dann nicht auch er, Richard, wahrscheinlich etwas davon in sich? Sind Verstrickte wie sie zu klarem Blick und freier Entscheidung überhaupt in der Lage – spricht dafür, dass er sich diese Frage jetzt immerhin stellt, oder dagegen, dass auch Zweifel Selbstzweck sein können, so wie der Vater die Fortsetzung seiner Arbeit oft in Frage stellte, ohne dem Hadern je ganz nachzugeben. Aber dass er es bloß vorgeschoben hat, das glaubt Richard nicht, will er nicht glauben. Wird er nicht geglaubt haben.

Bis zur Verhaftung war sein Vater mehr der Bezeichnung nach Vater. In erster Linie trug er Pflichten und Funktionen, Amtsgeheimnisse und Uniformen. Dazu immer Sorgen. Vater war er nur am Rande, wenn er seine offiziellen Rollen einmal ablegen konnte, doch je herausgehobener diese wurden, desto mehr verkürzten sich die befreiten Zwischenzeiten, bis er auch fern der Arbeit fast vollständig von ihr eingenommen war, in der Familie jetzt fahrig *den Vater* spielte, ein Schatten seiner selbst, eines Selbst, das eigentlich außerhalb von ihnen lebte, vom strahlenden Aufstieg draußen beschienen. Es war ähnlich wie im Theater, wo für die kurze Spanne des Schlussapplauses die Grenzen verschwimmen und Richard nicht mit absoluter Sicherheit sagen könnte, wem dabei der Beifall gilt, den Figuren, die einen berührt haben, oder den Schauspielern, und ob die Schauspieler auch die Menschen dahinter einschließen, ohne deren Anteil sie ihre Figuren nicht so überzeugend darstellen könnten, samt deren Ängsten und Abgründen.

In den Berliner Jahren sprach der Vater irgendwann nicht mehr von Arbeit, er sprach von Aufgaben. Richard kam es wie eine Selbstaufgabe vor. Aber alles Unnahbare ist auch geschützt. Noch als nach dem Krieg die ersten Diplomaten des Auswärtigen Amtes festgesetzt wurden und sich der Vater in einem langen Hin und Her um Privilegien weigerte, aus dem sicheren Exil im Vatikan zurückzukehren, ja selbst als Kempner ihn im März 1947 auf die Liste möglicher Angeklagter setzte und von Dokumenten berichtet wurde, wonach der Vater Judendeportationen aus Frankreich mitgezeichnet habe, da war es, als könnte sie all dies kaum bedrohen, weil es mehr den Staatssekretär gleichen Namens betraf als den Vater, den Richard kaum noch kannte, aber vermisste.

Seit Richard ihm über den Prozess wieder nähergekommen ist, sind auch seine Taten enger an den Vater herangerückt. Mit dem langsamen Verwachsen des Spalts zwischen Amtsträger und Vater schwindet die frühere Unantastbarkeit. Die zunehmende Vertrautheit bringt eine schleichende Erschütterung der Unschuld mit sich. Als wäre es ausgerechnet Richard, der dem Vater die Schuld zuführt. Wahrscheinlich fühlt er sich darum selbst manchmal schuldig, dem Vater gegenüber – oder weil, andersherum, erst die Anklage sie so fest hat zusammenbinden können und ein Teil von Richard, den er lieber tief in sich verkapseln möchte, ihr sogar fast dankbar ist? Zum Schämen. Aber immer noch besser, als sich für den Vater zu schämen, für seine angeblichen Vergehen, und kurz zu erschrecken, wenn Kempner oder Caming den Namen Weizsäcker laut aussprechen. Das passiert Richard jetzt häufiger als am Anfang. Noch mehr Scham, dafür, sich zu schämen. Und für den Gedanken, dass er sich vielleicht umso schuldiger fühlt, je weniger es der Vater tut.

Davon ahnt der Vater nichts. Er sieht sich eher vom Schicksal entschuldigt, der großen Menschheitsgeschichte – wem auf hoher See schwindlig wird, der fixiere den weiten Horizont. *Wer darf sich hier zum Richter machen, wer darf ein Schuldurteil aussprechen über einzelne Nationen und einzelne Personen,* fragt er sich einmal in seinen Aufzeichnungen und scheint sich gleich mahnend zu antworten, *wer aber selbst in der Periode vor dem Krieg irgendwo und irgendwie zum Handeln imstande oder verpflichtet war, kann sich der aufgeworfenen Frage nicht entziehen. Hat er Gewissen, so hat er sich längst vor den eigenen Richterstuhl gestellt. Er reiche mir die Hand.*

Doch was bescheinigt dieser innere Richter ihm? Wird das Gewissen nicht zur hohlen Schale, wenn aus ihm nichts folgt als Rechtfertigungen und die Selbstvergewisserung, *wer der*

Stimme des Gewissens gefolgt ist, wird sich nie einen Vorwurf zu machen haben. Enthüllt sich dann nicht gerade Schuld, indem sie sich so verbirgt. Klarer vor Augen steht dem Vater die Schuld der anderen, Hitlers, Ribbentrops, und die Forderung des Feindes nach einer bedingungslosen Kapitulation, die das Wüten nur um Jahre verlängert habe, *Hagelwetter von Haß und Eisen* und jenem fehlenden Versöhnungsgeist, den die Sieger ihn jetzt noch im Gerichtssaal spüren lassen.

In der Vorbereitung des Kreuzverhörs hat Richard am meisten zu schaffen gemacht, immer beide Seiten gleichermaßen einnehmen zu müssen. Um den Vater für die öffentliche Konfrontation zu wappnen, waren die Argumente der Anklage möglichst genau vorherzusehen und mit derselben Unerbittlichkeit zuzuspitzen, die sie von Kempner und seinen Leuten erwarteten. Deren ganze Sichtweise hatten sie nicht bloß nachzuvollziehen, sondern tief zu verinnerlichen, bis zu dem Punkt, an dem sie einem selbst einzuleuchten begann und eigene Formen ausbildete. An diesem Punkt erst begann ihre eigentliche Verteidigung. Gegen sich, advocati diaboli. So sind wir ihnen immer einen Schritt voraus, sagt Hellmut, man gewinnt einen Krieg nur auf dem Feld des Feindes. Während sie dann einige Schlüsselfragen am Gitter sogar durchspielten wie bei einer geflüsterten Sprechprobe, jeder mit Notizen in Händen, musste Richard immer an die früheren Lesenachmittage mit verteilten Rollen in Wilmersdorf denken, und war es schon verstörend genug, den Vater nun mit der eigenen Stimme schwersten Vorwürfen und Provokationen auszusetzen, machte Richard noch beklommener, wie leicht es ihm zugleich fiel, wie drängend die Sätze aus ihm herauskamen, als wäre ein ersehntes Stichwort endlich gefallen, Sätze wie: Sie haben vielleicht nicht die Ausrottung der Juden gefordert, aber Sie haben anderen die Hand dazu gereicht.

Möglicherweise ist er deshalb jetzt geradezu erleichtert, dass es vor Gericht wieder die Anklage übernommen hat, dem Vater zuzusetzen, und er sich ganz auf seine Verteidigung beschränken darf. Er kann den Ausführungen der Ankläger aus engem juristischen Blickwinkel heraus folgen, sie in Tatbestandsmerkmale zerlegen, Begriffe über- oder unterordnen, bis sie in die richtige Reihenfolge gebracht sind, seine Fragen zur Fallfrage verschnürt, Auslegungssache. Wenn Caming jetzt behauptet, der Vater habe schon vor dem Krieg die Politik vertreten, alle Juden ohne falsches Mitleid möglichst weit und mittellos zu verstreuen, um die Gefahr des Judentums für den völkischen Bestand der Nationen zu bannen, und aus dem Exhibit 2112 zitiert, *je ärmer und damit belastender für das Einwanderungsland der einwandernde Jude ist, desto stärker wird das Gastland reagieren und desto erwünschter ist die Wirkung im deutschen propagandistischen Interesse,* dann kann Richard im Geiste fast für den Vater antworten, dass dieser Runderlass nur auf ausdrückliche Instruktion Ribbentrops herausgegeben worden sei und dem Vater natürlich im höchsten Grade zuwider war – er kann auf seinem Platz ein Kopfschütteln andeuten, als Caming fragt, ob die Abteilungen des Vaters etwa nicht die diplomatischen Vertretungen angewiesen hätten, Juden die Pässe zu verweigern, und wiederum energisch nicken, sobald Hellmut dazwischenfährt, das englische *migration* differenziere völlig ungenügend zwischen den deutschen Begriffen *Einwanderung/Auswanderung,* und als der Vater sagt, seine Paraphe auf Dokument NG 5086 bezeuge höchstens einen weiteren Ausnahmefall, denn Herr von Ribbentrop habe Luther erst Ende August 1942 telefonisch beauftragt, in Zukunft die Schritte betreffend Judendeportationen und dergleichen auch dem Staatssekretär Weizsäcker zur Kenntnis zu bringen, da spricht er von sich wieder kurz in der dritten Person.

»Stimmt es, dass Sie über Luthers Handlungen in Bezug auf Ungarn informiert wurden und dass Luther sich mit Ribbentrop über Ihre Stelle in Verbindung setzte, soweit es die ungarischen Juden betraf, und dass Sie unmittelbar teil an dem Druck hatten, der auf den ungarischen Minister ausgeübt wurde, um die antijüdischen Maßnahmen durchzuführen?«

»Ich habe in dieser entsetzlichen und traurigen Judenfrage manche Dinge durch meine Hände gehen lassen müssen, auf höhere Weisung, die mir konträr waren. Das gebe ich durchaus zu. Ob ich speziell dem ungarischen Gesandten gegenüber Druck ausgeübt habe, habe ich nicht in Erinnerung. Aber wenn Sie mir Dokumente zeigen wollen, können wir ja darüber sprechen.«

»NG 5086 zeigt doch, dass Sie, wie von Luther gebeten, das Memorandum Ribbentrop vorgelegt haben. Ich frage Sie nun, haben Sie das lediglich als Briefträger getan oder waren Sie auch selbst am Inhalt dieses Dokuments interessiert?«

»Grundsätzlich war ich nur Briefträger in all den scheußlichen Angelegenheiten. Ob ich aber zu diesem konkreten Dokument irgendeine Notiz oder Bemerkung gemacht habe, könnte man nur aus dem Original erkennen. Das hier ist bloß eine Kopie.«

Noch hält sich jeder an sein Skript. Dass die Anklage versuchen würde, den Vater in unmittelbare Nähe von SS- und Parteielite zu rücken, haben sie erwartet, in die Nähe von Luther und Berger, von Ribbentrop ohnehin, der auf Berufsdiplomaten wie den Vater angewiesen war wie kein Zweiter, weil er sich mit dem Auswärtigen Dienst kaum auskannte. In seinem eigenen Prozess hat er ausgesagt, niemand hätte ihm jahrelang zu außenpolitischen Erfolgen herzlicher gratuliert als der Vater, und wenn dieser sich nun von ihm distanziere, bezeuge das nur seine Charakterlosigkeit. Ribbentrop belächelten jedoch vor Gericht sogar Göring, Heß, seine eigenen Leute: als Weichling, verwirrt im Zeugenstand, in Haft verlottert.

Da wird Luther dem Vater schon gefährlicher. Martin Luther, ausgerechnet. Skrupelloser Technokrat, dem es weniger um die Ideologie ging als um die Macht. Die Akten seiner Deutschlandabteilung belasten den Vater am stärksten. Wie der Vater dem ungarischen Gesandten gegenüber die Wichtigkeit betonte, dem Abtransport der Juden zuzustimmen. D III 872 g II. *Die Behandlung der Judenfrage in Ungarn entspricht bisher nicht den hiesigen Prinzipien.* Wie er einen Bericht Luthers über die Einsatzgruppen paraphierte, wonach sämtliche Juden in Kiew verhaftet und bereits mehr als 33 000 hingerichtet wurden. Wie er sich bei Luther beschwerte, er sei bei der Verordnung zur Kennzeichnungspflicht für Juden übergangen worden und man möge sich doch bitte in Zukunft an die richtige Reihenfolge halten. Wie er überschrittene Zuständigkeiten auch rügte, als Rademacher von einer Dienstreise nach Serbien zurückkehrte und in seinem Bericht Befugnisse des Auswärtigen Amts (staatenübergreifende Deportation von Juden) und anderer Stellen (Erschießung männlicher Juden gleich vor Ort) unsachgemäß vermengte. Man drückte ein Auge zu. Auf dem Formular zur Erstattung der Spesen hatte Rademacher als *Zweck der Reise* angegeben: *Liquidation von Juden in Belgrad.* Per Hauspost verschicktes Behördenwissen, weitere Erläuterungen überflüssig.

Rademacher hat ausgesagt, der Vater habe von allem gewusst. Und sitzt jetzt selbst angeblich gemütlich auf einem leitenden Posten in Hamburg, während der Vater sich hier für die Wannseekonferenz rechtfertigen muss, an der er gar nicht teilgenommen hat, der Vater sagt: Da sieht man es doch, ich galt der Reichsführung SS eben zu sehr als Bedenkenträger! Obwohl Luther ihm formell unterstand, hat Eichmann ihn, nicht den Vater zur Besprechung der Endlösung eingeladen, *mit anschließendem Frühstück.* D III 21 g. Überhaupt habe Luther ihm vieles vorenthalten und die Judenfrage lieber direkt geregelt, kurzer Dienstweg mit Kollege Heydrich. Für die Konferenz am Wannsee ließ sich Luther von Rademacher ein Papier über *Wünsche und Ideen des Auswärtigen Amts zu der vorgesehenen Gesamtlösung der Judenfrage in Europa* erstellen. Ihm war wichtig, dass das Amt mit einbezogen wurde, reibungslose Abstimmung mit Reichssicherheitshauptamt und Gestapo erwünscht, schließlich konnte man über die hauseigenen Kanäle wertvolle Informationen zu ausländischen Juden liefern. Verfluchte Randnotiz auf der Einladung, *bitte auch sofort Herrn Staatssekretär zu unterrichten.*

Margret Boveri hat Hellmut zudem geflüstert, ein Berater Clays habe ihr anvertraut, dass Kempner ihm die Unterschrift des Vaters auf dem Wannseeprotokoll gezeigt habe, was dieser allerdings für unmöglich hält, Hellmut sagt: Einem Terrier wie Kempner ist alles zuzutrauen – aber Dokumentenfälschung? Der Vater beharrt darauf, von Luther lediglich eine Vortragsnotiz erhalten zu haben, nach der die Gelegenheit des Krieges genutzt werden müsse, um die europäische Judenfrage endgültig zu bereinigen. Doch darunter habe der Vater ressortgemäß nur die Ausweitung der deutschen Rassengesetze auf andere Länder verstanden. Den Schweizern schrieb er bald, sie mögen ihre Juden doch bitte zurücknehmen oder eben den deutschen Maßnahmen überlassen, Richard denkt: Sie dürfen Kempner nicht auf den Leim gehen. Aus fahrlässiger Passivität lässt sich ebenfalls die Rolle eines Mittäters formen, Richard könnte denken: Aber was ist dem Vater schon anderes übriggeblieben, die Erschießungen und Deportationen waren Nebenerscheinungen der Kriegshölle, in die Hitler Deutschland gestoßen hatte, im Krieg gab es kein Halten mehr. Die Entscheidungen trafen andere, lange bevor sie seinen Schreibtisch erreichten, das war eine Frage von Kompetenzen und Kategorien. Eine Intervention bei Ribbentrop wäre reine Makulatur gewesen. Die Kuchen kamen schon gebacken aus der Zentrale, sagt der Vater, samt dem Befehl, sofort servieren. Er konnte allenfalls in sehr engem Spielraum mit außenpolitischen Erwägungen mildern, zu bedenken geben, dass Massenexekutionen in einigen Ländern zu Protesten führten. Mitunter reichte der Vater Schreiben von Rademacher an die Rechtsabteilung weiter, damit sie die Vorgänge verschleppte. Schrieb einmal einen Vermerk an Luther, er verstehe nicht, warum Vichy so auf die Entfernung italienischer Juden aus Französisch-Nordafrika drängen müsse, wenn dies doch den wirtschaftlichen Interessen des italienischen Verbündeten zuwiderlaufe. Außerdem dachte er, hinter *Endlösung* verberge sich nicht mehr als autonome Judenreservate, will es gedacht haben, möglicherweise hoffte er es, mauerte sich ein in einer Festung guten Glaubens. Warum hätte er bezweifeln sollen, dass sie nur zum *Arbeitseinsatz* nach Auschwitz gebracht wurden, wie es in den Papieren hieß, schließlich lag der Ort im angegliederten Oberschlesien, von wo regelmäßig Anfragen nach arbeitsfähigen Juden kamen. Andererseits, wird Richard denken, kann der Vater, der derart geschult darin war, zwischen den Zeilen zu lesen, wirklich nicht geahnt haben, dass die Häftlinge ihrer sicheren Ermordung entgegenfuhren? Obwohl er von dem Blutbad der Einsatzgruppen wusste? Obwohl er schon 1938 zum Schweizer Gesandten gesagt hat, die Juden müssten Deutschland möglichst schnell verlassen, sonst würden sie über kurz oder lang vollständig vernichtet. Ihm waren die ausländischen Rundfunkberichte über Auschwitz zugänglich, er sprach mit Canaris. Kempner behauptet, er selbst habe spätestens 1942 von der laufenden Ausrottung erfahren, als eine große jüdische Kundgebung in New York stattfand. Im Madison Square Garden. Vielleicht redete sich der Vater, der so viel näher dran war, trotzdem ein, es wäre nicht so. Hätte er von dem Grauen gewusst, er hätte die Schriftstücke doch bestimmt nicht unterschrieben, nicht freiwillig, wobei ohnehin demjenigen der freie Wille fehlt, der keine andere Wahl hat, sagt der Vater, die Züge wären schließlich so oder so gerollt, aber Richard denkt, warum hätte Eichmann dann überhaupt anfragen sollen. Notiz aus der Zelle:

Juden.

1. *Nie handelte es sich um die Maßnahmen selbst an sich.*
2. *Es handelte sich immer nur um den etwaigen außenpolitischen Einwand.*
3. *Ändern im Grundsatz konnte das AA nicht.*
4. *Es war ein Kurieren am Symptom, soweit überhaupt möglich.*
5. *Nie vom AA Maßnahmen angeregt oder durchgeführt.*
6. *Hätte ich Einfluß gehabt, so hätte ich Maßnahmen überhaupt unterbunden. Dann wäre aber d. III. Reich ein Märchenland gewesen. Dieses »ich hätte« ist ein irrealer Konditionalis. Ich hätte dann nicht, so wie geschehen, gegen das ganze System Hitler zu arbeiten brauchen.*

Verzähl dich nicht. Verzähl doch nicht. Dass, hätte man sich geweigert, Luthers Vorgehen zu folgen oder einzelne Papiere mitzuzeichnen, nur der gesamte Widerstand des alten Kreises gefährdet gewesen wäre. Und niemandem geholfen, der Vater sagt: Mit Gegenspielern machte Heydrich kurzen Prozess. Da sei es weitsichtiger gewesen, ein Mitgehen vorzutäuschen. Für sein großes Ziel, einen Frieden ohne Hitler, wollte er dieses

Opfer bringen. Musste es Luther vorwerfen, Moloch wollte fressen. Der Vater nennt ihn ein Reptil, eine Kreatur Ribbentrops. Als einziger Teilnehmer der Wannseekonferenz hat er es nicht geschafft, seine Ausfertigung des Protokolls rechtzeitig verschwinden zu lassen. Jetzt ist sie der größte Trumpf auf Kempners Hand.

Vielleicht wünscht sich Richard manchmal, der Vater würde wenigstens in seinen Memoiren etwas offener über die Tötungsmaschinerie und seine Rolle dabei nachdenken, statt sich in großtaktischen Überlegungen zur Neuordnung Europas zu ergehen, er verliert sich darin, im Knäuel der Pakte, dem Zuständigkeitsstreit mit der römischen Kurie – strategisches Kriegsspiel, da ist der Vater in seinem Element. Und kommt selbst darin kaum vor. Richard fragt sich an solchen Stellen, was er eigentlich die ganze Zeit gemacht und gedacht hat. Der Vater schreibt, der Russlandfeldzug habe wie ein Gespenst im Osten gelauert. Doch das Gespenst – ist er. Die Judenfrage handelt er auf zwei Seiten ab. Hitlers Kaltblütigkeit habe das ganze Land infiziert und das Auswärtige Amt kein grundsätzliches Mitspracherecht gehabt. Man musste Umwege beschreiten, taktieren, nicht gegen das Krankheitssymptom angehen, sondern gegen *das größere allgemeine Problem,* den Bazillus Hitler, aber zumindest jetzt könnte er doch Wut zeigen gegen die, an denen er scheiterte, und beschreiben, was er empfunden, was er gesehen und wie ihn sein Dilemma zermürbt hat, oder bleibt er so vage, weil er sich auf den vielen Umwegen verlaufen und noch immer nicht zurückgefunden hat. In den Monaten nach der Wannseekonferenz ist er mit Ribbentrop einmal heftig zusammengestoßen – wegen Organisationsfragen. Danach bot er ihm seinen Rücktritt an, einmal mehr. Als probierte er eine Möglichkeit aus, als beruhigte es sein Gewissen schon, nur auf sie anzuspielen, weil bereits in der Möglichkeit latentes Handeln lag, und wenn der Vater ihm am Gitter nächtliche Notizen zu den Menschenvernichtungen durchreichen lässt, wünscht sich Richard, er hätte sie nicht in Anführungszeichen gesetzt.

»Menschenvernichtungen«

…

5. Wissentlich habe ich mich an keinem Akt, auch nicht als Durchgangsstelle, beteiligt, der auf Vernichtung des Lebens der Betreffenden hinauslaufen mußte. Nie habe ich vorsätzlich an Akten mitgewirkt, die Gewaltmaßnahmen in sich schlossen.

…

7. Diskutabel ist höchstens, ob ich jeweils das richtige Augenmaß für das Unabänderliche besaß. Ich traue mir zu u. glaube heute noch, in direktem, sichtbarem Widerstand an die Grenze des Möglichen gegangen zu sein.

…

9. Generell ist die Frage zu stellen, ob ich, um in den Augen Unkundiger reine Hände zu behalten, hätte verschwinden sollen. Das gehört aber in größeren Rahmen.

Luther ist tot, doch Berger sitzt noch hier. Seine derbe Erscheinung, das ganze ungeschlachte Auftreten des glühend ehrgeizigen Emporkömmlings spielt ihnen in die Karten, derart offensichtlich ist der Gegensatz zur Kultiviertheit des Vaters. Zwischen den Kriegen war Berger Sportlehrer, Nazi erster Stunde. Ein altes Frontschwein sei er, hat er erklärt, kein Seiltänzer.

In den Pausen, beim Essen oder im Hof gehen er und der Vater sich aus dem Weg. Trotzdem pocht die Anklage immer wieder auf Berührungspunkte zwischen den beiden, spricht von Gehorsamsgeist, von der Missachtung der Demokratie und dem Wunsch nach Größe. *Überwältigender Sieg der deutschen Sache.* Man will sie zusammenbinden, um den Vater zu beschmutzen. Schwerwiegender scheint Richard aber eine strategische Überschneidung zu sein: dass sich Berger ebenfalls auf eine Spaltung der SS beruft und sich auf die saubere Seite stellt, fernab Himmlers fanatischer Clique, während er doch in Wahrheit jene verbrecherische Hälfte verkörpert, von der sich der Vater abgrenzen muss. Es provoziert Richard, sich hier anhören zu müssen, Berger habe einigen Verschwörern des 20. Juli das Leben gerettet, und es reizt ihn noch mehr, wenn sein Anwalt Fröschmann süffisant ausführt, Berger habe die wahren ritterlichen Ideale der SS vertreten und den Todesmut gehabt, im entscheidenden Moment den rasenden Befehlen des Führers zu trotzen, während andere feine Herren den schwarzen Rock nur zur Dekoration trugen und hinter verschlossenen Türen imaginären Widerstand spielten. Von der *Endlösung* will Berger nichts gewusst haben. Der Chef des SS-Hauptamtes, General der Waffen-SS, zwei Flaschen Schnaps pro Frau. Himmlers Intimus, böswillig verfolgt in einem Schauprozess. So durchsichtig, das Schmierentheater.

Die Verknüpfung mit Leuten wie Berger kann ihnen aber auch noch nützlich werden. Glaubt zumindest Hellmut. Falls das Gericht die Mitwirkung des Vaters am Nationalsozialismus tatsächlich höher bewerten sollte als seine Opposition, dann würde ihm immerhin zugutekommen, dass sich der gesamte Fall mehr und mehr von einem Ministerien- zu einem SS-Prozess entwickelt hat. Waren Berger oder Schellenberg zunächst eher Nebendarsteller des Verfahrens, geht es im Grunde längst hauptsächlich um die Frage, wie weit die SS sämtliche Machtapparate durchsetzte: ob die Naziherrschaft nicht vor allem ein SS-Staat war, von brutalen Verbrechern geprägt. Schellenberg hat offenbar seine eigenen Agenten umbringen lassen, wenn sie von der Ostaufklärung zurückkamen und zu viel darüber erfahren hatten, was hinter der Front vor sich ging. Ein weitgehend machtloser Beamter wie dein Vater, dessen Eintritt in die SS nicht mehr als ein nötiges Opfer war, verblasst daneben als Täter, meint Hellmut. Bloß eine Kopie. Hat ja nicht mal die Gemeinschaftsveranstaltungen besucht, keinerlei SS-Pflichten erfüllt. Das hat Kempner dann davon, dass er deinen Vater unbedingt mit solchen Bestien zusammenpacken und trotzdem zum Hauptangeklagten machen musste, um sein politisches Süppchen zu kochen. Eindeutig verspielt.

»Trifft es zu, Herr Weizsäcker, dass Sie nicht nur Luthers Bericht vom 21. August 1942 erhielten, sondern dass Sie persönlich mit braunem Stift den Teil unterstrichen, den ich gerne verlesen möchte: *Die vorgesehenen Abschiebungen stellen einen weiteren Schritt vorwärts auf dem Weg der Gesamtlösung dar.*«

»Das weiß ich nicht.«

»Ist es nicht …«

»Wenn Sie mir das Original geben wollen, dann kann ich vielleicht meine Unterschrift oder meine Unterstreichungen feststellen.«

»Wollen Sie aussagen, dass Sie das weder erhalten noch unterstrichen haben?«

»Ich weiß es nicht. Wenn ich das Original …«

»Wann haben Sie zum ersten Mal den Ausdruck *Sonderbehandlung* gehört?«

»Das weiß ich nicht. Ich weiß nicht, wann ich dieses traurige Wort zum ersten Mal gehört habe.«

»Nun, können Sie mir denn sagen, was es Ihrer Meinung nach im Jahre 1942 bedeutete, wenn es im Zusammenhang mit der *Lösung der Judenfrage* gebraucht wurde?«

»Ich weiß nur, dass ich jetzt darunter etwas überaus Trauriges verstehe, nämlich die Tötung von Menschen. Was ich mir gedacht habe, als ich zum ersten Mal das Wort gehört habe, das weiß ich nicht.«

»Herr Weizsäcker, ich möchte Ihnen ein Telegramm aus dem August 1942 zeigen. Es wurde als Verschlusssache bezeichnet und als solche von Ihnen verteilt. Um Zeit zu sparen, möchte ich Ihre Aufmerksamkeit auf Teil A lenken, der enthüllt, dass die Vorbereitungen für die *Lösung der Judenfrage* in Rumänien für die Juden, die nach Polen geschickt wurden, in folgenden bestanden: … *wo der arbeitsfähige Teil arbeitseinsatzmäßig angesetzt wird, der Rest der Sonderbehandlung unterzogen werden soll.* Haben Sie sich dieses Dokument angesehen?«

»Jawohl, ich habe es angesehen.«

»Meine Frage lautet, wenn Luthers Telegramm besagte, dass die Lösung darin bestand, die Juden nach Polen zu schicken, wo die Arbeitsfähigen arbeiten konnten und der Rest einer *Sonderbehandlung* unterzogen wurde, was glaubten Sie, dass der Ausdruck *Sonderbehandlung* bedeutete?«

»Ich kann Ihnen das deswegen schon nicht sagen, weil ich nicht ganz sicher bin, ob ich dieses Telegramm damals gelesen habe. Meine Paraphe fehlt ja darauf. Dass darunter so etwas Scheußliches zu verstehen war, wie ich es jetzt glaube und wie ich es jetzt weiß, das kam mir damals nicht in den Sinn. Das bestätigt mir, dass dieses Telegramm, wenn ich es überhaupt gelesen haben sollte, nicht für mich bestimmt war. Es war ja ein Telegramm für Luther.«

»Teil B dieses Telegramms trägt Ihre Paraphe und Teil A war eine Verschlusssache, aus der hervorgeht, dass die Verteilung von Ihnen vorgenommen wurde.«

Möglich, dass es einer Flucht gleichkam, als sich der Vater schließlich als Botschafter an den Vatikan versetzen ließ, einer Flucht vor all diesen Ausdrücken und ihren Bedeutungen, die er nicht kennen wollte oder jetzt nicht gekannt haben will, vor seiner Selbstfesselung daran, seinem immer haltloseren Part darin, möglich, dass er hoffte, in Italien mehr diplomatische Bewegungsfreiheit zu haben, neue Friedenskontakte zu knüpfen, aber andererseits: Wenn er doch sicher sein konnte, dass es nie Frieden geben würde, solange Hitler an der Macht war, malte er sich dann nicht etwas Irreales aus? Dann wäre das Verlassen Deutschlands vielleicht weniger eine verzweifelte Flucht gewesen als eine vorauseilende Ausflucht, bei der er ahnte, dass der Krieg verloren war und es ratsam wäre, neben die Untaten, die bald schwer an seinem Namen ziehen würden, etwas zur moralischen Entlastung auf die andere Waagschale zu legen und dafür fernab Berlins eher Spielräume zu finden.

Wie befreit von einem Alp meinte er erst in Rom wieder aufatmen und sich als Vertreter des wahren Deutschlands fühlen zu können, das ja nie aufgehört habe zu existieren, erleichtert wie ein Verfolgter und gerade noch Entkommener, dem spürbar Hitlers Verachtung aller Höhergebildeten galt. Mit den Weihnachtsmännern aus der Wilhelmstraße könne man kein neues Reich aufbauen, hatte Hitler gesagt, diese geschichtsbefugten Oberschichten hätten nur noch eine Aufgabe – in Ruhe zu sterben.

Die Umzugskosten übernahm das Amt, Spesen extra, und Hitler seufzte lächelnd bei ihrem letzten Gespräch, eine Weile im milden Süden, das würde ihm jetzt ebenfalls behagen. Auch der Abschied von Dr. Goebbels durchaus heiter. Die Eltern reisten mit drei Möbelwagen, zwei Flügel fanden darin Platz. Der Hotelier des Vier Jahreszeiten gab ihnen bei der Durchreise in München noch zwei kalte Hühnerbeine und französischen Rotwein mit. *Zweck der Reise: Befreiung des Vaters.* Er freute sich auf Trauben und Feigen und leichtere Luft. Zur Einstimmung las er unterwegs in Goethes *Italienischer Reise,* verglich entlang der Isar die aufgeschwemmten Kieshügel und Wolkenmassen vor den Tiroler Bergen mit der Beschreibung des gleichen Weges, als Goethe vor den nahenden Schneegipfeln glaubte, eine neue Welt gehe ihm auf.

Ein Lavieren. Der Vater wollte vor den Verbrechen fliehen und gleichzeitig im Dienst bleiben, wieder musste er in beide Richtungen taktieren. Den Papst beschwor er, die deutsche Kriegsführung nicht offen zu kritisieren und so nur Hitlers Wut zu steigern; nach Berlin berichtete er retour, der Papst habe bisher davon abgesehen, sich zu einer lauten Äußerung gegen den Abtransport der Juden aus Rom hinreißen zu lassen. Die Abwicklung der Deportationen ohne internationales Aufsehen war ein umso größerer Erfolg, als Pius besonders davon betroffen gewesen sei, dass sich der Vorgang sozusagen direkt unter seinen Fenstern abgespielt habe. Aber damit sollte es doch jetzt bitte auch erledigt sein. Es war dem Vater peinlich und sähe für Deutschland nicht vorteilhaft aus, wenn der Papst doch noch öffentlich protestierte. *Da hier in Rom weitere deutsche Aktionen in der Judenfrage nicht mehr durchzuführen sein dürften, kann also damit gerechnet werden, dass diese für das deutsch-vatikanische Verhältnis unangenehme Frage liquidiert ist.*

Nichts sollte ihre Verbundenheit stören. Das tat die alliierte Propaganda schon genug, die verbreitete, die Deutschen wollten die Kurie nach Liechtenstein verschleppen. Als wäre der Papst eine Geisel und der Vater sein Bewacher, nur weil deutsche Stahlhelme am Rand des Petersplatzes patrouillierten. Dabei schätzten sie sich einfach. Pius kannte sogar Lindau und wusste, dass es *im,* nicht *am* Bodensee liegt. In seiner Privatbibliothek teilten sie freimütig die Ablehnung des dekadenten Liberalismus. Ihre abendländischen Kulturnationen standen doch vereint: gegen das westliche Laissez-faire, gegen den Kommunismus erst recht. Nur keine neue Hunnenzeit. Deshalb schwieg der Papst nach außen! Der Vater schwärmte für seinen diskreten Charme. Von Pius' wacher, unermüdlicher Sorge für die Herde fühlte er sich verstanden. Bis tief in die Nacht brannte in Pius' Arbeitszimmer hoch über der Piazza Licht, und noch während seiner nachmittäglichen Rundgänge durch die Vatikanischen Gärten entdeckte man ihn in Akten blätternd, von fleißigen Arbeitsbienen in priesterlichen Gewändern umschwirrt. Er las sogar die neuesten Aufsätze von Carl Friedrich, die der Vater ihm brachte. Richards Bruder forschte derzeit zu Fragen der Unendlichkeit.

Wenn jemand die Westmächte noch für einen Ausgleichsfrieden gewinnen konnte, dann der Papst. Warum begriffen sie denn einfach nicht, dass sie Deutschland gegen die alles überrennenden bolschewistischen Horden bald brauchen würden. So kurzsichtig. Jeder hatte doch jetzt ein Stück über seinen Schatten zu springen, um zu retten, was zu retten war, auch er, der Vater, musste schließlich gegen seinen Geschmack Zugeständnisse machen und sich bei der Besetzung Roms mit Feldmarschall Kesselring verständigen und bei den Judenrazzien ein Auge zudrücken. Natürlich hätte man sich durch öffentlichen Widerstand bequem zum Märtyrer stilisieren können, doch wäre damit auch nur ein Jude gerettet gewesen? Wollte man die verbliebene Manövrierfähigkeit nicht verspielen, galt es jetzt vielmehr, Konflikte zu vermeiden, Ruhe zu bewahren, dachte der Vater, denkt nun vielleicht Richard, der manchmal so sehr versucht, ihn zu verstehen, dass sie ineinander überzugehen, ihre Rollen zu vertauschen scheinen, für einen kurzen Augenblick. Aber birgt solche Anverwandlung überhaupt ein

Verstehen, oder müsste er dafür nicht eher über den Schatten des Vaters springen, fragt er sich, und ob es überhaupt möglich ist, die Rolle einer Rolle einzunehmen, ohne dass sie sich wie zwei Minuszeichen gegenseitig aufheben und alle unangenehmen Fragen *liquidieren.*

Wieso hat der Vater nur ausgerechnet in dem Zusammenhang dieses Wort verwendet? Weil er den Zusammenhang in seinem ganzen Ausmaß eben nicht kannte? Oder war es ein tief verinnerlichter Jargon, ein vollendetes Rollensprechen, das sich selbst nicht mehr wahrnahm, der perfekte Code. Trotz der Bitte des deutschen Stadtkommandanten wollte sich der Vater in Berlin nicht für die Rücknahme des Razzien-Befehls einsetzen. Er könne da nicht dienlich sein. Während die Verfolgung der römischen Juden, die am Bahnhof Tiburtina in Viehtransporter gepfercht wurden, ihren Höhepunkt erreichte, ärgerte er sich wieder über antideutsche Propaganda der Alliierten. *Bis jetzt sind wir aber in dem moralischen Wettrennen die Sieger geblieben.* Der gegenwärtige Status sei befriedigend.

In seinen Erinnerungen erwähnt der Vater die Judenrazzia vom Oktober 1943 nicht, auch nicht die Hinrichtung Hunderter italienischer Zivilisten in den Ardeatinischen Höhlen. Er schreibt stattdessen, wie er noch kurz vor der ersten römischen Revolte den Sohn des Duce, Vittorio, im Schwefelbad von Aquae Albulae friedlich unter Eukalyptusbäumen schlafen sah, er schreibt: wie er dann im folgenden Radau der deutschen Besetzung die Villa Bonaparte als Diplomatensitz bezogen habe, im Garten der Via Piave 23, sehr stilvoll und frisch renoviert. Die Kurierverbindungen nach außen brachen immer öfter ab. Sehr langsam, wie in einer gedehnten Zeit, kamen die Engländer angeblich näher. Manchmal wehten Gerüchte heran und verflogen wieder: Die deutsche Verteidigung am Brückenkopf bei Nettuno verlaufe erfolgreich. Im Osten sei der Russe des

Kampfes müde. Der Vater sei in Berlin als Nachfolger Ribbentrops im Gespräch.

Als hätte er damals in einer anderen, leicht abgesetzten Sphäre gelebt, in einem zweiten, zur Wirklichkeit parallelen Strang, in dem der Vater zwar noch wahrnahm, was um ihn geschah, das Schießen deutscher Truppen vor der Villa, Massen an Flüchtlingen in den Klöstern oder die Bombardierung der Stadt – in Luftschutzkellern sah er Kardinäle mit hastig übergeworfenen Gewändern, hörte draußen Menschenmengen rufen, *Pace, Pace!,* später das Dröhnen von Detonationen, als Kesselring die Flugplätze sprengen ließ. Zugleich aber war er von alldem seltsam unberührt. In den Tagen, als sich Italien erstmals gegen den Faschismus erhob und in den Büros die Bilder der letzten zwanzig Jahre von den Wänden gerissen wurden, konnte der Vater endlich einmal herrlich ungestört schlafen, weil die Bevölkerung nach halb zehn Uhr abends nicht mehr auf die Straße gehen durfte. Jetzt hörte er sogar die Grillen, von denen er bei Goethe gelesen hatte, er werde sie nicht los, als ob sie eine Wahrheit wären. Monate später, während des Abzugs der Wehrmacht nach Norden, sah er abgekämpfte Kolonnen durch die Porta Pia vorbeiziehen. Dann war endlich alles still.

In jener parallelen Welt flanierte der Vater vormittags über das vatikanische Gebiet, das an Schönheit selbst Lindau übertraf, manchmal mit der Staffelei unterm Arm, um wie willkürlich gewählte Ausschnitte der Waldbestände zu malen. Eine Vorstellung: wie Richard eins dieser schlicht gerahmten Aquarelle über seinem Schreibtisch im Justizpalast aufgehängt hat und es oft lange betrachtet, wenn ihm am Abend die Zeilen der Schriftsätze und Eingaben schon durcheinanderzuhüpfen beginnen. Was auch immer im Vater vorging, als er es malte, es erschließt sich Richard nicht, obwohl es irgendwo in dem Bild gespeichert sein muss, direkt vor seinen Augen. Wie nebenbei aufs Blatt geworfen wirkt die üppige Vegetation darauf, eine Gruppe Pinien aus schnell gesetzten Strichen, die das Licht einfangen, es aber immer nur kurz zu fassen kriegen, die Rinde aus Punkten grob getupft, überall schimmert dazwischen die weiße Unterlage durch, wo die Farben aufhellen, dringt die Bleistiftskizze herauf wie eine geheime Nachricht, hingekritzelte Gedankenfetzen, die das Bild zugleich auszustreichen versucht. Ihre Brauntöne stark verdünnt, erscheinen dicke Stämme federleicht, manchmal meint Richard noch das Schillern der Tropfen wahrzunehmen, mit denen die Farben zu weichen Übergängen gemischt worden sind, das Unterholz zerfließt in bunten Schattierungen, ein Durch- und Übereinanderdrängen der Schichten zur Oberfläche, gegen den Sog des Papiers, in einzelnen Pfützen zwischen dem Moos spiegelt sich das Blau des Himmels, schlängelt sich in Rinnsalen über den Schwemmboden, aus dem sich einige helle Stämme Richtung Himmel winden, ihr Weiß nicht aufgetragen, sondern das des Papiers – durch Auslassung gezeichnete Form, wie sie sonst das Vergessen schafft. Nach oben verdünnen sich Wolken zu luftigen Schlieren, lichten sich mit dem Himmel, der langsam verblasst, seine Umrisse verliert und schließlich, ohne erkennbare Bildkante, einfach ins Leuchten des Papiers übergeht und sich darin auflöst.

Richard glaubt inzwischen, dass er dem Charakter des Vaters wahrscheinlich nie näher kommen wird als über dieses Aquarell – indem er beim Betrachten sieht, was die Augen des Vaters gesehen haben, wie sie es gesehen haben. Den Prozess. Auf dem linken Randstreifen eine kaum wahrnehmbare Rundung, leicht gerillt, könnte ein Fingerabdruck sein, der noch zu verwischen versucht wurde. Tritt Richard drei Schritte zurück, verschwindet er. Zugleich gewinnt die abgebildete

Natur an Deutlichkeit und Glanz, als klarte sie auf. Es herrscht Bewegung, obwohl sich nichts regt, ein Vibrieren, das die Fremdheit von verschmierten Schwüngen und verdrehten Bäumen noch verstärkt. Alles ist leicht, zieht nach oben. Keine geraden Linien mehr, endlich, nicht einmal als ferner Horizont.

Berührt Richard das Bild so, weil der Vater darin etwas ausdrücken konnte, was er sich sonst versagte? Einen anderen Zustand, aus unreinen, gemischten Eindrücken, die nicht länger währten als für eine kurze Berührung des Pinsels, eine Unruhe, deren Steigerung die Angst ist? Richard, hilf mir auf. Aber wahrscheinlich erhofft sich Richard das nur. Wahrscheinlich sucht er nach einem Zusammenhang der zahllosen Striche und Kleckse, wo der Vater doch viel eher Auflösung betrieb, sucht wieder nach Zeichen, die nicht da sind oder bloß zu ihm selbst zurückführen.

Malte der Vater in Rom nicht nachmittags, setzte er sich in seinen freien Stunden in die Kapelle der Schweizergarde. Dort blickte er den Wendelaufgang hoch zur Empore, wo glänzende Stichkappen über den Fenstern in die Gewölbebögen griffen, und lauschte den Chorgesängen und dem Klang der Orgel. Noch Stunden später schwang es in seinem Ohr nach, wenn er in der ruhigen Bibliothek der Kardinäle erste Notizen für sein Erinnerungsbuch machte oder Denkschriften für eine Weltorganisation des Friedens entwarf oder für ein mögliches Bündnis gegen Russland.

1. *Westmächte und Vatikan müssen wissen, daß nur nat.soz. Deutschland Europa und sie selbst retten kann. Demokratie völlig hilflos.*
2. *Westmächte haben Interesse daran, Krieg im Wesen und in der Luft stagnieren zu lassen.*

3. *Nach Abwehr bolschewistischer Welle ist D. mit Bundesgenossen, besonders mit Japan, bereit, im dargelegten Sinn an Friedensregelung mitzuarbeiten. Nationalsozialismus bleibt, übt aber, wie dargetan, Toleranz.*
4. *Hält D. nicht stand, Folgen katastrophal für England und USA.*
5. *Lenken Westmächte nicht ein und müßte D. zurückweichen, so würde deutsche Führung Bolschewisierung lieber selbst herbeiführen und Übergang abkürzen. (...) Militärisch sind wir zuversichtlich.*

Als hätten sie, Begründer einer abgetrennten, geschlossenen Zivilisation, das Bündnis schon vollzogen, lebten im Vatikan Feinde Tür an Tür. Britische und amerikanische Gesandte bezogen den ersten Stock des Gästehauses Santa Maria, slowakische das Erdgeschoss neben französischen Vichy-Vertretern. Mit ihnen verstand der Vater sich am besten. Er bewunderte Marschall Pétain und wie er seinen guten Namen hingab für eine undankbare Rolle, die auch in Frankreich jemand übernehmen musste, quelle courage! Noch jetzt, in Nürnberg, bezieht der Vater sich auf ihn. So wie Pétains Opfer nicht gewürdigt werde, so passe die Vorstellung eines anständigen Deutschen nicht ins starre Schema der Sieger, er notiert:

An RICHARD
Besprich doch noch einmal mit Becker das Folgende: Mein Rennen ist ein Handicap.

1. *fremdes Gericht, fremde Sprache, fremder Geist.*
2. *Kontr. Ges. 10*
3. *Mangel an Zeit und Material für den Dokumentenkrieg.*
4. *Apparencen vielfach gegen mich.*

5. Meine inneren Hemmungen in Debatte und öffentlichem Auftreten.
6. Einseitige Presseberichterstattung.

Dieses alles spräche dafür, daß ich den stummen Fisch mache. Oder ist reden besser als schweigen? Vergleiche Pétains Verhalten ... Wenn ja, welches Verhalten gegen Anklagevertreter ist am Platz? Die Ansichten sind verschieden, ob man gelassen, aggressiv, zornig oder sonstwie sein soll.

Die Zeiger stehen auf 15.29 Uhr, und Richard erinnert sich, wie er den Vater einmal im letzten Kriegsjahr nach Ribbentrops Weisungen für mögliche Friedensverhandlungen fragte, sie stehen auf 16.16 Uhr, und Richard weiß noch, der Vater antwortete nur: *Galimathias,* Geschwätz. Ribbentrop wollte, dass den Westmächten klargemacht werde, Hitler dürfe nichts passieren – nur mit ihm könnten sie sich vor Stalin schützen. Die Offensive gegen Deutschland müsse eingestellt, der Nationalsozialismus erhalten und in ein Welt-Gleichgewicht einbezogen werden. Seine sozialen Wege hätten auch die anderen zu gehen. In der Judenfrage könne man kooperieren. *Schluß der Sprachregelung.*

Ribbentrops Verblendung entsprang der Angst des Untergehenden, aber auch der Vater meinte zwischen den Zeilen neue Möglichkeiten auszumachen. Den Krieg mochte man verloren haben – seine Überwinder konnte man jedoch immer noch wählen. Ergäbe sich Deutschland freiwillig dem Bolschewismus, wäre es gegen einen westlichen Waffengang geschützt, allerdings zugleich den Russen ausgeliefert, was einer moralischen Verödung gleichkäme: *Von dem, was man bisher unter deutscher Kultur und deutscher Mission im Kreis der Nationen verstand, würde kaum viel übrig bleiben.* Glaubte der Vater wirklich, dass davon noch etwas übrig war? Fünf Wochen vorher hatte die Rote Armee Auschwitz erreicht. Zumindest wollte er mit der Androhung einer Ostorientierung den Preis für den Westen in die Höhe treiben: die Gunst der Geschlagenen als Verhandlungsmasse. Er glaubte an sein strategisches Geschick.

Der Papst sollte sich ruhig verhalten, beschwor der Vater Monsignore Tardini, keine öffentliche Kritik an Hitlers Führung! Außerdem waren deutsche Armee und Bevölkerung zu schonen, die Luftbombardements trieben das Land nur noch schneller in Stalins Arme. Schluss mit Menschenmassaker und Töterei! Dann könnte auch Berlin gemäßigter agieren, ohne sein Gesicht zu verlieren. In der Partei setzten sich ja langsam tolerantere Züge durch, eine Evolution war im Gange, jetzt musste man ihr auch Bewegungsfreiheit gewähren, ihr mit Sachverstand zur Seite stehen, selbst eine Ablösung von Ribbentrop und Himmler war plötzlich denkbar und für das Reich ein dritter Weg, sagte der Vater, er sagte es sich auf – doch Tardini winkte ab, der Vatikan dürfe sich nicht utopistisch gebärden, er befürchtete, spätestens beim Judenthema würde der amerikanische Botschafter in Hohngelächter ausbrechen, und der Vater sagte, er selbst müsse bei alldem selbstverständlich ganz aus dem Spiel gelassen werden, nichts dürfe auf ihn zurückweisen. Als eine italienische Zeitung verbreitete, er habe sich von der Naziregierung losgesagt, dementierte er.

Wer heute durch Deutschland reist, würde verwüstete Städte finden, in denen die Baudenkmäler verschwunden sind; er findet ein zusammengedrängtes Volk ohne Raum, jedoch das Land überzogen mit Besatzungsmächten, die gewillt sind, unsere Wälder und Bergwerke auszubeuten und sich für angeblich von uns verschuldete Schäden mit unserem Schweiße bezahlt zu machen. Man kann sich wohl kaum ein hinreichend trübes Bild von un-

serer Heimat machen. Da stellt sich von selbst die Frage, ob dies alles nötig ist, die Frage nach der Schuld.

Das uns feindlich gesinnte Ausland ist mit der Beantwortung dieser Frage schon längst fertig. Es sagt: Schuldig ist Deutschland, schuldig Adolf Hitler. Was würde aber ein neutraler, wahrheitsliebender Geschichtsforscher sagen? Er würde deutsche Fehler feststellen, erhebliche Fehler, aber fortfahren: Wenn Hitler schuld ist, wer ist dann an Hitler schuld? Wer hat denn den Versailler Vertrag aufgestellt und in quälerischer Weise angewendet, wer eine Lage geschaffen, aus der sich Deutschland gewaltsam zu befreien gedrängt gesehen hat? (…) Kurzum, man würde dahin kommen, einzusehen, daß es Zeitgenossen versagt ist, in der Schuldfrage <u>einem</u> Mann oder <u>einem</u> Umstand die Schuld an dem heutigen Unglück beizumessen.

Dieses soll aber nicht bedeuten, daß etwa überhaupt von keiner Schuld gesprochen werden kann. Die Vorsehung gibt dem menschlichen Handeln hinreichend Spielraum, innerhalb dessen verantwortlich gehandelt werden muß; in diesem Sinne kann und muß durchaus von schuldig gesprochen werden.

Wer mich nun aber fragt, wen ich damit meine, den muß ich enttäuschen. Ich habe hierüber sehr bestimmte Ansichten, spreche sie aber nicht aus, denn nichts ist falscher, als wenn der Deutsche heute nach rückwärts blicken und sich in Kritik ergehen will. Nicht darauf kommt es an, was gewesen ist, sondern auf unsere Zukunftspflicht, nicht Krieg, sondern Einigung zur Rettung unserer Heimat ist die Aufgabe. (…)

Fehler in der Kriegsführung kommen immer vor; auch wir hatten solche begangen, der Gegner aber auch, vielleicht sogar noch mehr als wir. Nur soviel ist gewiß, niemals hat eine Regierung über die Kraft der Nation vollkommener verfügt, als die deutsche in den letzten Jahren. Nichts an deutschen geistigen, moralischen und physischen Eigenschaften ist ungenutzt geblieben.

Wenn heute der Reichsführer Himmler den Krieg als verloren bezeichnet hat und Kapitulation verlangt, so ist dies gewiß ein Beweis dafür, daß wir nicht mehr die geringsten Reserven hatten, für eine Dolchstoßlegende ist dieses Mal durchaus kein Raum.

Wer aber als Deutscher und namentlich als Kriegsteilnehmer jetzt in der feindlichen Menge steht, braucht sich darum auch nicht im geringsten zu schämen. Das deutsche Volk hat zu seiner Errettung in der Not des Krieges alles geopfert. Wir brauchen nicht rechts und nicht links zu sehen, wenn man uns spöttische Bemerkungen nachruft und uns begeifert. Die deutsche militärische Ehre in diesem Krieg ist gewahrt.

So wenig wir national in nachträgliche Kritik verfallen sollen, so wenig ist es auch dem feindlichen Auslande zuzubilligen, daß es sich in der Beschimpfung Deutschlands weiterhin ergeht. Wer heute noch die Haßpropaganda gegen uns fortsetzt und mit Begriffen wie »Kriegsverbrecher«, »Angreifernation« usw. operiert, nur damit die Gemüter nicht zur Ruhe kommen, der ist selbst ein »Friedensverbrecher«.

Für uns aber bleibt nichts übrig, als uns die Niederlage einzugestehen und uns durch Leistung wieder hochzuarbeiten. Nur dieses, etwa nach Art der Ameisen, wird uns wieder in die Höhe bringen. Wir wollen auf eine neue deutsche Führung hoffen, die nicht versäumt, Chancen wahrzunehmen, welche sich bieten sollten. Wir sollen aber nicht etwa an diplomatische Akrobatenstücke glauben und nicht auf politische Wunder hoffen, sondern allein auf unsere eigene Kraft und Energie. Wir müssen so nach dem Seemannsspruch handeln: Gott hilft dem braven Seemann, aber steuern muß er selber!

Kempner scheint sich jeden Satz schmecken zu lassen, während er die letzte Amtsrede des Vaters vorliest. Gehalten am 6. Mai 1945 im Vatikan, vor deutschen Wehrmachtsangehörigen. Zwei

Tage vor dem Ende des Krieges. Volk ohne Raum. Spielraum. Moralische Eigenschaften. Lässt sich jede Schuld immer weiter zerteilen, bis sie nur noch aus Rändern besteht, die wiederum Ränder haben? Glaubte der Vater immer noch, die Heimat retten zu können, indem er seine Ansichten verschwieg? Richard will jetzt wahrscheinlich nicht darüber nachdenken, er will Ungewissheiten und Zweifel wegschieben, zu riskant. Soll sich die Anklage damit befassen. Wie der Vater die Weite der Geschichte sucht, als könnte er dort die Rolle des neutralen, wahrheitsliebenden Forschers einnehmen, der von sich selbst absieht.

Den Krieg haben sie verloren, aber liegt darin nicht noch mehr als bloß kein Grund zur Scham, wie der Vater gesagt hat, liegt darin am Ende nicht auch Erlösung, eine, die der Erinnerung wert ist, und gerade darin, dass der Vater als Mensch in Gefahr geriet, etwas, das der Erinnerung wert ist, und sei es nur, um nicht wiederholen zu müssen, was er am Vergangenen leugnet, das könnte sich Richard fragen und sich sagen, dass selbst der Papst noch im Krieg erklärt hat, die deutschen Truppen hätten sich zur völligen Zufriedenheit des Vatikans benommen, er sagt sich, dass Pius sogar zum Prozess ein wohlwollendes Schreiben geschickt hat und Gottes Segen: eine Zeit der Erneuerung und der Hoffnung möge nach all den Entbehrungen für das deutsche Vaterland anbrechen, in seine Gebete schließe er die Familie ein, und Richard versucht, Bilder seiner eigenen letzten Kriegstage vorzuschieben – die weißen Wassersäulen, die aus den Häfen im Frischen Haff stiegen, wenn Granaten in die Becken schlugen, die schmalen, mit Artilleriegerät übersäten Dünen an Orten mit schönen Namen, Vogelsang, Rosenberg, Heiligenbeil, und wie es auf der rettenden Überfahrt an Bord nach Dieselöl roch, das Stahldeck matt vom Morgendunst, kreischende Möwen dem Bug voran, oder wie dann zu Hause auf der Kressbronner Halde einmal ein Bussard ins Silo eingedrungen war und morgens schimmernde Tauben-Kadaver den ganzen Boden weich bedeckten, abends sortierte die Familie am Küchentisch die Federn für Kissen und Polster, zog vorsichtig den Flaum ab, der am Ende zu Hunderten um sie in der Luft schwebte, als schneite es in der geheizten Stube und alles stünde für einen Augenblick still. Dann muss Richard trotzdem wieder daran denken, dass sich der Vater nach der Kapitulation einer amerikanischen Befragung verweigerte. Wie er als persönlicher Gast des Papstes im Vatikan blieb, monatelang politische Zukunftsbilder entwarf, Seiten über Seiten über Parallelen in der Geschichte und Briefe an Ankläger Robert Jackson, als der erste Kriegsverbrecherprozess begann, man dürfe jetzt bloß nicht die Wohlgesinnten mit den wahrhaft Schuldigen vermischen, als erwartete er wirklich, seine Bedenken würden in Nürnberg sofort berücksichtigt, und während Kempner jetzt vom Richtertisch zum Rednerpult zurückkehrt, um das Kreuzverhör fortzusetzen, versucht sich Richard mit aller Kraft auf das Gute und Mutige zu konzentrieren, das der Vater in Rom doch getan hat, getan haben muss, er sagt es sich auf.

1. Der Vater hat versucht, die jüdische Gemeinde vor den Deportationen zu warnen.
2. Der Vater hat Schutzbriefe für Klöster und Pfarreien ausgestellt, zum Verstecken von Verfolgten und kirchlichen Kunstwerken.
3. Der Vater hat vatikanische Lastwägen zur Lebensmittelversorgung zur Verfügung gestellt.
4. Der Vater setzte sich für Rom als offene Stadt ein.
5. Der Vater schrieb eine scharfe Protestnote, als fünf SS-Männer in das päpstliche Bibelinstitut eindrangen.
6. Der Vater hat konspirative Gespräche auf dem Campo Santo geduldet.

7. Der Vater hat unter den Flüchtlingen im Kolleg auch Juden geduldet.
8. Der Vater vermittelte zugunsten verurteilter Priester und verhinderte mehrere Hinrichtungen.
9. Der Vater drängte Kesselring zu einer allenfalls gemäßigten Zerstörung Roms auf dem Rückzug.
10. Warum verspüre ich trotzdem seine Entlastung nicht?

»Wenn ich Sie richtig verstanden habe, Herr von Weizsäcker, hatten Sie viele schlimme Dinge mitzumachen, um Ihr einziges Widerstandsziel abzudecken, nämlich Hitler zu beseitigen. Ist das richtig?«

»*Mitgemacht* ist nicht der richtige Ausdruck. Ich habe nichts mitgemacht, ich habe einen Total-Widerstand geleistet, insgesamt bis an den Rand meiner Möglichkeiten. Das nenne ich nicht *mitgemacht.*«

»Sie haben viele Dinge unterzeichnet, um Ihr großes Ziel erfüllen zu können? Damit das nicht rauskommt?«

»Nicht damit das nicht rauskommt, sondern ich musste im Dienst sein, um denjenigen Widerstand zu leisten, der mir vorschwebte.«

Jetzt, am Ende des Kreuzverhörs, hat Kempner die Fragen der Anklage selbst übernommen, wie ein Matador, der in die Arena tritt, um dem von seinen Gehilfen schon zugerichteten Tier den letzten Stoß zu versetzen. Fünf Schritt Distanz. Kempners engstehende Augen liegen verschattet in tiefen Höhlen, und das kantige Gesicht tritt durch den fein glänzenden Schweiß noch stärker hervor, als wären seine Konturen nachgezogen. Tränensäcke unter den übernächtigten Augen, stark gerundete Brauen, bis über die Winkel hinab, was ihm einen etwas verwegenen Ausdruck verleiht, die Stirn gefurcht. Der Bartschatten kann nicht verdecken, dass die Wangen darunter in rötlichen Flecken leuchten, und Richard stellt sich vor, wie Kempner dafür in der Kindheit gehänselt wurde, schaut mal, Roberts Birne glüht schon wieder! Über den frühen Verrat des eigenen Körpers kommt man nie ganz hinweg. Vielleicht hat er ihn deshalb eng verschnürt, den Hemdkragen so hoch geschlossen, dass der Kopf auf gestauten Ringen anstelle eines Halses sitzt und Kempner bulliger erscheinen lässt, als er eigentlich ist. Außerhalb des Saals versinken seine schmalen Schultern normalerweise in weiten Anzügen. Anders als Hellmut variiert er die Stimme nicht, sondern spricht monoton, hält so wahrnehmbar sein aufbrausendes Temperament im Zaum. Wer sich derart disziplinieren kann, kontrolliert auch das Verfahren, bestimmt es zu einem unabänderlichen Ablauf.

Nur Kempners Bewegungen scheinen die innere Spannung nicht mehr völlig zu beherrschen. Wieder verrät ihn sein Körper. Wenn er hinter dem Pult von einem Fuß auf den anderen tritt, tippelt er fast vor Angriffslust, als hätte er den Vater nach zwei Wochen Kreuzverhör genau dort, wo er ihn haben will, und brauche, Frage um Frage, bloß noch präzise Nadelstiche anzubringen und die Antworten nicht zu fürchten, weil er sie längst vorausgesehen hat, er täuscht einen Schritt nach vorne an – federt wieder zurück, und als er sich dann seitlich ans Pult lehnt wie an einen Tresen, die linke Hand durch die Luft fährt und seine Sätze schärfer dirigiert, als sie klingen, steht er für einen Moment direkt vor dem Tisch von Richard, der noch unter Kempners Robe seine Beine leicht zittern zu sehen glaubt.

»Gab es viele Beamte im Auswärtigen Amt, die über Ihre innere Reservation Bescheid wussten?«

»Mitgeteilt habe ich es sehr wenigen, gewusst haben es etliche, und manche haben mich vielleicht gar nicht verstanden, dieses Risiko hatte ich.«

»Fühlen Sie sich nicht verantwortlich für diejenigen Beamten, die durch Ihr Beispiel und durch Ihren Ruf bereit waren, solche Dinge ebenfalls mitzumachen?«

»Welche Dinge mitzumachen?«

Kempner lächelt. Er schaut den Vater nicht direkt an, als er fortfährt. Beide fixieren den jeweils anderen bloß, wenn dieser spricht, so dass sich ihre Blicke nie treffen oder nur, um sich gleich wieder abzustoßen, wie bei der kurzen Entladung einer statischen Spannung. Ein belauerndes Umkreisen nach fester, aber undurchsichtiger Schrittfolge. Gestikuliert der eine, erstarrt der andere, spricht Kempner plötzlich schneller, antwortet der Vater sogleich langsamer, und wird er dabei zu ausschweifend, sieht Kempner auffällig auf seine Armbanduhr.

Die Zeiger stehen auf 17.01 Uhr, und Kempner unterbricht den Vater ungeduldig, sie stehen auf 17.09 Uhr, und der Vater spricht jetzt trotzig leise und einsilbig. Bereits als Richard noch ein Kind war, denkt er, war es nie ein gutes Zeichen, wenn der Vater immer leiser wurde. Es ist ein ungleiches Duell, schon weil Kempner steht und der Vater sitzt – etwas seitlich gerückt, wie um nicht die volle Breitseite zu bieten. Er versinkt im Zeugenstand, anstatt dahinter Deckung zu finden. Stünden sie sich aufrecht gegenüber, würde er, der hochgewachsen ist, seinen Gegner deutlich überragen. Doch selbst so erniedrigt weiß der Vater sich noch zu wehren. Oft zögert er lange, bevor er auf eine Frage eingeht, als müsste er überlegen, wie er das diesem begriffsstutzigen diplomatischen Laien nun verständlich machen soll, antwortet dann aber doch in gewählten und vielleicht noch umso vornehmer verwinkelten Sätzen, als Kempners Deutsch sich nach all den Jahren in Amerika den geradlinigen Formen des Englischen und seinem vergurgelten Klang hörbar angenähert hat. Gelegentlich vermischt Kempner die Sprachen, er sagt: *übers Weekend* oder *das lag noch far away.*

Der Vater scheint wiederum absichtlich Wörter oder Formulierungen einzustreuen, die Kempner in Verlegenheit bringen sollen, Wörter wie: *Ausgleichsaxiom.* Auch spricht er, der stets auf seine Titel besteht, nicht einmal Kempners Namen aus. Sogar in seinen Notizen nennt er ihn allenfalls *K.*

Schematisierung – Engel u. Teufel – Emigranten bzw. Attentäter oder Mitläufer. Opposition im Dienst sieht er nicht.
Möchte menschlich überzeugen. – Friedenszweck heiligt die Mittel. (...) K. hat ethischen und moralischen Grund des diplomatischen Berufs noch nicht erkannt!

Abends in der Zelle geschrieben, wie in Rage, weil er seine Gereiztheit im Verhör so stark bändigen muss. Er weiß, er darf sich seinen Ärger über Kempner vor Gericht nicht zu sehr anmerken lassen, darauf wartet der ja nur. Der Vater muss ihn auflaufen lassen. Möchte menschlich überzeugen. Gedankenstrich.

Sosehr Richard den Vater immer wieder auf ihre Sprachregelungen einschwört, so unangenehm ist ihm selbst häufig Kempners Auftreten. Seine schnoddrige Polemik und wie er sich ständig als großen Widersacher des Vaters aufspielt. Eitle Spitzen wie: Wenn er einen Mörder sehe, ringe er ihm die Pistole aus der Hand, der Vater dagegen stelle sich neben den Mörder, bis ein Ziegelstein vom Dach fällt und sie ihm aus der Hand schlägt. Schwere Wirkungstreffer, was nützt es da noch, wenn Hellmuts empörten Einsprüchen stattgegeben wird. Kempner brüstet sich damit, für die Angeklagten nur die besten Verteidiger der Welt zu wollen, erst dann habe das Duell vor Gericht Gewicht. In einer Prozesspause hat er Richard einmal eine Dose mit Salzmandeln hingehalten und augenzwinkernd gesagt, die Verteidigung des Vaters sei ausgezeichnet, sie hätten nur den Fehler gemacht, nicht gleich ihn, Kempner, dafür zu engagieren. Seitdem geht Richard ihm noch mehr aus dem Weg, auch wegen des belehrenden Untertons, mit dem Kempner ihm begegnet. Als wäre Richard unparteiisch und nicht an inneren Umständen befestigt. Hellmut hasst ihn richtig. Er ist fest davon überzeugt, dass Kempner der Frankfurter Rundschau heimlich Material zuspielt und über seine Verbindungen zum sozialistischen Judentum Zeugen beeinflusst. So einer dürfe sich keinesfalls auf Dauer in Deutschland einnisten.

Wer sucht hier Satisfaktion? Möglich, dass eine gegenseitige Abneigung wie zwischen Kempner und dem Vater nur Menschen füreinander haben, die sich eigentlich verstehen und, um ihr Selbstbild zu schützen, noch stärker abwehren müssen, bis nur ein gestelzter Umgang von dem Einverständnis übrig ist – möglich, dass Kempner seine Anklagepunkte durch die Finger rieseln spürt, Punkt 2 bereits verworfen, Punkt 4 absehbar nicht zu halten, hier zerrinnt ein weiteres Werk, das ein Leben ist, ein Lebensweg. Er dauert siebzehn Spiegelstriche lang, er steht in Hellmuts Akte: die Eltern jüdisches Großbürgertum, Bakteriologen in Berlin, Kempners Mutter hat der preußische König noch persönlich den Professorentitel verliehen. Wenn die Eltern als Naturwissenschaftler überhaupt an etwas glaubten, dann an den Fortschritt. Ihren Sohn nannten sie nach Robert Koch, der ihm später das Drachensteigenlassen beibrachte. Kempner wuchs auf mit tuberkulösen Kaninchen im Keller und stäbchenförmigen Bazillen unter dem Mikroskop, ging aufs Schiller-Gymnasium, ausgerechnet Schiller. Er hat dem Vater im Verhör schon ein Zitat aus dem Wallenstein vorgehalten, *sein Lager nur erkläret sein Verbrechen.* Das hat den Vater besonders gekränkt.

Richard hat es berechnet, das Haus der Kempners in Lichterfelde war von Wilmersdorf nur eine Viertelstunde entfernt. Zum Ersten Weltkrieg meldete Kempner sich freiwillig, wie der Vater, erhielt das Eiserne Kreuz, wie der Vater, und kam nach dem Studium als junger Rechtsreferendar bei Erich Frey unter, der für seine aufsehenerregenden Mandate berüchtigt war. George Grosz mit seinen gotteslästernden Bildern oder die Hochstaplerin Anni Sannek, die noch im Moabiter Gefängnis die Wärterinnen dazu brachte, ihr die Badewanne mit Mich zu füllen. Von Frey hat Kempner gelernt, dass man seinem Publikum etwas bieten muss, die Beweisanträge hatten rechtzeitig zum Redaktionsschluss der BZ fertig zu sein. Einmal luden sie Max Schmeling vor, als Sachverständigen für Würgemerkmale.

Wie der Vater trat Kempner in den Staatsdienst ein, aber anders als dieser als überzeugter Republikaner, wenn er überhaupt an etwas glaubte, dann an die Demokratie. Im Innenministerium änderte er die Verkehrsordnung, damit nicht alle Autos nachts mit Licht parkten, und ein bescheidener, rundlicher Vertreter namens Hermann Göring stellte sich eines Tages bei ihm vor und versuchte, ihm Fallschirme für die Polizei zu verkaufen. Bald witterte Kempner Gefahr. Schrieb über den Verfall der Justiz, hielt Verfassungsreden. Doch alles zu spät. Angriffe auf Juden konnte er aus dem Fenster seines Amtszimmers beobachten, zwei Minuten entfernt von der Wilhelmstraße. Als Göring den Polizeipräsidenten verhaften ließ und das Ministerium übernahm, wurde Kempner sofort versetzt, an eine Stelle, auf der er sich zu den Wasserverhältnissen von Havel und Spree einarbeiten sollte. In der Nacht auf den 28. Februar 1933 blickte er auf den brennenden Reichstag.

Richard fällt sicher auf, wie betont unbetont Kempner vor Gericht mit den Angeklagten umgeht, als wollte er demonstrieren, dass es keine gefallenen Könige sind, sondern einfache Leute, mit denen er vor zwanzig Jahren noch im Referendarskurs saß und die jetzt kaum bessere Ausreden erfinden als die kleinen Ganoven früher in Moabit. Auch der Gerichtssaal wurde entsprechend umgebaut, alter Schnörkel entfernt, der Wandschmuck übertüncht, alles auf Zweck ausgerichtet. Nichts soll mehr an prunkvolle Patrizierhäuser erinnern, der Königssaal mit rotem Teppich und Marmorkaminen bleibt geschlossen. Keine Könige, kein Palast.

Warum denn wie mit einem Besen
wird so ein König hinausgekehrt?
Wären's Könige gewesen
sie stünden noch alle unversehrt.

So rezitiert Kempner in den Hinterzimmern, hört Richard. Er gibt den Seelenforscher, der die Angeklagten wie kein anderer durchschaut, weil er weiß, woher sie kommen. Weil er selbst da war. Hans Frank hat sich als junger Anwalt angeblich noch Rat bei ihm geholt, Meissner rief wegen Verwaltungsfragen an, und Wilhelm Frick versuchte über ihn Hitler zum Polizeibeamten in Hildburghausen zu ernennen, damit er Deutscher werden konnte, Kempner sagt: nichts Menschliches sei ihm fremd. Man war eben Kollegen, und einige wurden dann Nazis, andere starben im KZ. Ihn selbst hat die Gestapo 1935 festgenommen, weil sein Name im Notizbuch von Berthold Jacob stand, den man gerade in der Schweiz verschleppt hatte – zu der Zeit, als Richards Vater dort Gesandter war. Und die Sache ausbügeln musste, manche sagen: decken. *Ich glaube, er hieß Salomon.* Alles hängt zusammen. Kempner konnte sich gerade noch nach Italien schleusen lassen, der Vater von Rudolf Heß nahm ihn mit, er musste einen Sonderflug vollkriegen.

Politische Unzuverlässigkeit nach § 4 in Tateinheit mit fortgesetztem Judentum. Kempner ist am 1. September 1939 in New

York angekommen, dem Tag des Kriegsausbruchs. Mit dem Weg ins amerikanische Exil hatte er endgültig alles verloren – und es scheint Richard, als habe Kempner zumindest einen Teil davon Jahre später wiedergefunden, als seine Leute in den Archiven des Auswärtigen Amts auf ein paar vollständig erhaltene Geheimakten stießen, darunter der *Ordner D (Abteilung Deutschland), betr. Endlösung der Judenfrage.* Das stand da säuberlich auf den Rückenschildern. Kempner lässt sich keine Gelegenheit entgehen, es zu zitieren. Richard kennt seine Formulierungen inzwischen auswendig, wenn er dann noch hinzufügt, die Herren Nazis hätten sich sorgfältigerweise sogar Mikrofilme davon anfertigen lassen, damit auch ja nichts verloren ging. Oder wenn er ausmalt, wie es am Tag der Wannseekonferenz geschneit habe, die dünnen Reifen auf den glatten Straßen schlingerten, die Fahrbahnränder kaum auszumachen durch die in den Scheinwerferkegeln wirbelnden Flocken und den dichten Zigarettenqualm in den Wagenfonds. Manchmal bietet Kempner seine Anklage mehr dar, als dass er sie vorträgt.

Offenbar schreibt er ein Buch und ist schon auf Eigenreklame aus. Als Appetitanreger hat er im *Spiegel* neue Enthüllungen zum mysteriösen Tod von Generaloberst von Fritsch versprochen oder wie er Göring mit psychologischem Geschick die Wahrheit entlockte. Er sieht sich als Direktor einer großen Forschungsstudie zu allen Untiefen und Leidenschaften des Menschen, sein Labor der Palast, wie eine künstliche Stadt in der Stadt, mit Friseur und Zahnarztambulanz, mit Apotheke und Reiseservice. Kempner fühlt sich wohl hier, er war schon Trauzeuge von Mitarbeitern, wurde schon Pate. Eine deutsche Kollegin versorgt er mit Strickwolle aus den Hilfspaketen, die er in einem eigenen Zimmer sammelt.

Hellmut hat getobt. Aber er hält Kempners Öffentlichkeitsgier auch für seine Achillesferse: Wenn wir ihn diskreditieren, fällt sein gesamtes Kartenhaus über ihm zusammen. Die Angriffe von Bischof Wurm gegen Kempner in der Presse hat Hellmut mit angeleitet, die Eingabe an Clay ebenfalls. Washington müsse gegen Kempners verbrecherische Methoden einschreiten, seinem Kronzeugen Gaus soll er sogar gedroht haben, ihn an die Sowjets auszuliefern, falls er nicht kooperiere! Mit seiner Kollektivanklage führe Kempner nur das unselige Massendenken der Nazis weiter. Hellmut hat ihn über einen Mittelsmann warnen lassen, sich besser nicht weiter auf irgendwelche Schweizer Marxisten einzulassen, wolle er auch in Zukunft friedlich in Deutschland leben.

Allerdings hadert Richard mit der ganzen Kampagne. Der Vater ist schließlich auf ein gewisses Wohlwollen der amerikanischen Justiz angewiesen. Da weicht man ihrem vordersten Kämpfer doch lieber aus, anstatt ihn hart zu attackieren, denn im Zweifelsfall sieht sie sich nur mit angegriffen und lässt ihren Mann nicht fallen, sondern haut ihn raus, und sei es durch ein schweres Urteil gegen den Vater. Unter Soldaten wäre das Ehrensache. Und Richter sind empfindlich.

Wieder überlegt Richard, ob Hellmut, der Vater und auch er selbst all die Monate Kempners Geschick hinter seinem Furor unterschätzt haben könnten. Vielleicht sind sie ihm in Wahrheit auf sehr dünnes Eis gefolgt, indem sie ihm außerhalb des Gerichts zusetzen und ihn innerhalb ins Leere laufen lassen wollen. Seinen kalten Dokumenten stellen sie persönliche Erklärungen gegenüber, Zeugnisse der Menschlichkeit. Des inneren Widerstandsgeistes. Die Akten müssen nach dem Vater verstanden werden, nicht umgekehrt. Doch mit dem Widerstand haben sie auch einen gefährlich hohen Wert gesetzt, an dem der Vater sich jetzt messen lassen muss. Wer im Amt bleibt, um verdeckt zu sabotieren, kann sich nicht mehr auf völlige Ohnmacht der Bürokraten berufen. Haben sie so Kempner die Arbeit erleichtert? Einem vermeintlichen Schreibtischtäter ist individuelle Schuld nur schwer nachzuweisen, deshalb scheint Kempner nun ihr Hauptargument einfach umzudrehen und gegen den Vater zu richten. Er will *sie* auflaufen lassen. Keine Taten wirft er ihm mehr vor, sondern unterlassene Taten. Un-taten. Dass er mit seinem verbliebenen Einfluss nicht mehr Sand ins Getriebe gestreut, zumindest seine Mitarbeit verweigert hat, obwohl er die Tyrannei durchschaute. Dass er sich stattdessen von ihr treiben ließ, weil er zu viele ihrer Vorstellungen eben doch teilte, ein bisschen Opportunist, ein bisschen Feigling, als habe er jahrelang toter Mann gespielt und darauf gewartet, an den Strand einer Schatzinsel gespült zu werden.

Kempner fragt den Vater jetzt, ob er in Italien Kontakt zum Widerstand der Badogliogruppe hatte, er fragt, ob er in Verbindung zum holländischen, belgischen oder französischen Untergrund stand, und der Vater sagt nein. Kempner fragt ihn, ob ihm bekannt sei, dass der stellvertretende bayerische Ministerpräsident Josef Müller eine Widerstandsverbindung mit dem Vatikan hatte, er fragt, ob er wisse, dass Müller es ängstlich vermied, mit dem Vater auch nur in Kontakt zu treten, und der Vater sagt ja. Das sei durchaus möglich. Es sei ohnehin zu viel geredet worden.

Kempner versucht den Widerstand des Vaters als leere Hülle zu enttarnen. Gelegentlich das Richtige getan zu haben, lasse das sonstige Verhalten bloß umso verheerender erscheinen. Ihnen bleibt nur, die Hülle zu füllen, mit Belegen der redlichen Gesinnung des Vaters und Nachweisen ehrenhaften Handelns. Hat Professor Jedin denn nicht eidesstattlich erklärt, er habe sich in Rom vom Vater beschützt gefühlt, oder Pater Mayer, dass die Rufnummer des Botschafters in ihrer Fernsprechzelle für Notfälle immer groß angeschlagen war, oder die Jüdin

Dr. Speier, sie habe bei ihm nie eine Spur antisemitischer Anschauung feststellen können. Steht in Carl Burckhardts Tagebuch etwa nicht schwarz auf weiß, dass Attolico den Vater einen deutschen Patrioten genannt hat, der das schwerste aller Spiele wage, um der harten Wirklichkeit das Mögliche abzuringen, die letzte Hoffnung auf Frieden.

»Haben Sie bei Ihrer ersten Vernehmung vor dem IMT in Sachen Admiral Raeder irgendein Wort von Ihrer Verbindung mit dem Widerstand erwähnt?«

»Ich glaube nicht, ich bin auch nicht danach gefragt worden.«

»Haben Sie, wenn Sie an irgendwelche Bekannte, Freunde und Sonstige eidesstattliche Erklärungen zur Denazifizierung ausgestellt haben, etwas von Ihrer eigenen Verbindung zum Widerstand erwähnt?«

»Das weiß ich nicht, aber ich bin nicht einer von denen, die viel von sich reden.«

»Wäre das aber nicht wichtig gewesen, um Ihre eigene Stellung gleich dem Adressaten zu zeigen?«

»Ich stelle mich nicht gern in den Scheinwerfer.«

»Haben Sie, ähnlich wie andere Personen von Rom aus, zum Beispiel Mussolini, irgendwelche Eingaben nach Berlin gemacht, um die Hinrichtung von Hassell oder Graf Schulenburg vom Widerstand zu verhindern?«

»Nein, die Frage ist ebenfalls irrelevant.«

»Ich frage, ob Sie es getan haben oder nicht.«

»Nein.«

»Haben Sie von Ihrem Gehalt irgendetwas für die Widerstandsbewegung oder für ihre Mitglieder zur Unterstützung der Opfer des 20. Juli aufgewendet?«

»Ich erinnere mich nicht, ich war damals im Vatikan.«

»Da ging das doch sehr gut. Haben Sie es getan oder nicht?«

»Ich glaube nicht.«

»Haben Sie für Personen, die mit dem Widerstand zu tun hatten, etwas für Lebensmittel, Reisemarken, Naturalien oder andere Unterstützung ausgegeben?«

»Das weiß ich nicht, da müssten Sie meine Frau fragen.«

Während sie Kempner draußen in der Öffentlichkeit vorführen, tut er es hier im Saal mit ihren Begriffen. Woraus sie ein schillerndes Charakterbild des Vaters zeichnen wollen, das über dieses kleinteilige Verfahren erhaben ist, Ausdrücke eines größeren Ganzen mit eingestreuten Signalwörtern, Patriot, Opposition, *Beratungsverantwortlichkeit* – Kempner zieht sie auf den schmutzigen Boden des Tagtäglichen herunter, Lebensmittel, Reisemarken, Naturalien.

Auch Richard fühlt sich von Kempner ertappt, darin, sich oft bereitwillig des abstrakten Juristenlateins zu bedienen, dessen ungerührte Formalität ihn vor einer allzu genauen Vorstellung der Anklagepunkte fernhält, Richard weiß: Diese Sprache gibt nicht die Wirklichkeit wieder. Sie schafft aus Klauseln und Paragraphen, aus Ober- und Untersätzen ein geschlossenes System, das tatsächliche Ereignisse weniger beschreibt als in sich einpasst und verwaltet, verwandelt in etwas Neues. Aus Erleben macht sie Sachverhalte, die buchstäblich blutleer sind. Trotzdem hat sie für Richard, wenn keine Schönheit, so doch eine eigene Form des Geheimnisvollen, die sich hinter ihrem streng geregelten Aufbau verbirgt. Rätselhaft, wie sie sich größtmöglicher Präzision verschreibt und gleichzeitig einer Verallgemeinerung, die die Lückenhaftigkeit jeder gesetzlichen Ordnung berücksichtigt. Wie sie die objektive Wahrheit einer bestimmten Situation gerade dadurch verfolgt, dass sie sie mit unbestimmten Rechtsbegriffen befrachtet und in lange Satzgefüge sperrt, jedes *ich* oder *wir* durch *man* ersetzt. Belastende Ausdrücke wie *Gewalt* oder *Schuld* können je nach Umstand ganz andere, weniger schwerwiegende Bedeutungen haben. Ist *Gefahr im Verzug,* so liegt sie juristisch gesehen erst in der möglichen Verzögerung eines dringenden Handelns, während der Laie sie bereits als akute Bedrohung ankommen sieht, und selbst *unverzüglich* muss keineswegs dem umgangssprachlichen *sofort* entsprechen, sondern meint eher *ohne schuldhaftes Zögern,* was eine Reaktionszeit von mehreren Tagen erlauben kann – oder eben Jahren, wie beim Vater.

Es erinnert Richard an das Wörterzerlegen in seiner Kindheit. Nur weil man den einzelnen Begriff zu kennen glaubt, erfasst man ihn noch nicht gleich als beweglichen Zusammenhang verzahnter Teile. Je komplexer aber der Rechtstext, je mehr er sich von seinem eigentlichen Objekt zu entfernen scheint, indem er bis zu absonderlichsten Spitzfindigkeiten immer weiter aufgliedert und relativiert, desto gerechter wird er ihm seltsamerweise auch. Einfach sind doch nur ungerechte Gesetze, Sätze wie: Tod dem Mörder. Und zerlegt letztlich nicht jede Sprache die Wirklichkeit? Was ist Schuld? Ein nicht erhobener Einspruch? Ein Familienname? Ein Wort mit sechs Buchstaben? Richard fragt sich, ob er vielleicht zu streng mit dem Vater war, ob all die hölzernen Formulierungen, die er hier täglich in Eingaben und Beweisanträgen verwendet, nicht der bürokratischen Behördensprache des Vaters gleichen, an der Richard so häufig frustriert abgeprallt ist; ob es nicht ebenfalls eine Funktionssprache ist und eine ihrer Funktionen: Befreiung des Sohns. Er verliert sich in ihr. Wenn er in einem Schriftsatz Fristverlängerung beantragt, um dann per Erklärung seines Vaters resp. Mandanten aus der von der Anklage avisierten Teilanerkenntnis einer Schuld einen allenfalls abstrakten Anspruch abzuleiten, da von Amtswegen eine Verpflichtung dess. gegenüber individuellen Leidtragenden nur rückwirkend vorliegt, oder wenn er eine Eingabe tippt und übersetzen lässt, von der er nie sicher sein kann, ob sie überhaupt gelesen oder nur zurückgestellt werde, der Vermerk darüber zu den Akten gelegt und wiederum vergessen, *during the session of 25 March the Exhibit No. 1 has been reserved for the so called Hammen reports. Transcript p. 4192. These reports have never been offered as full Exhibits. They had been lent to the defense by the* – worauf ein Retent angelegt werde und ein weiteres Retent zu diesem Retent, sobald er neuerlichen Antrag auf Berücksichtigung des vorangegangenen Antrags stellt oder wenn er mögliche Beweisanträge auf gerichtsunkundige Tatsachen hin sondiert (der Vater hat das erste Wannseeprotokoll nicht unterzeichnet, nur die folgenden), die nicht mittels Wahrunterstellung vom Gericht abgelehnt werden können, und an einen Eventualfall knüpft (der Vater wird zum Tode verurteilt) –, dann fühlt er sich inmitten dieser dichten, sterilen Ordnung manchmal vollkommen schwerelos. Nichts befreiender, als bei Gericht einen Antrag auf Augenschein zu stellen, schon der schönen Bezeichnung wegen.

Es ist eine Sprache, die an nichts erinnert als an sich selbst und deshalb unbegrenzt offen ist, wie ein perfekter Code, und Richard fällt ein, wie Carl Friedrich ihm einmal vom Zauber der Zahl Pi erzählt hat, die an der Kopernikus-Akademie schon auf sechs Millionen Stellen hinter dem Komma berechnet werde, ohne sich einem Ende auch bloß zu nähern. Derart weit rage sie in die Unendlichkeit, dass es eine mathematische Wahrscheinlichkeit dafür gebe, irgendwann entlang ihrer Reihe auf die gesammelten Geburtsdaten der Familie zu stoßen und ebenso auf die aller jemals geborenen und noch ungeborenen Menschen, auf die Bergpredigt und sämtliche Arien von Caruso – Noten und Buchstaben als Ziffern verschlüsselt ruhe alles sicher aufgehoben in 3,14159265358979323846264338327950

0288419716939937510582097494459230781640628620899862 8
0348253421170679821480865132823066470938446095505822 31
7253594081284811174502841027019385211055596446229489549 3
0381964428810975665933446128475648233786783165271201 90
9145648566923460348610454326648213393607260249141273 7
2458700660631558817488152092096282925409171536436789 25
9036001133053054882046652138414695194151160943305727036
5759591953092186117381932611793105118548074462379962749 5
673518857527248912279381830119491298336733624406566430 8
602139494639522473719070217986094370277053921717629 31
767523846748184676694051320005681271452635608277857713
427577896091736371787214684409012249534301465495853710
507922796892589235420199561121290219608640344181598136 2
977477130996051870721134999999837297804995105973173281
609631859502445945534690830264252230825334468503526193 1
188171010003137838752886587533208381420617177669147303 5
982534904287554687311595628638823537875937519577818577 80
532171226806613001927876611195909216420198914159265358 9
79323846264338327950288419716939937510582097494459230 7
8164062862089986280348253421170679821480865132823066 4
709384460955058223172535940812848111745028410270193852 11
0555964462294895493038196442881097566593344612847564 82
3378678316527120190914564856692346034861045432664821339
360726024914127372458700660631558817488152092096282 92
540917153643678925903600113305305488204665213841469519 4
151160943305727036575959195309218611738193261179310511854 8
0744623799627495673518857527248912279381830119491298336
733624406566430860213949463952247371907021798609437 0
27705392171762931767523846748184676694051320005681271 4
526356082778577134275778960917363717872146844090122 49
534301465495853710507922796892589235420199561121290219 6
0864034418159813629774771309960518707211349999998372 97

804995138317481461 7, und dort steht auch, wie Richard in ihrem kleinen Gerichtsbüro in Gesetzestexten und Kommentaren blättert, um die Argumente des Vaters mit den Ermittlungsakten abzugleichen, wie er zu Dokument 1680 notiert, dass laut IMT-Urteil tatsächlich nicht ein Befehl entscheidend sei, sondern ob bei einer Straftat eine dem Sittengesetz entsprechende Wahl möglicherweise gar nicht gegeben war, oder wie Richard die Abschriften der Verhörprotokolle auf etwaige Verfahrensfehler hin gegenliest, erleichtert darüber, dass ihn die Aussagen in schriftlicher Form weit weniger angehen als zuvor im Gerichtssaal – kräftig unterstreicht er die Stelle, an der Kempner einen Brief des Vaters als Exhibit 3606 kennzeichnen lässt, und später wird er Hellmut empfehlen, nachträglich Ablehnungsantrag dagegen zu stellen, dass im Kreuzverhör noch eine Identifizierungsnummer für ein neues Dokument beantragt wird, statt das Rebuttal dafür zu nutzen wie in der Prozessordnung vorgesehen, und irgendwo in der endlosen Nummernfolge von Pi muss auch der Raum beschrieben sein, in dem Richard zwischen den Gerichtsterminen sitzt und arbeitet, die gebeizte Kassettendecke für die geringe Größe des Zimmers unerwartet hoch, wie zum Appell gereiht auf dem Büchergestell die braunen, mit kryptischen Signaturen versehenen Rücken schwerer Gesetzeswerke, 5/2 15–101 to 27–504 ANIMALS to CEMETERIES, darüber an der Wand das Aquarell des Vaters und vor Richard auf der Schreibfläche die schimmernden Schlieren schwarzen Tees in einer Tasse zwischen Aktenstapeln, Tintenfass und einem Radioempfänger, aus dem stündlich Schlagzeilen knistern: Rasanter Produktionsanstieg bei Gummiindustrie und Bergbau. Immer mehr Flüchtlinge leben in Höhlen und Erdbunkern. Nach Preisanstiegen randalieren Hausfrauen auf dem Viktualienmarkt. Doch Richard bekommt sie kaum mit. Minutenlang starrt er auf die kopierten Unterlagen aus dem Dokumentenbuch der Anklage, auf Adolf Eichmanns Schnellbrief IV B 4 a – 3233/41 g (1085) und das Antwortschreiben D III 558 g mit den handschriftlichen Korrekturen und Streichungen des Vaters darauf, im Hinblick auf die psychologischen Rückwirkungen sollten doch bitte zunächst die staatenlosen Juden verschickt werden, um dadurch schon in weitgehendem Maße das Kontingent der in die Westmächte zugewanderten fremdländischen Juden zu erfassen, das in den Niederlanden allein gegen 25 000 betrage, weshalb die Militärregierung in Brüssel auch zunächst nur polnische, tschechische, russische und sonstige Juden auswählen wolle, ~~*während sie Bedenken trägt, die Verschickung auf die belgischen Juden auszudehnen; das Auswärtige Amt teilt diese Bedenken nicht.*~~ Auf Luthers Geheimvermerk D III 516 g sind einige Überschriften doppelt unterstrichelt, andere wackelig ausgestrichen, variieren Typen und Schriftgrößen, die Breite der Spalten und die Stärke der Stifte, mit denen in Klammern Abkürzungen hinzugefügt wurden, Kürzel und Nummern, kursiv oder gerade, auf gepunkteten Linien Ziffernreihen, Aktenzeichen, ein uferloses Gewirr aus Buchstaben und Daten, unten ein Stempelfeld, lückenhaft ausgefüllt, oben ein Kasten mit formalen Anweisungen, *Genau beachten*:

1. Nur Maschinenschrift
2. Nur einseitig beschreiben.
3. Offene Textteile in besonderem Telegramm absenden,

als könnte dem wüsten Gemenge noch Einhalt geboten werden, zeichnen Häkchen einzelne Zeilen ab, sind unleserliche Randnotizen erst durch zweifache Anstreichung hervorgehoben, dann hastig überkritzelt, die Titel der Absender abgekürzt, wie durch das Kopieren porös geworden die unterschiedlichen

Paraphen dahinter, manche kaum mehr zu erkennen zwischen Pfeilen und Verbindungslinien – nur der Vermerk selbst erhebt sich scheinbar gerade und klar aus seinem unübersichtlichen Rahmen, der ihn bis zum endgültigen Durcheinander sortieren will, zu einem verselbständigten Verwaltungsakt stempeln, unhinterfragbar in einem Zeichensystem eigener Ordnung, und entgegenständlichen durch immer weiter sich überlagernde Kategorien von Verweisen auf Klassifizierung durch Rubriken für Bezüge zu Spezifizierungen von Kompetenzen bei der *Abbeförderung in das Lager Auschwitz.* Richard verliert sich darin.

Aber es ist ein beklemmendes, ein anderes Verlorengehen als jenes befreiende in der juristischen Fachsprache oder als ein tatsächliches – wie einmal, als Richard sich nachts im Palast verlief. Da hatte er erst auf dem Rückweg von der bereits geschlossenen Registratur bemerkt, wie spät es schon sein musste und wie verlassen das Gebäude um diese Zeit war. Ein leerer Handschiebewagen stand einsam an der Holzvertäfelung, dahinter ein Gerüst entlang der Wand, ruhende Arbeiten am beschädigten Stuck. Weit in der Tiefe eines angrenzenden Säulengangs, der Richard bisher noch nie aufgefallen war, glaubte er unscharf eine geduckte Gestalt zu erkennen, vielleicht der Hausmeister, den er um den Schlüssel für die Ablagestelle für reponierte Akten bitten konnte, doch sobald er den Gang betrat, wischte sie mit der Abruptheit von etwas Körperlosem fort und verschwand. Vermutlich bloß ein Schatten, den der matte Schein vereinzelter Kugelleuchten geworfen hatte. Durch die hohen runden Seitenfenster drang noch letztes Streulicht von benachbarten Trakten. Richards eilige Schritte hallten auf den Marmorplatten, die an einigen Stellen feucht glänzten, so dass er aufpassen musste, um nicht auszurutschen. Der Gang führte auf einen Querflügel und über dessen Schmalseite in eine weitere tunnelartige Flucht. Mit wachsender Beunruhigung und Neugier lief Richard sie entlang, trat dabei alle paar Meter aus dem Dunkel in hellere, von seitlich eingelassenen Schächten schwach beleuchtete Stellen und tauchte wieder ab, sein Blick fest auf einen raumhohen Lichtstreifen am Ende des Korridors geheftet, der, je näher er kam, von immer mehr sich überkreuzenden Linien verästelt war. Als Richard durch einen gemauerten Bogen hinaus in den Lichthof gelangte, erwies sich das Geflecht als weites Oval eines Stiegenhauses, dessen Brüstungen, Giebel und Balustraden die Halle auf etlichen Geschossen durchzogen. Die unüberschaubare Vielzahl an Verstrebungen, an auf- und absteigenden Rängen ließ das gewaltige Gewicht, das sie tragen mussten, ganz leicht erscheinen. Jeweils zwei Treppenarme wanden sich von der Mitte der Längsläufe zu den Ecken des nächsten Stockwerks, wo sich Arkaden zu angeschlossenen Fluren öffneten, darin angedeutet Türen mit weißen Gewänden. Richard vermutete dort Schwurgerichtssäle und Vorführzellen, denn einige der Räume konnten teils über mehrere Etagen hinweg auch auf eigenen, wiederum gegenläufig ansteigenden Nebentreppen direkt erreicht werden. Ihre Geländer waren mit schmalen Doppelsäulen von der Halle abgegrenzt und von schmiedeeisernem Gitter durchrankt, Bronzebeschläge und vergoldete Zierkränze blitzten aus dem Gebälk, während vom Saum der Dachkuppel Zwickelfiguren ihre Ruten schwangen. Aber so aufmerksam Richard auch umherblickte, er konnte, was er sah, nicht zu einem klaren Eindruck bündeln, zu sehr griffen die vielen unterschiedlichen Konturen von Pfeilerreihen und Kreisbögen, von Gesimsen und Pilastern ineinander, woher kannte er überhaupt solche Begriffe. Richard kamen sie jetzt fadenscheinig vor, als umformten sie nur eine Leere, so wie das gesamte steinerne Gewinkel des Palastes, und er merkte, dass er ruhiger wurde, als er einfach weiterging, ohne genau auf alles zu achten. Er hatte sich von dem Palast bedrängt gefühlt, spürte aber nun, dass der überhaupt nichts von ihm wollte. Hatte sich Richard zuvor den Rückweg noch anhand verschiedener Wandspiegel einzuprägen versucht, nahm er bald nur mehr am Rande eine Galerie mit Widdermasken und bayerischen Wappenschilden wahr, und allmählich begannen seine Gedanken abzuschweifen, zu früheren Prozessen, die hier im Palast einmal stattgefunden haben mussten, als jemand wie der jüdische Gemeindevorsteher Leo Katzenberger unter ständigem Gebrüll der Rassenschande angeklagt und schließlich geköpft wurde, weil er abends noch Besuch von einer jungen Frau empfangen hatte. Richard überlegte, ob die Frau wohl noch lebte, ob sie nach dem Krieg nach Nürnberg zurückgekehrt war, um ihr Fotogeschäft wieder aufzumachen, seine Schritte federten auf den Bodenplanken, die sich jetzt durch einen gruftähnlichen Gang zogen, flüchtig bloß bemerkte er Kabelleisten und Stützbalken mit Metallwinkeln unter der niedrigen Betondecke, Richard ließ eine Hand am feuchtkalten Gemäuer entlangfahren, es roch nach nassem Kalk, und er fragte sich, ob er überhaupt noch im eigentlichen Palast war oder schon tief unter der Erde in einem der Verbindungstunnel zum Gefängnis, konnte sich aber nicht erinnern, eine Treppe hinabgestiegen zu sein, und seit Längerem an kein Geräusch außer seinem eigenen Gehen, wo doch sonst fast zu jeder Tageszeit überall im Gebäude das gedämpfte Hämmern nie endender Reparaturarbeiten im Hintergrund pochte und die Gänge schwirrten vom unentwegten Öffnen und Schließen der Türen, den Stimmen dahinter, dem Telefonläuten, vernahm Richard nun allenfalls noch einzelne Tropflaute, das langsame Einsickern in eine Höhle – konnte es wirklich sein, dass er bald ein Jahr fast ausschließlich in diesem Palast und in seinem Zimmer bei Frau Dolles zugebracht hatte und von allem, was außerhalb geschah, bloß aus der Zeitung oder vom Hörensagen her wusste – dass Hitlers Butler Kannenberg jetzt im Schloss Stein den Brautpaaren die Torte anschnitt und Kinder sich auf der Pegnitz Kanus aus Bombenhüllen bauten oder Churchill in London neuerdings als Maler gefeiert wurde, und Richard dachte an den Sommer 37 in England, wie Pat der lange weiße Rock beim Tennisspielen um die blassen Waden flatterte, die Eleganz ihrer weit ausgeholten, durchgeschwungenen Rückhand, er erinnerte sich an die ausgebreiteten Arme des Hampelmanns aus dem Puppentheater zu Weihnachten in Wilmersdorf und wie er als Junge in Kopenhagen einmal beim Spielen auf der Straße einen aufrecht sitzenden Reiter im Gegenlicht auf sich zukommen sah, die Troddel von den Schulterstücken schaukeln, den Helmbusch wippen und im Vorübertraben das stumme grüßende Nicken der Silhouette hoch über ihm, von der Richard für einen Moment vollkommen sicher glaubte, es wäre sein Vater, geschmeidig im Sattel, wie halb verwachsen mit dem Pferd, ein Fürst der Tiere, und nicht, wie Richard später erfuhr, der König von Dänemark, und während er immer weiter durch den Palast lief, dachte er noch an vieles mehr, aber nichts davon blieb länger in seinem Bewusstsein, und so gehörte ihm alles.

Nach zwei Wochen Kreuzverhör hat Richter Maguire den Vater aus dem Zeugenstand entlassen und den Verhandlungstag beschlossen. Richard ist sofort aufgestanden, während sich der Saal zu regen beginnt, und durch das Getümmel aus Stühlerücken und rundum einsetzendem Reden zum Vater geeilt, wie ein Sekundant durch Pulverdampf, der besorgt ist, ob sein verwundeter Herr noch lebt. Als der Vater, auf seinem Stuhl zusammengesunken, den Kopf langsam hebt, den Rücken strafft und ihm entgegenlächelt, erschrickt Richard beinahe, er weiß nicht warum. Er ist unsicher, ob er dem Vater über die Umrandung hinweg die Hand reichen soll, und weil auch der Vater zögert, zu ihm aufzustehen, schließlich sitzen bleibt, winden sie sich einen Moment lang voreinander in angedeuteten, wieder zurückweichenden Bewegungen. Den rechten Ellbogen hat der Vater auf die Kante des Zeugenstands gelegt, die Hand baumelt verdeckt nach innen, wie früher, wenn zu Hause Gäste mit am Tisch saßen, als schäme er sich noch immer für seine Fingerkuppen. Richards linke Hand ruht knapp daneben auf dem Holzrand, zur losen Faust geballt. Streckte er die Finger aus, würden sie den Vater am Unterarm berühren. Erwartungsvoll blickt der zu ihm auf, lächelt jetzt noch nachdrücklicher und nickt ganz leicht, wie um Richard seinen Einsatz zu verdeutlichen und die Pause zu überbrücken, bis er seinen Text wiederfindet. Oder dem Vater aufhilft. Der behelmte Wachmann, der ihn in seine Zelle zurückführen will, ist schon herangetreten, ihnen bleibt nicht mehr viel Zeit. Wahrscheinlich sollte Richard nun sagen, dass der Vater es überstanden hat, dass er nach jedem menschlichen Ermessen seine Unschuld überzeugend vertreten hat und somit alles getan, was möglich war, das ist doch erleichternd, für sich sagen zu können. Oder einfach nur: well done – und dann ablenken, ihm noch etwas mitgeben, an das er sich halten kann, wenn die Erschöpfung über ihn kommt oder nachts die Noirs. Vielleicht, dass Bischof Wurm endlich die Genehmigung erhalten hat, im Gefängnis eine Predigt für die Angeklagten zu halten, oder etwas noch Entfernteres von der Welt, mit der der Vater nicht fertig wird, vielleicht, dass Truman erklärt hat, man werde Westberlin notfalls über die Luft versorgen, sollten die Sowjets den Sektor wirklich abriegeln, oder dass Carl Friedrich von einem neuen Spiegelteleskop in Kalifornien geschrieben hat, mit einer Reichweite von einer Milliarde Lichtjahren. Aber Richard erscheint nichts angemessen, er findet keinen Anfang, aus dem sich die richtige Reihenfolge der Wörter ergeben würde. Schließlich senkt er nur schweigend den Blick und sieht nicht mehr den Fotografen sich nähern und seine Kamera heben.

6

Ein Geist waberte durch die Verteidigung Ernst von Weizsäckers, beseelte ihren Widerstand wie eine von Ohr zu Ohr geflüsterte Losung: vom geheimen Deutschland. Mit Beschwörungsformeln beschlossen sie ihr Bündnis, Hüter der Flamme. Zwanzig Jahre zuvor, an einem Sonntagnachmittag in Berlin, hatte die Familie Weizsäcker einmal Besuch von Robert Boehringer gehabt, dem strengen Freund des Vaters, den er aus der Schweizer Zeit beim Völkerbund kannte. Mit ihm lasen sie oft Gedichte, meist Hölderlin, im Advent klingelte er manchmal als Nikolaus verkleidet bei ihnen. Diesmal aber holte er die Jungen zu einem Ausflug ab, er sagte nicht wohin oder zu wem, sagte nur feierlich, dass sie jetzt einen engen Vertrauten kennenlernen sollten, einen Gefährten. Das oberste Stockwerk in einem Wohnhaus nahe dem Kurfürstendamm, ein atelierartiger, kaum eingerichteter Raum mit schlichten Bänken und Büstenstelen, von Laken abgedeckt, Rosen und Disteln auf dem Sims hoher Fenster. Stumpfes Licht fiel hindurch auf das Gesicht des Greises, der sie in brauner Wollweste empfing, um den Hals ein helles Tuch, seine Züge wie gemeißelt, löwenartig vorspringende Stirn, die weiße Mähne zurückgestrichen zu einer Welle. Kantig stand das Kinn vor, von dort schien alles an dem mächtigen Schädel anzusteigen. Der Rücken krümmte sich unter seinem Gewicht. Der alte Mann sah aus wie ein verwitterter Bauer.

Der jüngste der drei Brüder, Richard, damals acht oder

neun Jahre alt, erinnerte sich später, dass er direkt neben Stefan George sitzen durfte, der ihm eine Hand am Schulteransatz auf den Hals legte, und wie er sich dabei von der Herrschaft dieser Hand unentrinnbar in den Augenblick einbezogen fühlte, während sie alle von der gleichen Kraft durchdrungen wurden. *Und so ihr euch verzehrt seid ihr voll lichts.* Der ältere Bruder, Carl Friedrich, spürte sie vielleicht am stärksten. Auf Jahre war er ergriffen von ihrer auratischen Gegenwart, er schrieb: die ganze Luft während seines Studiums in Leipzig sei erfüllt gewesen vom Duft und Klang und Glanz der Georgeschen Dichtung.

Als sein Vater Ernst vom Tod Georges erfuhr, machte er sich auf nach Minusio, um in aller Stille einen Kranz am Grab niederzulegen. Hinter der Friedhofsmauer rankten kahle Reben über Stützen aus Granit, von oberhalb hörte man Kinder in einem Schulhof spielen. Ein schwarz-weiß-rotes Band mit Hakenkreuz wehte um das Gebinde. Hitler war noch kein volles Jahr an der Macht, Weizsäcker sein Gesandter in Bern – und tief bewegt von dem Akt der Ehrerbietung und dem Wiedersehen mit Robert Boehringer, der ihm auf dem Friedhof beschrieben haben wird, wie das Antlitz des toten George, im Sarg von Lorbeerzweigen umgeben, noch weiser, noch erhabener und undurchdringlicher ausgesehen habe als im Leben. So berichtete es Boehringer später und auch, wer den letzten Kreis um das Totenbett des Meisters gebildet habe. Darunter die Brüder Stauffenberg. Und Georges Leibarzt, Walter Kempner: Bruder von Robert, dem späteren Ankläger im Wilhelmstraßenprozess.

Alles hing zusammen. Die Verpflichtung Hellmut Beckers als Verteidiger mit seiner Freundschaft zu Carl Friedrich von Weizsäcker über den George-Kreis; Richard von Weizsäckers lange Vatersuche in Nürnberg mit einem kurzen Gespräch mit

Claus von Stauffenberg über George, 1942 in Berlin, vor militärischen Lageplänen stehend; Marion Gräfin Dönhoffs Promotion beim George-Anhänger Edgar Salin mit ihren kämpferischen Artikeln später in der *Zeit,* in denen sie schrieb, man sei es satt, dass Männer wie Weizsäcker, die gegen die Nazis ihr Leben riskiert hätten, von alliierten Gerichten verurteilt würden. Ein Netz aus Fäden, die man ziehen konnte, und an anderer Stelle bewegte sich etwas. Während Ernst von Weizsäcker in Nürnberg vor Gericht stand, war der Arzt Walter Kempner längst nach Amerika ausgewandert und dort Professor, bekannt für die salzlose Kempnersche Reisdiät. Ihm und seiner Lebensgefährtin Clotilde Schlayer, ebenfalls Georgeanerin, schickte Boehringer jetzt Briefe, in denen er Weizsäckers Widerstandsgeist beschwor und die über sie zurück an Robert Kempner nach Nürnberg gelangten, um ihn von der Ehrenhaftigkeit des Angeklagten zu überzeugen.

Auch an Weizsäcker selbst schrieb Boehringer voller Betroffenheit, erhob ihn zum Märtyrer, *für das, was Sie nun durchmachen, gibt es Vorgänger aus allen Zeiten.* Er dachte an Dante, an Sokrates, an Kriton, der seinen gefangenen Lehrer einst befreien wollte. Und immer an George. Die Vorstellung von etwas Großem, Sphärenhaftem, das nur einige Ausgewählte umwehte und sie über den trivialen Zeitlauf erhob. Männer des Geistes. Ästhetisch erzogen zu höherem Rang, mystisch überlegen. Das elitäre Selbstverständnis, das auch George in seinem Kreis gepflegt hatte, raunte weiter, es sollte die seelisch und moralisch Berufenen aus der stolzen deutschen Vergangenheit bis in die Zukunft tragen, über die Jahre der Nazidiktatur hinweg.

Der Stilisierung zum tragischen Helden nach hatte die Zeit Weizsäcker vor eine unlösbare Aufgabe gestellt, bei der er bloß zwischen verschiedenen Möglichkeiten des Schuldigwerdens wählen konnte. Tapfer habe er das Kreuz auf sich genommen, zum Teufel in den Wagen zu steigen, aber nur, wie er in Nürnberg notierte, um zum richtigen Zeitpunkt den *Chauffeur hinauszusetzen.* Seinen Gefolgsleuten war das noch zu profan, sie hoben mythenschwerer an – und stellten sich dabei gleich mit in den Schein ihrer Lichtgestalt. Wer den Übergang ins neue Deutschland nicht verschlafen wollte, zeigte sich besser erweckt. Für Albrecht von Kessel war Weizsäcker der christliche Seneca ihrer Epoche, von Tragik verfolgt, für Margret Boveri hatte er im Leviathan gegen den Leviathan gekämpft. Was vermag man gegen höhere Gewalten. Auch sein Sohn Richard sah ihn schicksalhaft gefesselt, an ein großes Drama namens Geschichte, in dem er eine heldenhafte Rolle gespielt habe.

Eine heldenhafte Rolle. Sie machte ihn zur Figur. Zum Kult, beschworen von seinem Kreis, in dem man die Hand des anderen auf der Schulter spürte wie eine unsichtbare Herrschaft. Halb festigte sie, halb drückte sie runter. *Richard hat einen seelischen Ring um unseren hiesigen Kreis gelegt.* Entlastungszeugen kamen nach Nürnberg wie auf Pilgerfahrt, huldigten der Ikone, beweihräucherten sich gegenseitig. Man mehrte seine Kraft in Zeremonien der Gemeinsamkeit, in ritualisiertem Sprechen: Eidesstattliche Erklärungen zur Entlastung Weizsäckers folgten vorformulierten Mustern, die die Verteidigung verschickt hatte. Im Zeugenhaus wurde er als kommender Außenminister gehandelt.

Die Anrufung eines lyrischen Du war da nur der letzte Schritt. Der Poet als Seher einer wesentlicheren Wahrheit, eines Lebensbildes, das unschuldig war und unerschütterbar, idealisiert zur Glaubenssache. Auf dem Höhepunkt des Prozesses veröffentlichte Robert Boehringer 1948 einen Hymnus in georgeanisch sakralen Versen, *An Ernst von Weizsäcker.*

Dich halten sie fest in engem gewahrsam und spähen
Blätternd ob wo eine zeile zu deinem verderben
Deutelbar sei und ein Möchtegern darf dich umkläffen ·
Dich · der die meere befuhr für sein land auf der brücke
Und still beharrend ihm diente.
(…)
Auch als die unteren oben waren und stampften
Hieltest du aus in der undurchdringlichen maske ·
Freund du des friedens · nachdenker zwischen dem raubzeug ·
Das bleckte und um sich biss · du hüter der hoffnung
(…)
Wer aber kennt dein verschwiegenes harren · die wache
Der bänglichen nächte · gefahr des erkanntseins im spiegel ·
Den ekel erzwungenen farbkleids? – nur stille! – dein murren
Gefährdet die liebsten · das offene auge enthüllt dich ·
Ein laut und sie nageln die zunge dir an · sie verkehren
Gewogene worte · wie jene so nun die verkläger.
(…)
Gedenkt es dir · Freund · wie wir wandernd am ufer der Aare
Wogen gemeinsam · was dein · des entsagenden · warte?
Du sagtest: 'Hernach sitzt der mann mit den schächern auf Einer
Schandbank. So muss ich · geduldiger pfleger des friedens ·
Verkennung ertragen von denen für die ich mich opfre.'
(…)
Doch du · noch im glauben der väter · vertraust hohem walten
Das dich in finsternis führt und ins blaue der sterne.
Wenn du im dämmerlicht sinnst in der lieblosen zelle ·
Vernimmst du von oben ein tönen verborgener stimmen:
Glorie dem Gottsohn · er bat um vergebung für jene ·
Die was sie taten · nicht wussten · ihn hörte der Vater.

Manchmal schien Ernst von Weizsäcker seine Rolle selbst nicht ganz geheuer zu sein. Seiner Frau schrieb er aus dem Gefängnis, es sei merkwürdig, wie die Widerstandsliteratur fast nicht mehr zu übersehen sei, schon schreibe einer vom anderen ab. Man könne dabei gut beobachten, wie geschichtliche Thesen geprägt würden. Aber es rührte ihn auch. *Die Verteidigung hat mich vom Bestgehassten in die Kategorie des Meistbegünstigten befördert.* So viel Liebe. Und er selbst sprach ebenfalls mehr von Schicksal als von Schuld. Was er an Grausamkeiten nicht habe verhindern können, hätte eben unbeherrschbaren Zwängen gehorcht. Ihnen sich auszuliefern, gegen eigenes Sträuben, hatte seine innere Opposition ja überhaupt erst nötig gemacht. Was man ihm jetzt vorwarf, bezeuge so vielmehr seinen langen Opfergang. Noch in Nürnberg setzte der sich fort, wo ihm erneut finstere Mächte Stricke anlegten. Ihn einsperrten, entgegen ihrer Zusicherung freien Geleits. Er hatte es geahnt, trotzdem war er gekommen. Als hätte er eine Wahl gehabt, er schrieb: Nur Männer wie Sokrates, die ihre Prinzipien nachlebten, wo nötig bis zum bitteren Ende, verdienten ihren Namen. Den Polizisten, der Weizsäcker im Palast verhaftete, fragte er bloß, ob er Deutscher sei.

So prinzipienfest er sich glaubte, so unwillkürlich wich Weizsäcker noch jetzt ins Passive aus. Sogar in die Ecke der Widerstandskämpfer sah er sich durch die Schwarzweißmalerei der Anklage genötigt, während er lieber im verwischten Dazwischen geblieben wäre, vielleicht kein Hitler-Attentäter, doch Naziverbrecher noch viel weniger. Die doppelte Haltung schien ihm gerechtfertigt durch die Bereitschaft, Opfer auf sich zu nehmen – allerdings vor allem die eigenen. Hätte der Volksgerichtshof ihn hingerichtet, wäre er längst geheiligt! So aber ging der Leidensweg weiter. An den Nazis verbrannt, von den Siegern verkannt.

Von den Millionen Opfern der Diktatur, für die er gearbeitet hatte, sprach Weizsäcker dagegen fast nie. Vielleicht meinte er wirklich, nicht aufrechnen zu wollen. Juristische Algebra aus Mitmachen, Widerstand und Schuld betrieben schließlich schon die anderen. *M - W = S.* So einfach war es doch nicht! Hätte man etwa einem Talleyrand vorgeworfen, unter Napoleon *mitgemacht* zu haben? Hatten die Franzosen nicht eben erst Vichy-Kollaborateure freigesprochen, weil sie in Wahrheit eine widerständige Gesamthaltung hatten? Auch Weizsäcker sei einer höheren moralischen Pflicht gefolgt, schrieb er an Hellmut Becker, wieder in der dritten Person, seine Haltung liege in einer Ebene, wo es keine Rechenexempel, keine Gesetzesarithmetik gibt.

Davon musste er Becker nicht erst überzeugen. Der gesamte Prozess war schließlich morsch. Verrottet von den Rachegelüsten der Sieger, ein modriger politischer Spielball, der die Deutschen eben nicht über die Verbrechen aufklären würde, glaubte Becker, sondern bloß Abwehr hervorrief. Und war es nicht schon der philosophische Mangel an Aufklärung gewesen, der im Deutschland des 19. Jahrhunderts dem kommenden Fanatismus den Boden bereitet hatte? Für die Verteidigung konnten sie das nutzen. Vorzeichen vertauschen. Das Gericht selbst als übermächtiges Besatzungssystem anprangern, vor dem Weizsäckers Beharrungskraft sich noch heroischer abzeichnete. An Weizsäckers Schwiegertochter Gundalena schrieb Becker, Nürnberg komme ihm immer gespenstischer vor, das ganze Verfahren erinnere ihn an die Nazis in den letzten beiden Kriegsjahren, als diese sich, das Ende vor Augen, zu immer größeren Unsinnigkeiten verstiegen hätten. Das war noch verhältnismäßig zurückhaltend. Erich Kordt, ehemaliger Büroleiter Ribbentrops und SS-Sturmbannführer, sah die Sieger da schon von derselben *Vorstellung besessen, ›Endlösungen‹*

erreichen zu können wie Hitler. Ebenso wie dieser hätten *sie sich mehr und mehr in ihrer eigenen Propaganda gefangen,* schrieb er in seinem Buch *Nicht aus den Akten,* einem Hauptwerk der Apologie von Weizsäckers, in dem er auch selbst so schlecht nicht wegkam.

Mürbe machen war die Parole der Verteidigung, die Windungen des Zeitgeists aufnehmen und die Spirale immer höher drehen. Seinem Netzwerk in den Zeitungsredaktionen spielte Becker Dokumente und Argumentationsmuster zu – einer hatte früher in der Presseabteilung des Auswärtigen Amtes gearbeitet, ein anderer war ehemaliger Kapitänleutnant. Die alten Bande bewährten sich, das Amt nannte Becker: *Ernst's Verein.* Die *Zeit* schoss sich auf Kempner ein. Seinen Kronzeugen Gaus habe er bedroht, zu falschen Beschuldigungen getrieben, so wie hier doch am ganzen deutschen Volke Unrecht geschah. Landesbischof Wurm richtete offene Briefe an Kempner, keine Justiz dürfe ein Land erziehen wollen oder Angeklagte in Haft misshandeln, Briefe flogen über den Atlantik zum amerikanischen Kongress, warnten dort vor einem Aufwind des Kommunismus durch den Prozess – und wieder zurück an Militärgouverneur Clay und die Zeitung *Christ und Welt,* die wie als Abwehrformel verdrängter Scham mit der unaufhörlich bestrittenen Kollektivschuld selbst feindliche Windmühlen zu errichten half, um dann wütend dagegen anzurennen. Becker zündete mit Vorliebe solche *Leuchtraketen* für seinen Mandanten. Ideologisch unverdächtig, füllten besonders die Kirchenmänner die gesellschaftliche Lücke moralischer Repräsentanz, neben Wurm und anderen auch Pfarrer Martin Niemöller, der das Judentum lange obsessiv verachtet hatte, es bringe nur Gift hervor. Wie man jetzt mit den Deutschen vor dem Tribunal in Nürnberg umging, erinnerte ihn an die Behandlung der Offiziere des 20. Juli durch Adolf Hitler. Aus Rom schickte derweil

Bischof Alois Hudal, der sich immer nach einer Symbiose von Katholizismus und Nationalsozialismus gesehnt hatte, eine eidesstattliche Erklärung an Becker, wonach *Herr Botschafter von Weizsäcker mir wiederholt ganz klar und offen sein tiefstes Bedauern über die Terrormaßnahmen der nazistischen Partei gegen beide religiösen Bekenntnisse zum Ausdruck gebracht hat.* Zur gleichen Zeit etablierte Hudal eine Fluchtroute für gesuchte Nazis nach Südamerika. Der Nationalkonservatismus nannte sich nun christliches Abendland, und Margret Boveri fand Antworten auf die Schuldfrage in einem medizinischen Fachbuch, das ein schuldloses Entscheiden generell für unmöglich erklärte. Schuld sei nur als allgemeineres menschliches Konfliktgemenge beschreibbar, individuell gebe es sie eigentlich gar nicht. Geschrieben hatte die Abhandlung Ernst von Weizsäckers Bruder Viktor, im Krieg Leiter einer Nervenklinik in Breslau, wo die Gehirne im Euthanasieprogramm ermordeter Kinder untersucht wurden.

Auf Zeit spielen war die Parole der Verteidigung, denn die Zeit spielte für sie. Das Land hatte langsam genug von seiner Schuld. Einen Schlussstrich konnte man auch ziehen, ohne darüber viel aufzulisten. Wozu Reue, wenn man selbst Hunger hatte. Je länger das Dritte Reich zurücklag, desto weniger wären seine Gräuel sichtbar im dichten Nebel aus Abstreiten und Selbstbeschwörung. Der anständige Beamte hatte treu seinem Land gedient, nicht der Politik. Gegen die Halunken aus Luthers Deutschlandabteilung wurde wacker Widerstand geleistet. Mit der Höhe des Postens stieg nur der Heldenmut. Ein Nestbeschmutzer wie Gaus, der bloß die eigene Haut retten wollte: Verräter. Ein Botschafter wie Friedrich von Prittwitz und Gaffron, der nach Hitlers Machtübernahme zurückgetreten war: Feigling. An nachträglich geflochtenen Legenden suchten sich viele alte Diplomaten aus dem braunen Sumpf zu ziehen wie Münchhausen am eigenen Schopf. Nur vier Jahre zuvor hatte Hans Albers es ihnen auf der flimmernden Leinwand vorgemacht, der Kinofilm über den Lügenbaron war einer der erfolgreichsten im Nationalsozialismus – wenn Münchhausen auf der Kanonenkugel durch die Luft ritt und zum Publikum hin seinen Hut zog, hinter ihm vorbeifliegende Wölkchen und blauer Himmel, seine Gestalt von einer feinen Umrisslinie umzeichnet, die von der Rückprojektion geblieben war, dann jubelten die Ränge.

Der ehemalige Legationsrat Wilhelm Melchers schrieb an die Brüder Kordt, jetzt müsse *die Stunde zur Verteidigung unserer alten Firma* schlagen. Beginn der Sprachregelung. Luther und seine Leute in den Vordergrund der Schandtaten rücken, Weizsäcker in den Mittelpunkt eines konspirativen Kreises. In seinem Dunst hatte der aufrechte Teil der Beamtenschaft der Diktatur widerstanden und empfahl sich damit für den Neuaufbau umso mehr! Zur Bewahrung des deutschen Erbes, der Ehre des Amtes verständigte man sich, stellte sich gegenseitig Persilscheine aus. Ankommende Zeugen wurden schon am Nürnberger Bahnhof abgepasst und noch schnell auf die Befragung vorbereitet. Großes Wiedersehen im Zeugenhaus. Als Kempner dahinterkam, nannte er es das Empfangskomitee der Übriggebliebenen. Sie selbst sahen sich eher wieder in einem größeren Kampf. Es ging nicht um Weizsäcker, es ging um alle, für die er stand, um ihre zukünftige Stellung durch die Deutung ihrer Vergangenheit.

Im selben Jahr, 1948, warb das Waschmittel Persil mit einer Zeichentrickreklame, in der ein Marine-Matrose verdreckten Pinguinen die Bäuche wieder strahlend rein wäscht. Immer mehr springen darauf an Bord und rufen stürmisch im Chor *PERSIL! PERSIL! PERSIL!*, recken dabei die Flügel wie ausgestreckte Arme. Mit stolzgeschwellter Brust defilieren sie schließlich in Reih und Glied an Land, zu Marschmusik singend: *Ja, unsere weiße Weste verdanken wir Persil!*

Abends saß Weizsäckers Sohn Carl Friedrich über Briefen, die um Unterstützung für seinen Vater baten. Seine Frau Gundalena half mit Kontakten: zu Schweizer Geldgebern, zum Theologen Adolf Keller und zu ihrem Doktorvater Carl Jacob Burckhardt, dessen diplomatische Karriere Weizsäcker einst gefördert hatte und der nun vermeintlich alte Tagebuchaufzeichnungen über ihn anfertigte und so rückdatierte, dass sie als Entlastungsmaterial zugelassen wurden. Gundalena redigierte sie gleich mit, achtete besonders auf die Angleichung von Widersprüchlichkeiten.

Man muss jetzt von allen Seiten treiben, nannte Gräfin Dönhoff die Mobilisierung der Verteidigung. Becker schrieb an seinen Patenonkel, den früheren Diplomaten Ernst Eisenlohr, der das gewünschte Leumundszeugnis für Weizsäcker sogleich retour schickte. Er wandte sich an seinen alten Förderer, den Staatsrechtler Ernst Rudolf Huber, der unter Hitler den Führerwillen noch zum Ausdruck des höchsten Rechts erklärt hatte, und fragte ihn nach historischen oder philosophischen Parallelen zu Weizsäckers Widerstand durch Mitmachen. Dem angelsächsischen Recht sei dieser Gedanke ja etwas fremd, und so müsse man den Richtern eben das Gefühl vermitteln, dass sie mit der Geschichte und allen vernünftigen Grundansichten im Einklang seien. Sigismund von Braun schrieb an Hubert Jedin, Hubert Jedin an Hermine Speier, Carl Friedrich an den Papst. Sie teilten sich auf, kamen über Nebenwege. Schritt für Schritt, Brief um Brief zogen sie ihren Kreis weiter, verschworen wie eine Widerstandsgruppe, als inszenierten sie noch einmal neu, was sie für Weizsäcker belegen wollten, und projizierten es in die Vergangenheit.

Man übte sich in Effizienz, verschickte Bitten um schriftliche Zeugenaussagen bald als Sammelbrief, Verteiler W. Bitte möglichst persönlich halten, mit anschaulichen, lebendigen Szenen. Auf Fühlung gehen. Kempner hatte Verwaltungsakten, doch hier gaben echte Menschen ihr Wort. *Wer mehr als das in der gemeinschaftlichen Erklärung Zusammengefaßte erklären kann, möge dies tun. Die übrigen könnten zweckmäßigerweise das Thema der gemeinschaftlichen Erklärung je nach Geschmack variieren. Eine stereotype Formel, die bei allen Erklärungen wiederkehrt, sollte nach Möglichkeit verhindert werden. Zum sachlichen Inhalt weise ich nochmals darauf hin, daß Erklärungen, in denen die Rettung Verfolgter oder die Unterstützung einer derartigen Rettung durch die Garantierung der Fortsetzung caritativer Tätigkeit der Klöster bestätigt wird, von besonderem Wert sind ... Verschiedene Möglichkeiten der Affidavitform sind auf dem anliegenden Zettel zusammengestellt. Sprache ist gleichgültig.*

Derlei lag der Familie eigentlich so fern, Marianne von Weizsäcker schrieb: Aber den Amerikanern kommt es eben immer sehr auf die Anzahl an. Wipert von Blücher versicherte darauf, Baron Weizsäcker sei als Staatssekretär Vertrauensmann der alten Beamten und Spiritus Rector der geheimen Opposition gewesen. Günther Weiss schrieb, Weizsäcker habe mit dem Verbleib in seiner Stellung ein großes Opfer gebracht, um Schlimmeres zu verhindern. Gerhard Schellert schrieb, er sei besonders für seine Menschlichkeit bekannt gewesen. Hans Krapf schrieb, Weizsäcker habe ihn einmal beauftragt, dem amerikanischen Botschafter Hugh Wilson deutsche Konversationsstunden zu geben, damit dieser sehe, dass es nicht nur den Typus des fanatischen Rowdys gebe. Gerrit Hendrik de Marez Oyens schrieb, Weizsäcker sei 1939 vor ihm in Tränen ausgebrochen, habe auf den Stahlhelm seines gefallenen Sohns gezeigt und gesagt: »Das ist das Ergebnis all meiner verzweifelten Versuche, den Frieden in Europa zu sichern.« Werner Heisenberg schrieb, nur auf Weizsäckers Vermittlung hin sei der Atomphysiker Niels Bohr in Dänemark unbehelligt geblieben. Werner von Bargen schrieb, Weizsäcker habe das Erschießen von Geiseln in Belgien als monströse Maßnahme bezeichnet. Ulrich Doertenbach schrieb, Weizsäcker habe seinem Bericht über die Einsatzkommandos interessiert gelauscht und zu verstehen gegeben, dass er den militärischen Widerstand dagegen unterstütze. Erika Canaris schrieb, ihr Mann habe Weizsäcker in seine Verschwörungspläne für ein besseres Deutschland eingeweiht. Franz Xaver Sonderegger schrieb, Weizsäcker wäre darin für ein hohes Amt in Frage gekommen. Rudolf Steg schrieb, Luther habe die Judenpolitik im Auswärtigen Amt an Weizsäcker vorbei direkt mit Ribbentrop koordiniert, und dennoch habe Weizsäcker sein Amt vielfach nutzen können, um Schlimmeres zu verhüten. Herbert Siegfried schrieb, Weizsäcker habe die Papiere von Luther oft gar nicht gelesen, einmal aber einen Bericht über die Erschießung jugoslawischer Juden angewidert zerknüllt und fortgeworfen. Franz von Sonnleithner schrieb, Ribbentrop und Weizsäcker seien so über Kreuz gewesen, dass Ribbentrop mitunter Weisungen und Erlasse von anderen anfertigen und einfach Weizsäckers Namen daruntersetzen ließ. Lilli Valckenberg-Lepsius schrieb, dank Weizsäckers Hilfe sei ihre Schwester nicht ins Konzentrationslager abtransportiert worden. Eva Maria Gerth schrieb, als Mischling ersten Grades verdanke sie ihm ihr Leben. Kaplan Paul Georg Berndorff schrieb, vom christlichen Geist Weizsäckers zeuge auch die Liebestätigkeit seiner Frau Marianne, die verwundete Soldaten in den römischen Lazaretten betreute. Hermann Maria Stoeckle schrieb, Weizsäcker habe ihn und das Collegio Teutonico in Rom vor einer Anzeige gewarnt und so zehn jüdische Flüchtlinge vor dem Zugriff der Gestapo gerettet. Karl Albrecht Denstedt schrieb von Zuwendungen für die Bekennende Kirche. Paulus Berghaus von Schutzbriefen für ein Kapuzinerkloster, in dem sich Juden versteckten, Max Huber von Unterstützung des Internationalen Roten Kreuzes. Philipp Etter von Weizsäckers edler Gesinnung. Karl Barth von seiner reinen Gesinnung. Walter Vinassa von seiner tiefen und sauberen Gesinnung. Gerhard Gumpert schrieb, Weizsäcker habe in Rom einen Brief von Pater Pfeiffer an General Stahel lanciert, der die Einstellung der Judentransporte forderte. Eduard Gehrmann schrieb, warum Weizsäcker die Katastrophe trotzdem nicht verhindern konnte, bleibe ein Geheimnis göttlicher Vorsehung. August Bea schrieb, Weizsäcker habe ihm gegenüber die Verfolgung der Kirche in Deutschland scharf verurteilt und seinen Posten als Botschafter nur behalten, um Schlimmeres zu verhindern.

Am Ende füllten die eidesstattlichen Erklärungen ganze Dokumentenbücher. Bestimmt bürgten darin die meisten mit ihren wahren Erfahrungen, aber ebenso bestimmt nicht alle, dafür passten sie zu maßgeschneidert zu jedem einzelnen Vorwurf der Anklage, Becker schrieb: *Es ist zweifelhaft, ob je in einem Prozess eine so große Anzahl Männer hoher moralischer Reputation für einen Angeklagten zeugten wie in diesem Verfahren für Herrn von Weizsäcker.*

Solche Zeitzeugenschaft, oft aus dem Kreis der Verfolgten, wog doch mehr als jedes Nachforschen! Auch kommende Historiker würden letztlich immer bloß auf die Enge ihres Studierzimmers begrenzt bleiben, notierte Weizsäcker in seiner Zelle, und nicht mehr als Wahrscheinlichkeitsschlüsse ziehen können. Sechzig Jahre später hat es eine historische Kommission um Eckart Conze und Norbert Frei dennoch versucht, und zu ihren erhellenden Schlüssen zählt, dass die hohe moralische Reputation vieler Fürsprecher Weizsäckers selbst eine recht unwahrscheinliche Behauptung war. Je größer die Verteidigung projizierte, desto sichtbarer wurden auch einzelne grobe Körner. Der ehemalige Generalfeldmarschall Albert Kesselring, dem ebenfalls die Hinrichtung drohte, bestätigte auf Wunsch schriftlich das Bild Weizsäckers als Schutzherr von Kirche und Kulturschätzen in Italien – und erhielt von diesem zum Ausgleich die reichlich verengte Bescheinigung zurück, sich für die Rettung der Benediktinerabtei Monte Cassino eingesetzt zu haben. Der Austausch von Gefälligkeiten folgte passgenauen Bestellungen. Werner Best entlastete die noch lebenden Beamten des Auswärtigen Amtes auf eine Weise, die neben Weizsäcker auch gleich ihn selbst als verdeckten Beschützer von Juden darstellte, so dass er die Aussage in seinem eigenen Verfahren in Kopenhagen, diesmal flankiert von Weizsäcker, direkt zweitverwerten konnte. Vor seinem Amt als Reichsbevollmächtigter in Dänemark war Best Abteilungsleiter der Gestapo und stellvertretender SD-Chef gewesen, hatte an der Konzeption der Einsatzgruppen mitgearbeitet, die *Polenaktion* geleitet und die Judenverfolgung in Frankreich verschärft. Für die Röhm-Morde, die Weizsäcker so abstießen, hatte er Listen erstellt.

Gegen den Vorwurf der SS-Mitgliedschaft holte Becker ein Affidavit von SS-General Karl Wolff ein, wonach Weizsäcker seine Ehrenränge gar nicht hätte ablehnen können, sich zudem nie ihnen entsprechend in der SS betätigt habe, und der in der Schweiz gefürchtete Nationalsozialist Sigismund von Bibra gab an, über Weizsäcker sei damals in der Partei umfangreiches Material gesammelt worden, das ihn leicht ins Konzentrationslager hätte bringen können. (Bibra selbst habe es vorsorglich verbrannt.) Fritz Gebhardt von Hahn wiederum schrieb, er sei bei seiner eigenen Mission, die Judenpolitik der Deutschlandabteilung zu untergraben, von Weizsäcker und seinen Leuten immer unterstützt worden. 1943 hatte er sich bei Bohle allerdings noch über das mangelnde Verständnis einiger Amtskollegen im Ausland *für die Notwendigkeit einer alsbaldigen endgültigen europäischen Lösung der Judenfrage* beschwert. Fünfundzwanzig Jahre später wurde er wegen Beihilfe zum Mord an Juden aus Thrakien und Mazedonien verurteilt.

Die Erklärung von Hermine Speier, *abstammungsmäßig Jüdin,* formulierte Hubert Jedin vorsorglich gleich selbst, sie brachte nur noch zwei kleine Änderungen an. Leumundsversicherungen von Juden galten schließlich als besonders wertvoll, und Sprache ist nie gleichgültig.

So sachlich sie auch klingt. Die Anklage versuchte auf die Fabulierkünste der Entlastungsschreiben mit Nüchternheit zu antworten. Kempner ließ ebenfalls viel Post verschicken. An mögliche Zeugen gingen vorab Fragebögen, die genau auf jene Verteidigungslinie Weizsäckers zielten, die sich ihrerseits an der ursprünglichen Strategie der Anklage ausgerichtet hatte. Aussagen und Dokumente beider Seiten hielten sich gegenseitig in Schach, bedrohten und deckten einander in einem Dickicht aus Reaktionen auf Reaktionen, hinter dem der erste Anstoß zu verschwinden schien, bis sie sich vielleicht irgendwann aus dem Feld schlagen würden und der ungeschützte König sich im Endspiel endlich selbst bewegen müsste, nach langer Partie zum ersten Mal.

Glauben Sie, dass Herr von Weizsäcker aktiv an der Widerstandsbewegung teilgenommen und der Gruppe Canaris angehört hat?

Ist in den Ermittlungen der Gestapo nach dem 20. Juli 1944 Ihres Wissens der Name Weizsäcker gefallen oder irgendein Verdacht seitens der Gestapo auf Weizsäcker gelenkt worden?

Halten Sie es für möglich, dass ein hoher Beamter des 3. Reiches, der der Teilnahme einer Verschwörung des 20. Juli 1944 verdächtigt wurde, von den Nazis völlig unbehelligt blieb?

Hat es seit dem Mai 1943, dem Zeitpunkt, an dem Herr von

Weizsäcker sein Amt beim Vatikan antrat, geheime Verbindungen zwischen der Beck-Oster-Gruppe oder anderen Widerstandsgruppen und dem Vatikan gegeben?

Was sagen Sie dazu, dass hohe Beamte des 3. Reiches, die sich an den Judenverfolgungen und anderen Verbrechen gegen die Menschlichkeit beteiligt haben, nur im Amt geblieben sein wollen, um Widerstand zu leisten?

Kempner erinnerte der Begriff des Widerstandskämpfers in seiner so schillernden Vielfalt an den des Diamanten. Es gab echte, halbechte und gläserne. Umso schärfer musste er ihn schleifen. Klare Kanten, Kriterien per Schriftsatz: Eindeutig oppositionelle Weltanschauung. Aktive Sabotage zum Machtverlust des Regimes. Eigene Handlungen oder Unterstützung anderer zu seiner Abschaffung, notfalls durch Beschleunigung der militärischen Niederlage Deutschlands.

Eine Niederlage aber hatte Weizsäcker nie gewollt, das wäre Verrat gewesen, auch am deutschen Soldaten, daran hielt er noch in Nürnberg fest. Ein Frieden ohne Hitler und ohne Niederlage, wie sollte das gehen? Tyrannenmord? Davor schreckte er ebenfalls zurück. Er verrenkte sich wie ein Akrobat: Bar politischer Überzeugung, geschweige denn Gegnerschaft, glaubte Kempner, innerlich ganz standfest, glaubte er selbst. Es musste doch reichen, dass er die Unkultur der Nazis verachtete, ganz gleich, was genau er dem Ausland nun heimlich weitergegeben hatte oder wo die Bruchlinie zu Ribbentrop exakt verlaufen war oder ob sein Name in irgendwelchen Widerstandsberichten auftauchte! Es musste doch reichen, dass er war, wie er war, er schrieb: *Das einzige, was Bestand hat, ist die Persönlichkeit.*

Im selben Jahr, 1948, veröffentlichte die junge, unbekannte Philosophin Hannah Arendt, die sich als Lektorin eines jüdischen Verlags über Wasser hielt, einen vor Kriegsende entstandenen Essay über Schuld und Widerstand. Darin überlegte sie, wie die Möglichkeit der Untergrundarbeit davon abhänge, dass niemand mehr wissen könne, wer Nazi sei und wer nicht, dass es keinerlei sichtbare Unterscheidungsmerkmale mehr gebe und so vor allem die Sieger davon überzeugt würden, alle Deutschen wären gleich. *Ob jemand in Deutschland ein Nazi oder ein Anti-Nazi ist, wird nur noch der ergründen können, der in das menschliche Herz, in das bekanntlich kein menschlich Auge dringt, zu blicken vermag. Die Laufbahn eines Organisators einer Untergrundbewegung, die es natürlich auch in Deutschland gibt, würde ein sofortiges Ende nehmen, wenn er sich nicht in Wort und Tat wie ein Nazi gebärden würde.*

Die Voraussetzung dafür hätten die Nazis selbst geschaffen, als sie eine Maschine des Verwaltungsmassenmords errichteten, in der beinahe jeder seinen Platz hatte. So effektiv verwischten sie dabei die Linien, *daß morgen niemand in Deutschland wissen wird, ob er es mit einem heimlichen Helden oder einem ehemaligen Massenmörder zu tun hat.* Nur wenn die Nazis einen gehängt hätten, wüsste man, dass er wirklich gegen sie war, einen anderen Beweis gebe es nicht mehr.

Die Verteidigung Weizsäckers war auf den Essay von Hannah Arendt vermutlich gar nicht gestoßen, sonst hätte sie ihn wohl vor Gericht zitiert. Eine jüdische Intellektuelle, verfolgt und geflohen, die schrieb, keine juristische Definition von Kriegsverbrechern schütze vor dem Dilemma, dass im Grunde niemand mehr urteilen könne, wo alle potentiell schuldig sind, die schrieb, all die Helfershelfer Hitlers, die seinen Aufstieg gefestigt hätten, trügen vielleicht Verantwortung dafür, aber keine Schuld im engeren Sinne, denn sie *wußten wahrlich weder, was sie taten, noch mit wem sie es zu tun hatten.*

Es kann aber auch sein, die Verteidiger kannten den Text und fanden sich, je weiter sie lasen, zunehmend überführt, vielleicht fühlte sich Becker ertappt von Arendts Ansicht, die Advokaten von Gut und Böse zielten vorbei, wenn sie die edle Erziehung eines Menschen phantastisch überschätzten, oder Richard von Weizsäcker, wenn sie schreibt, das Grauen sei nicht nur von einer Clique Fanatikern getragen worden, sondern in erster Linie von *Jobholders und guten Familienvätern,* die hinter der Fassade von ›Nationaltugenden‹ wie ›Vaterlandsliebe‹ oder ›deutscher Treue‹ in Wahrheit einen ganz privatistischen Hang zum Opportunismus verbargen. Möglicherweise verwarfen sie ihn endgültig, weil Arendt zuletzt die Scham zur eigentlichen Voraussetzung von Widerstand ernennt, die Scham darüber, Mensch zu sein: fernab von Nationalitäten einer Menschheit anzugehören, die Verantwortung für alle begangenen Untaten trägt, die anerkennt, wessen der Mensch fähig ist und welche Last die Menschheit für den Menschen ist – nur dann, wenn niemand sich von dieser Scham ausschließe, werde nicht eine ›höhere Rasse‹ nach der anderen das Recht des Stärkeren ausrufen, doch wenig scheint Ernst von Weizsäcker, der im Prozess alles auf den Menschen in sich setzte, so fremd gewesen zu sein wie Scham.

Oder war es, falls er sie doch kannte, eine hypertrophe Scham, so niederdrückend, dass sie ihm nur den Ausweg in die Verleugnung ließ? Was umso leichter gefallen sein mag, als Weizsäcker das Wunschbild seiner selbst unentwegt bezeugt wurde. *Unberufen machen die Leute unseres alten Amtes eine gute Figur,* schrieb er aus dem Gefängnis. Ganz unberufen waren sie allerdings nicht. Vor allem die alten Kollegen Erich und Theodor Kordt choreographierten hinter den Kulissen die Aussagen ehemaliger Diplomaten so stimmig, dass der Manchester Guardian bald von den *Tillergirls von Nürnberg* sprach, deren *tadellosen Rhythmus der Beinchen* vor Gericht man nur bewundern könne. Den Takt kannte Erich Kordt schon aus eigener Sache. Nach dem Krieg hatte er sich von einem Bekannten aus der US-Diplomatie ein Zeugnis ausstellen lassen, wonach er eine Schlüsselfigur um die Verschwörung des 20. Juli sei – obwohl er bereits 1941 nach Japan versetzt worden war und die Kurierverbindungen nach Berlin bald abbrachen. Im Persilschein-Wesen war er ausgesprochen eifrig, man sprach bisweilen statt von Korps- von *Kordt-Geist.* Ein Nürnberger Sonderermittler stufte seine Entnazifizierung später als mangelhaft ein.

Weizsäcker bezeichneten die Brüder vor Gericht nun als bestimmenden Geist und Inspirator ihrer Widerstandsaktionen: von Theos vergeblichem Versuch, die britische Regierung 1938 zu einer strengen öffentlichen Warnung Deutschlands zu bewegen, bis zu Erichs verhindertem Anschlag auf Hitler nach Kriegsbeginn. Bisweilen verhedderten sie sich. Mal sollte Weizsäcker eine konspirative Nachricht an Lord Halifax formuliert haben, dann wieder Erich Kordt. Weizsäcker selbst konnte im Verhör nicht bestätigen, eine Radiobotschaft Englands an Deutschland unterstützt zu haben, es hätte seiner Abneigung gegen jede Form öffentlicher Diplomatie auch entgegengestanden. Er wollte Hitler zu jenem Zeitpunkt diskret eingeschüchtert sehen, nicht öffentlich blamiert oder militärisch gestürzt.

Grundlegender Widerspruch kam von britischer Seite: Robert Vansittart, ehemaliger Unterstaatssekretär und englischer Ansprechpartner der Kordts, erklärte die Darstellung der Brüder zu nachträglicher Reinwaschung. Seiner Wahrnehmung nach hätten sie nie vorgehabt, gegen das Naziregime vorzugehen. Verbuchte die Verteidigung das noch unter notorischem Deutschenhass Vansittarts, fühlten sich die Weizsäckers von England doch im Stich gelassen, einmal mehr: Auf die Warnungen vor dem Krieg habe das Land nicht entschlossen reagiert, während des Krieges die Umsturzpläne des deutschen

Widerstands nicht gestützt, ja sogar belastet durch die fatale Forderung einer bedingungslosen Kapitulation. Männer wie Vansittart oder Anthony Eden hätten den alten Rivalen Deutschland endlich am Boden sehen wollen, da störten Klopfzeichen einer Opposition guter Deutscher doch nur. Richard von Weizsäcker glaubte, dass das britische Außenministerium nun seinen Leuten verbot, in Nürnberg über ihre verborgenen Verbindungen zu seinem Vater auszusagen.

Verlass war nur auf den eigenen Kreis. Für Margret Boveri steigerte das noch die Schönheit der Verteidigung. Gefesselt verfolgte sie von den Rängen das Kreuzverhör von Erich Kordt. Wie die Brüder auf der Höhe der Sudetenkrise ihre Cousine eine Botschaft auswendig lernen ließen und nach London zu Lord Halifax schickten – mit Methoden des Mittelalters gegen den drohenden Kriegsmoloch! Oder wie Ribbentrop eine eigene Diplomatenuniform nur deshalb einführte, weil Göring zuvor dem Dolmetscher Paul Otto Schmidt eilig eine Fliegeruniform verliehen hatte, da er wiederum nicht hinter Himmler zurückstehen wollte, der bereits mit einer SS-Ehrenuniform vorgeprescht war, nachdem Hitler einen Wutausbruch erlitten hatte, weil der arme Schmidt bei einem Staatsbesuch Mussolinis ohne Uniform herumgelaufen war – Margret Boveri war entzückt: *ein brillantes Rondo!*

»Herr Dr. Kordt, welche Stellung haben Sie gegenwärtig inne?«

»Ich bin jetzt Privatdozent für Völkerrecht an der Münchner Universität.«

»Sind Sie bereits entnazifiziert worden, und wenn, mit welchem Ergebnis?«

»Ja, die Spruchkammer Nummer 8 in München hat entschieden, dass meine Haltung und Taten einwandfrei waren.«

»Hat sie dafür Gründe angegeben?«

»Angesichts meines ständigen aktiven Widerstands gegen das Naziregime trafen die üblichen Annahmen des Entnazifizierungsgesetzes nicht zu, und das Urteil ist deshalb klar.«

»Würden Sie sagen, dass der Widerstand gegen die Politik Hitlers im Auswärtigen Amt stärker war als in anderen Ämtern und Ministerien?«

»Ich möchte sagen, dass die Zahl derer, die von der Gestapo hingemordet wurden, sicherlich größer war als in anderen Ministerien, im Verhältnis. Es waren elf Todesstrafen zu verzeichnen, die meistens in Verbindung mit unserer Gruppe standen, und viele der Widerstandsleute waren außerhalb Deutschlands, so dass sie von der Gestapo nicht gefasst werden konnten.«

»Warum war der Widerstand im Auswärtigen Amt größer als in anderen Ministerien?«

»Ich glaube, dass die übelste Seite des Nationalsozialismus am leichtesten von außen her erkannt werden konnte. Totalitäre Staaten bedeuten schlechte Beziehungen mit dem Ausland. Sie bedeuten Isolierung. Sie bedeuten das Gegenteil von dem, wofür Auswärtige Ämter da sind. Nicht einmal unter dem technischen Personal waren viele, die sich vom Nationalsozialismus besonders angezogen fühlten, denn der bemühte sich ja sehr darum, Deutschland und die Deutschen im Ausland unbeliebt zu machen.«

»Haben Sie irgendwelche Memoiren über die Ereignisse, an denen Sie im Dritten Reich beteiligt waren, geschrieben, Herr Doktor?«

»Ja, ich habe versucht, eine Geschichte über die Außenpolitik des Dritten Reichs zu schreiben.«

»Welchen Titel trägt dieses Werk?«

»*Wahn und Wirklichkeit.*«

Kordt zeigt keine Anzeichen von Anspannung. Er spricht geschliffen, ohne Zögern oder Stocken, und das leicht Pomadige seiner Sätze scheint sich im feisten Gesicht zu spiegeln. Während des Kreuzverhörs huschen wiederholt Gerichtsdiener zu dem Beistelltisch am Sprecherpult, pflücken Blätter von verschiedenen Stapeln und verteilen sie in neuen Bündeln auf die Plätze. Vielleicht als Erkennungszeichen tragen sie in den Knopfreihen ihrer Anzüge zwischen den gewöhnlichen auch je einen kupfernen Knopf auf Höhe des Herzens. Manchmal, wenn Richard seine Konzentration nur auf das Tun der Gerichtsdiener richtet, gelingt es ihm für einen kurzen Moment, den sonst nie vollständig zu erfassenden Saal als Ganzes zu sehen und seine gesetzte Ruhe als Verbund vieler kleiner Bewegungen, unsichtbar gehalten von den Wachmännern, die links und rechts der Saaltüren postiert sind, zwischen den Zierfüllungen eingerahmt wie Statuen. Obwohl sie immer da sind und oft als Einzige stehen, fallen sie Richard meist erst später auf abgedruckten Bildern auf – wie sie im Hintergrund ihre Köpfe stramm aus weißgestärkten Krägen recken, Helmriemen ihnen ins Kinn schneiden, Leibgürtel in die Taillen, steife Puppen mit Abzeichen am Revers und weißen Handschuhen, wie Sargträger sie haben. Scheinbar teilnahmslos stecken sie in stundenlanger Körperbeherrschung den Raum ab, sichern seinen Betrieb, indem sie ihn stumm bezeugen, gleichmütig gegenüber den Angeklagten, die sie bewachen. Nachts, sagt man ihnen nach, feiern sie zügellos. Im Saal ist das Pendeln ihrer Schulterkordeln häufig das einzig Bewegte an ihnen, und erkennt Richard doch einmal, dass ihre Augen etwas verfolgen oder einer seine Haltung ändert, erschrickt er fast darüber, dass sie tatsächlich leben. Junge Gesichter, die Hände hinterm Rücken verborgen, was tun sie dort die ganze Zeit. Leise mit den Knöcheln knacken oder die Maserung im Holz nachfahren, einer hat vergessen, vor der Verhandlung seinen Stift aus der Uniformtasche zu nehmen, ein anderer bewegt mit der Kopfhaut leicht seinen Helm, was müssen sie darunter schwitzen. Richard hat längst Favoriten unter den Wächtern. Den Entflammten nennt er für sich so, weil er immer vor dem *FIRE! FEUER!*-Schild steht, den Festlichen, weil ihm die Achselschnüre schlapp wie Lametta um die schmale Brust baumeln. Vor dem Saal klopfen sie die Besucher auf Waffen ab und bilden ihrerseits ein Spalier mit seitlich angelegten Gewehren, wenn der Vater hinaus in einen anderen Raum geführt wird, dann wirkt es für einen Augenblick, als schreite er eine kleine Parade ab und würde am liebsten salutieren. Manchmal beneidet Richard die Wächter, die sich nach ihrem Dienst vor der Kellerboutique um die Zigarettenzuteilungen drängeln und in der Kantine lachend Karten spielen, mit Besteck Takte auf die Blechtabletts klappern, ihre Züge erleichtert, die schweren Helme aus der Stirn geschoben oder gegen Barettmützen getauscht, in der Schlange fragen sie ihn, was Wirsing sei oder Fränkisches Schäufele. Er beneidet sie wie die Dolmetscher abends vor dem Palast, wie die Dokumentenarchivare, die im Bürotrakt mit einem Handwagen bestellte Akten von Tür zu Tür fahren, bis er am Ende des Gangs leer ist.

»Würden Sie in Betracht ziehen, dass Herr von Weizsäcker im Amt blieb, um gegen die Verschlechterung der üblichen Geschäftsverfahren unter dem Nationalsozialismus zu kämpfen?«

»Bestimmt.«

»Aber dieser Kampf führte zu nichts, er wurde von Ribbentrop und Hitler vereitelt.«

»Diese Erklärung ist zu einfach. In vielerlei Beziehung hatte er einen teilweisen Erfolg, und es lohnte die Mühe, ihn zu erreichen. Ich beziehe mich etwa auf die Erhaltung des Friedens im Jahre 1938.«

»Sie sagen, der Staatssekretär erhielt nicht immer direkte Informationen von Ribbentrop. Konnte er dennoch zumindest ein ungefähres Bild der Zeitereignisse haben?«

»Das ist richtig. Es gab Informationen, bei denen man vermuten konnte, was die Nazi-Herren planten. Es gab auch Quellen, die außerhalb von Ribbentrops Kontrolle lagen: Admiral Canaris vom Abwehrdienst, der eine erstklassige Informationsquelle war, oder auch der Dolmetscher Paul Otto Schmidt, der für uns gearbeitet hat.«

»Hat Canaris mit Weizsäcker zusammengearbeitet? Tauschte er Informationen aus?«

»Sie haben ständig Informationen ausgetauscht. Ich war ebenfalls in permanentem Kontakt mit der Gruppe von Admiral Canaris, auch als Verbindung zwischen ihm und dem Staatssekretär.«

»Herr Doktor, was Sie uns sagen, lässt wenig Zweifel darüber bestehen, dass von Weizsäcker fortwährend gegen nationalsozialistische Richtlinien arbeitete. War er sich nicht darüber klar, dass das unter dem damaligen Gesetz Hochverrat war?«

»In so einer totalen Diktatur hatte man keine Wahl, wenn man sein eigenes Urteil bewahren und sich nicht blindlings den Befehlen der Oberen unterwerfen wollte. Herr von Weizsäcker war bestimmt wie jeder andere anständige Beamte der Auffassung, ›Gib dem Kaiser, was des Kaisers ist‹, aber er ging keine Totalverpflichtung gegenüber dem Staat ein. Er hat eine solche Verpflichtung nicht anerkannt. Ribbentrop wollte den Krieg herbeiführen. Weizsäcker verabscheute den Krieg, er hielt ihn für ein Verbrechen. Er dachte, dass er unserem Land den Untergang bringen würde und dass seine vorsätzliche Herbeiführung Hochverrat gegen Deutschland wäre, gegen die Menschlichkeit und gegen die Welt.«

Spricht Kordt über den Vater, klingt es häufig, als meine er eigentlich sich – bei so vielen Übereinstimmungen. Hellmuts Fragen legen sie sorgfältig frei, er glaubt, Kordts untadeliger Ruf übertrage sich dabei ganz von allein auf den Vater. Richard hofft nur, dass es nicht zum Bärendienst wird und die Parallelen, bis hin zu einzelnen Wendungen, einstudiert wirken, als Muster erscheinen lassen, was sie eigentlich aus dem besonderen Charakter des Vaters ableiten wollen. Etwas zu sehr betont Kordt, dass er es gewesen sei, der Ribbentrop den Vater als Staatssekretär empfohlen habe – bereits mit dem Hintergedanken, Hitler in die Speichen zu fallen. Den ewig nervösen Ribbentrop habe er damit gelockt, dass ihm der Vater nie zum Rivalen werden würde, als Offizier hätte er gelernt zu gehorchen. Etwas zu schnell führen Kordts Darstellungen des Vaters als pflichterfüllter Diener seines Volkes, der ihm mit seiner menschlichen Wärme und dem praktischen Verstand wie ein stiller Gelehrter vorgekommen sei, immer wieder zu ihm selbst zurück. Wie er so einen wie den Vater doch nicht im Stich lassen konnte und deshalb seinerseits im Amt blieb. Wie er Parteimitglied wurde, um keinen Verdacht auf sich und seine Verbündeten zu lenken, und seine Ernennung zum Obersturmbannführer im Grunde nicht mehr gewesen sei als ein alberner Scherz. Nach dem 20. Juli habe ihn nur gerettet, dass ihn Ribbentrop da schon nach Fernost weggelobt hatte und der weite Weg nach Japan ihn vor der Gestapo schützte, so wie den Vater der nach Rom.

Wirkungsvoller schätzt Richard Kordts Beschreibungen ihres Hintergrundes ein. Sie überlagern den Widerstand des Vaters nicht, sondern lassen ihn noch plastischer hervortreten.

Zumal Kordt ein guter Erzähler ist, kein Wunder, dass er schon an seinem zweiten Buch sitzt. Die Atmosphäre in der Wilhelmstraße beschwört er als ein Heimatgefühl, das die Beamten irgendwann einholte, wenn sie lange im Ausland waren, als eine Sehnsucht noch nach den abgewetzten Läufern der Gänge und den aus alten Ölfunzeln der Bismarck-Zeit gemachten Schreibtischlampen, nach dem Geruch frischen Kaffees bei den Direktorenbesprechungen, *Morgenandachten* genannt. Der Vater hieß unter der Beamtenschaft nur *Staats*. Sooft man auch umziehen, die Gesandtschaft wechseln musste, die Wilhelmstraße blieb bestehen und nahm einen wieder auf; so unterschiedlicher Couleur die Kollegen und ihre Cliquen waren, der Weiße Kreis oder die Tübinger Schwaben, der reißende Kassen-Wolf oder Raketen-Richard, der die Ostabteilung leitete, sie verband die Berufung, Deutschland geachtet in die Völkerfamilie zurückzuführen, und auch der gelassene Witz von weit Gereisten, Behördenhumor: Keine Angst vor Beamten – die tun nichts.

Für Hurra-Patrioten sei es da schwerer gewesen als anderswo. Auf die traf Kordt schon eher, wenn er Berichte hinüber in die Reichskanzlei bringen musste, wo sich zu jeder Tageszeit bereits Dutzende weiterer Adjutanten und Ordonnanzen im Vorzimmer drängten und auf eine Audienz beim Führer hofften. Der demütigte seine Besucher, indem er sie warten ließ, oft musste man tagelang bei den vorgelagerten Empfangsdamen antichambrieren. Je länger jemand auszuharren hatte, desto mehr verlor er an Ansehen und umso weiter trieb es ihn verspottet an die Ränder des Vorraums, wo die Unglücklichsten ihr Unterfangen irgendwann entmutigt abbrachen und so endgültig jeden Einfluss verloren gaben. Für Ribbentrop wäre das nie in Frage gekommen, keiner wartete so energisch wie er. Es schien sein eigentliches Amtsgeschäft zu sein. Las er, an die offene Tür zum Wintergarten gelehnt, nicht gerade in Telegrammen, zog er Vertraute zu privaten Flüstereien in die Zimmerecken und jeden, der gerade von Hitler kam, verschwörerisch zu sich heran, um Laune und tagesaktuelle Ansichten des Führers zu erfragen, die es diesem dann seinerseits noch einmal gesteigert vorzutragen galt. Hatte er wirklich auf Franco geschimpft? Ihn sogar einen Schwächling genannt? Für Hitler schwärmte Ribbentrop geradezu. Am liebsten sprach er mit ihm über neue Uniformmodelle, über Fangschnüre, Aufschläge und allerlei Gehänge, mit deren Entwurf er einen Bühnenbildner beauftragt hatte. Ribbentrop selbst, der sein Büro im alten Palais hatte, trug meist hohe Kürassierstiefel, in denen er seinem Vorbild Bismarck noch ähnlicher zu sehen meinte, irrlichterte in blauer Fantasieuniform durch die Flure und faselte davon, gegen England müssten endlich Punkte gemacht werden.

Der Vater hat Richard beschrieben, wie Ribbentrop immer tunlichst beweisen wollte, dass er mindestens so tüchtig sei wie Himmler. Denn obwohl seine Begabung darin lag, zu wittern, woher gerade der Wind wehte, stand er mit seiner tölpelhaften Art in dem Ruf, oft ein wenig hinterherzutrotten und einen trägen Apparat zu führen, der nicht so zackig blitzte wie die anderen. Das machte es für den Vater fast unmöglich, Einfluss zu nehmen. Um Hitlers Verachtung der Diplomatie zu entsprechen, nannte Ribbentrop sein eigenes Haus bald *Invalidendom* und hielt sich fern, soweit es ging. Meist reiste er ohnehin dem Führer hinterher oder fuhr auf Kur. Unterbreitete ihm der Vater doch einmal Denkschriften, die einen anderen Weg als den Krieg aufzeigten, oder sagte er ihm später offen zu, dass die Behandlung der russischen Bevölkerung durch die Einsatzgruppen zum Himmel stinke, fuhr Ribbentrop ihn nur an, man habe gefälligst an das unfehlbare Genie des Führers zu glauben und ihn nicht mit derlei zu belästigen. Nach dem Krieg hat

Ribbentrop bestritten, den Vater je von Hitler ferngehalten zu haben – vielmehr habe der Führer selbst ihn abgelehnt, habe ihn spöttisch einen Weizensack genannt, leicht umzuwerfen, und Richard überlegt, ob das den Vater trotz seiner Abneigung insgeheim gekränkt hat.

Vielleicht überlegt er auch, dass unter dem Eifer Ribbentrops und der SS die Zwischenräume für den Vater immer enger geworden sein müssen, um alte fachliche Standards zu wahren, um mit kleinen Justierungen Reibungen zu verhindern und Härten zu mildern. Er erinnert sich, wie der Vater morgens noch zu Hause schweigend die ersten Telegramme las, und stellt sich vor, wie er dann in der Wilhelmstraße Sitzungen leitete und Besuche des diplomatischen Korps empfing, dazwischen Telefonate, während sein Sekretär ihm schon weitere Akten auf den Schreibtisch stapelte, die oft noch bis Mitternacht abzutragen waren, schließlich gab es nicht nur die Deutschlandabteilung, und so wenig er in größeren Fragen zu entscheiden hatte, so viele andere laufende Geschäfte fielen doch an, kurze Dienstwege mit den Kollegen von Recht, Kultur oder Personal – was man gleich per Zuruf erledigen konnte, figurierte erst gar nicht in den Akten, ging nicht im Kuriersack an den RAM, denn da konnte man nie wissen, welche Anweisungen zurückkamen zur sachlichen Vollstreckung in Noten und Erlassen, und Kordt sagt jetzt, die physische und geistige Anstrengung Weizsäckers war größer, als ein Mann ertragen konnte, der nach außen ganz gefasst erscheinen musste, er sagt: Die Verantwortlichkeit, die ihm blieb, spielte sich in einem selbst aufgestellten Rahmen ab. Eine Warnung an die Alliierten hier, eine Friedensfühlung dort. Erfuhr er von einer nicht arischen Familie im Ausland, der ein Rücktransport ins Reich drohte, schickte er ihr auf verschlungenen konsularischen Wegen rettende Papiere.

Aber wie viele waren auf diese Art zu schützen, wie wenige. Richard denkt oft an den Satz aus Burckhardts Tagebuch – der Vater stehe mit Fritsch, mit Beck, mit Witzleben in Verbindung, sein Ziel: vermeiden, vermeiden, vermeiden, doch um es zu erreichen, müsse er unter Umständen den einen oder anderen preisgeben. Wer war damit gemeint, ein paar Mitverschwörer, ein paar tausend Juden? Der Vater muss sich bei all seiner Grübelei lange überschätzt haben, trotz der Marginalisierung im Amt, oder auch wegen ihr, als Selbstaufwertung. Er dachte, Versailles wäre selbst unter Hitler noch friedlich zu revidieren, er dachte, mit kühner Strategie könne er gleichzeitig dem Wachstum Deutschlands und der Bekämpfung seiner wildesten Wucherungen dienen, vielleicht hoffte er es. Als dann der Krieg tobte, konnte er nichts mehr hoffen, nicht auf einen Sieg, nicht auf eine Niederlage, er saß im Dazwischen wie in einer selbst aufgestellten Falle. *Man müsste solche Kriege eben vermeiden oder mindestens gewinnen,* hat er im Manuskript seines Erinnerungsbuches über den Großen Krieg geschrieben – und die letzten drei Worte dann noch gestrichen.

»Welche Maßnahmen wurden seitens der Opposition ergriffen, als sich die tschechoslowakische Krise 1938 zuspitzte?«

»Nach einer Besprechung mit Kreisen der Wehrmacht fragte mich eines Morgens Herr von Weizsäcker, ob man nicht direkt an die britische Regierung herantreten könne. Es wäre natürlich äußerst gefährlich, dies über die britische Gesandtschaft in Berlin zu tun. Es sollte besser direkt erfolgen.«

»Wie konnten Sie an die Männer der britischen Regierung herantreten?«

»Ich beschloss, einen persönlichen Kurier zu entsenden, der die gesamte Botschaft auswendig lernte und meinem Bruder überbrachte. Der war damals deutscher Geschäftsträger in

London. Er sollte dann die Briten aufsuchen und dabei klarstellen, dass er nicht im Namen der Regierung Hitler, sondern der deutschen Opposition spreche und dass wir die britische Regierung dringend ersuchten, eine unmissverständliche Erklärung abzugeben. Nämlich dass es ihr Ernst sei, die Tschechoslowakei zu verteidigen.«

»War Weizsäcker über diesen Schritt im Bilde?«

»Um absolut sicherzugehen, dass kein Missverständnis vorhanden war, fuhr ich den Kurier – meine Cousine Susanne Simonis – nicht direkt zum Bahnhof, sondern ließ vorher an der Privatwohnung des Herrn von Weizsäcker anhalten. Wir besprachen jede Einzelheit, und ich kann nur sagen, dass er mit mir völlig übereinstimmte und die Genehmigung erteilte.«

»War es von den Briten nicht ziemlich viel verlangt, ihre Politik nach einer heimlichen deutschen Opposition auszurichten, die wenig oder gar nichts zu bieten hatte?«

»Wir waren uns darüber klar, dass dies ein unerhörter Schritt war, aber wir hatten jede Gelegenheit auszunutzen, und im Sommer und Herbst 1938 stand es günstig, Hitler loszuwerden. Der überwiegende Teil des deutschen Volkes verabscheute damals einen Krieg, auch der Nazipartei. Damals zweifelten sehr viele Leute am Geisteszustand Hitlers.«

Bestimmt scheute der Vater den Krieg des Leides wegen, das er brachte, und weil er drei Söhne im wehrpflichtigen Alter hatte. Doch möglicherweise auch weil er jemandem wie ihm noch mehr an Bedeutung nahm. Kaum Platz im Krieg für die diskrete Kleinarbeit der Diplomatie. Je weniger Einfluss der Vater im Amt hatte, desto mehr suchte er ihn sich im Heimlichen, könnte Richard manchmal überlegen und sich fragen, ob dies das Anliegen des Vaters, eine Katastrophe zu verhindern, schmälert, aber Hellmut meint, nein, im Gegenteil. Jeder Widerständler habe aus seiner eigenen Ordnung heraus handeln müssen, und wenn dein Vater sich mit etwas auskennt, dann mit Ordnung. Er hat nicht auf einzelne Übeltäter gezielt, sondern gegen einen ganzen Apparat. Ein geschickter Diplomat muss kein kühler Attentäter sein.

Zum Brutus taugt nicht jeder, aber auch nicht jede Zeit für einen Brutus, schreibt der Vater in seinen Erinnerungen. Mit Akten könne man nicht schießen. Zugleich hatte er Hemmungen, fremde Mächte gegen die eigene Regierung aufzubringen. Ihm ist wichtig, dass er das Ausland zwar eingeschaltet hat, aber nie überlief, weil es ein deutscher Widerstand sein sollte, der dem Vaterland diente, nicht den Briten oder sonst wem, und dass er den Verschwörern im Militär Material zuschanzte, die einen Putsch gegen Hitler planten, falls der einen Krieg vom Zaun bräche, doch er selbst nie leichtfertig den Frieden riskiert hätte, nur um einen solchen Putsch auszulösen. Das wäre ein zynisches, gefährliches Spiel gewesen, ein Satz des Vaters, let sleeping dogs lie.

Liegen oder lügen? Der Vater lavierte. Sogar er teilte ja die Beanspruchung des Sudetenlands, der Stärkung deutschen Volkstums. Er wollte bloß keinen Krieg dafür führen, zumindest keinen, der sich rasch ausbreiten und der Wehrmacht über den Kopf wachsen könnte, keinen, den man nicht mindestens gewann. Lieber *chemisch* lösen, *ohne mechanisches Zutun.* Wirtschaftliche Daumenschrauben, Selbstbestimmungsrecht. Mal sprach er mit ausländischen Diplomaten in der scharfen Art Ribbentrops, weil er hoffte, sie würden es als Warnung über den Ernst der Lage verstehen, mal mit freundlicherem Gesicht, um deutsche Friedenswilligkeit zu versichern.

Jeder aus seiner eigenen Ordnung heraus. Die ihrerseits doch nicht von Anfang an bestand – wie lang hatte auch Richard wenig begriffen und fast alles, was die Propaganda tönte, geglaubt. Ein Rat des Vaters, Zunge und Feder immer im Zaum halten. In Richards Regiment gab es irgendwann Gerüchte. Bei Wjasma seien Hunderte Gefangene ins Stadthaus gesperrt und mit ihm in Brand gesteckt worden. Verwundete Feinde getötet, der Vater eines Kameraden hingerichtet, weil er Feindsender gehört hatte. Es war weniger ein Entschluss zum Widerstand als ein allmähliches Sichbereitmachen. Spotten über Durchhalteparolen, Schießübungen auf ein Hitler-Bild, hinterher gemeinsam vertuscht. Wenn es überhaupt so etwas wie einen entscheidenden Moment gab, dann vielleicht der Augenzeugenbericht eines Freundes, wie sich bei Dubno Tausende jüdische Männer, Frauen und Kinder nackt ausziehen und in langer Schlange anstellen mussten, um sich bäuchlings in ein Massengrab zu legen, auf die weißen Leiber ihrer Vorgänger. Zum Abschluss hatte der Gebietskommissar ein großes Festessen im Deutschen Haus gegeben. Die militärische Lage dazu verheerend. Selbst wenn sie siegten, wofür. Alles gescheitert. Axel von dem Bussches Plan, sich bei der Vorführung neuer Uniformen mit Hitler in die Luft zu sprengen – vom Zufall vereitelt, die Uniformen auf dem Weg verbrannt, eine weitere Dienstreise verweigert, *Grund der Ablehnung: Unsere Kommandeure sind keine Mannequins.* Und sie hatten Zweifel. Ob sich das Ungeheuerliche nicht besser selbst widerlegen sollte, ob sie nicht eine zweite Dolchstoßlegende heraufbeschworen. Die moralische Pflicht drängte zum Aufstand, die soldatische zum Dienen. Desertieren kam nicht in Frage. Unzählige vor einem sinnlosen Tod bewahren, ja, aber was, wenn das Volk nicht mitging – oder gerade dann, um ein Zeichen zu setzen. Für ein anderes Deutschland. Richard musste gelegentlich daran denken, was Stefan George kurz vor seinem Tod gesagt hatte: Es ist nicht gut, so schwach zu werden, denn kommt dann etwas, kann man keinen Widerstand mehr leisten. Über George hatte er auch mit Stauffenberg gesprochen, als er ihm in Berlin einmal Schriftstücke überbrachte. Da glaubte Stauffenberg noch an einen möglichen Sieg, durch Truppenvereinigungen und Zangenverschiebungen. Vor Operationskarten im Oberkommando hatten sie die deutschen Heeresbewegungen und mögliche Manöver diskutiert, und Stauffenberg erzählte vielleicht, George habe Geheimnisse so sehr geliebt, dass er Briefe oft am Bahnhof einwarf, damit sie den Stempel der Bahnpost trugen, nicht den seines Aufenthaltsortes. Die stolze, ernste Erscheinung Stauffenbergs hatte Richard tief beeindruckt, aber dass seine Entschlossenheit und sein Mut ganz dem Erbe Georges entsprangen, wie Marion glaubt, eine seelische Revolte, getrieben vom Hauch des Meisters – Richard weiß es nicht, es sträubt sich in ihm. Alles ist ja gescheitert. Ein paar Wochen vor dem 20. Juli hat Schulenburg Richard in Potsdam eingeweiht, es gehe jetzt bald los, wann und wie könne er ihm nicht sagen. Ob er sich mit verlässlichen Truppenteilen bereit halten würde. Er hielt sich bereit, vergeblich. Wie sollte er da jetzt seinen Widerstand gegen den des Vaters ausspielen dürfen, könnte er überlegen, was hat er selbst schon mehr getan, als Reisepapiere zu organisieren und einen Rückrufbefehl der Gestapo verschwinden zu lassen, als die Gesinnungsschnüffler nach dem Attentat Kompaniechef Priebe in die Mangel nehmen wollten. Doch vielleicht war das ebenfalls nicht wenig. Einen Befehl nicht weiterzugeben, etwas nicht zu tun. Sich zu verweigern.

War sein Scheitern besser als das des Vaters? Der im Sommer 38 Ribbentrop gewarnt hatte, eine Zerschlagung der gesamten Tschechoslowakei würde nur die Westmächte mit hineinziehen und einen unbeherrschbaren Flächenbrand auslösen. Der Kollege Henderson beschwor, die Briten müssten Hitler Grenzen aufzeigen, nur bitte versöhnlich und vertraulich, sonst ermutige man noch die tollwütigen Tschechen, doch Chamberlain wand sich, dämpfte, glaubte an Theatergetöse der Nazis, alle sollten sich erst mal beruhigen, vielleicht beruhigte sich auch der Vater, während er mit Hitler abends in Kiel über das Achterdeck der kleinen *Grille* schritt, ihm Sternbilder zeigte und zwischen Pegasus und Kassiopeia seinen Rücktritt anbot, einmal mehr. Urlaub, Hiddensee, *wirklich a hidden sea, ich verstecke mich sogar vor mir selber.* Nach Tagen mit kalten Bädern will er es noch einmal mit sich versuchen. Memoranden schreiben. An Heß appellieren, der Führer dürfe nicht sein ganzes Werk aufs Spiel setzen! Kollege Attolico drängen, allein Mussolini könne noch mäßigenden Einfluss ausüben, und als sich Chamberlain schließlich doch zu einem persönlichen Führergespräch auf dem Obersalzberg ansagte, glaubte der Vater an den Erfolg seiner *Ricochettestöße.*

Der Tag des Münchner Abkommens sei möglicherweise der glücklichste in seinem Leben gewesen, sagt er oft, zumindest der letzte glückliche. Den Vertrag in rasender Eile mit Neurath und Göring aufgesetzt – sogar dem Eisernen Hermann war es langsam schwül geworden, plötzlich durchaus friedenswillig, und den Entwurf hinter Ribbentrops Rücken Attolico zugesteckt, der ihn Mussolini kabelte, der ihn in München als seinen ausgab: Ribbentrop umspielt, Hitler übervorteilt, schon stürmten allerlei Parteipaladine den Saal, griffen sich als Andenken beliebige Papiere, Daladier rief nach Münchner Bier, und die Welt jubelte, Ovationen bis runter zum Odeonsplatz, Sprechchöre vor dem Hotel Vier Jahreszeiten, *Daladier, vive la paix!,* viele torkelten vor Glück – gleich weiter zum Oktoberfest. Auf den Vater wartete zu Hause ein mächtiger Rosenstrauß mit Glückwunschkärtchen seiner Schreibfräulein.

So viel Erleichterung konnte doch nicht falschliegen! Machtgewinn ohne Schwertstreich, Gebietszuwachs durch Verhandlungen, so war Hitler noch zu zähmen! Hoffte der

Vater, wollte er hoffen, aber wie konnte er das glauben. Dass Hitler Vernunft annehmen würde, ausgerechnet nach der Münchner Konferenz, die er als Niederlage empfand, der Vater schreibt: Er bereue nicht, damals den Kampf aufgenommen zu haben, allerdings habe er den Wert des Irrationalen unterschätzt. Als hätte er sich einfach in Hitler getäuscht – und nicht auch sich selbst. Er wusste doch, dass Hitler weiter den Rest der Tschechoslowakei wollte, jetzt sogar mehr denn je, und dass er getobt hatte über die Münchner Zauderei dieses Jammerlappens Weizsäcker. Noch enttäuschter war Ribbentrop, er hatte sich bereits eine feldgraue Uniform anfertigen lassen. Nun mahnte er den Vater, endlich seine Sprache zu schärfen, und ein paar Monate später, nach einer Erholungsreise ans Mittelmeer (mit Tripolis), sagte der Vater zu Ribbentrop, man möge lieber zunächst Memel besetzen, dann auf Danzig und den Korridor losgehen, die Tschechen hätten sie doch ohnehin in der Hand.

»Herr Dr. Kordt, in den Tagen vor Ausbruch des Krieges, war es da für die oppositionellen Kräfte wichtig, Zeit zu gewinnen?«

»Ja, ein Aufschub war in dem Augenblick sehr wesentlich. Wir wussten, dass Hitler den Krieg im Monat August herbeiführen wollte. Nach seinem Kalender hätte er ab dem 26. August entweder den Parteitag in Nürnberg oder die Tannenbergfeier absagen müssen, weil sonst die Eisenbahn zu überlastet gewesen wäre, um die Truppen gegen Polen zu befördern. Deshalb bedeutete ein Zeitgewinn oder -verlust in dieser Woche Krieg oder Frieden.«

»Hat Herr von Weizsäcker Hitler geholfen, den Krieg gegen Polen herbeizuführen?«

»Er hat mit allen Mitteln versucht, diesen Krieg aufzuhalten.

Er hat versucht, italienische Warnungen zustande zu bringen, indem er Attolico auf dem Laufenden hielt. Er versuchte die britische Politik zu beeinflussen. Er hat auch die Heerführer gewarnt, und er hatte alle Aussichten, dabei erfolgreich zu sein. Es misslang ihm, wie es allen anderen Friedensfreunden misslungen ist. Aber ich kenne keinen Mann in Deutschland, der härter gekämpft hätte, um den Frieden zu bewahren, allein aus diesem inneren Befehl heraus, der einer hohen moralischen Verantwortlichkeit entspringt. Wenn er Erfolg gehabt hätte, so wäre es das überragende Beispiel eines mutigen Widerstandes in einem totalitären Staat gewesen und dieses Beispiel hätte andere in anderen totalitären Staaten inspirieren können, die noch jetzt Sicherheit und Frieden bedrohen. Das war die wirkliche Tragödie bei diesem Misserfolg.«

Der Vater scheint nach München eine Weile wie geblendet gewesen zu sein von seinem taktischen *Meisterstück.* Zwar erschütterte ihn, dass Hitler und Ribbentrop nach dem trügerisch ruhigen Winter erst recht marschieren wollten und, statt von einem Freundschaftsvertrag zu hören, lieber den Todesstreich gegen die Tschechen prophezeiten. Andererseits las der Führer neuerdings viel in den Werken Bismarcks und besichtigte mit dem Vater die Lenbach'schen Bilder in Friedrichsruh, wo sie besonders die Handschrift eines Werbungsbriefes an Bismarcks Braut faszinierte. Vielleicht würde es ja gar nicht so schlimm werden. Zudem fehlten ihm diesmal harte außenpolitische Einwände gegen eine Besetzung, da nicht damit zu rechnen war, dass sich den deutschen Panzern jemand ernsthaft in den Weg stellte. Und ihn lockten wohl auch seine neu geweckten strategischen Instinkte: Mit der Tschechoslowakei in der Tasche wäre natürlich der Druck auf die lästigen polnischen Beutemacher gleich viel wirkungsvoller, deren Frechheiten ihn zunehmend in den Fingern juckten. Empörend das deutschfeindliche Steinewerfen auf die Botschaft in Warschau, all das Geklimper slawischer Großmannssucht! Allerdings brauchte es für die Einverleibung Prags eine zugkräftige Parole, die nach außen wie nach innen überzeugte. *Deutsche zu Deutschen* reichte jetzt nicht mehr. Man musste aufpassen, dass die Sache nicht zu imperialistisch aussah oder wie Krieg als L'art pour l'art. Vielleicht konnten Slowaken und Volksdeutsche als Instrumente gespielt werden. *Militärisch müßte unser Vorgehen überraschend, politisch dagegen recht naheliegend und gewissermaßen zwangsläufig erscheinen.* Die Slowaken sollten ihre Selbständigkeit erklären, die Italiener eine Zusicherung von Ordnung an den Grenzen erhalten, die Ungarn den Hinweis, sie könnten nun bald in der Karpatho-Ukraine einmarschieren.

Einige Wochen später besuchte der Vater mit Kollege Attolico die Berliner Oper. Die bevorstehende Einnahme Prags verschwieg er ihm, bemühte sich aber in der Pause, ein vielsagendes Gesicht zu schneiden. Deutlicher wurde er gegenüber Henderson, dessen lässige Eleganz er besonders schätzte – Damenfreund, Sportsmann und nie ohne Nelke im Knopfloch, der Vater sagte zu ihm: Ich versichere Ihnen, was immer geschieht, wird sich auf anständige Weise abspielen, das deutsche Militär weiß sich zu benehmen.

Es fuhr seine Panzer per Bahn nach Prag, marschierte in ordentlichen Formationen um den Wenzelsplatz, angenehm gedämpft der Stechschritt von dem vereisten Boden, und Hitler blickte von der Burg über das Schneegestöber, in dem die Masse von Menschen und Truppen nur noch sanft verschmolzen flimmerten, und sagte zufrieden, in vierzehn Tagen spricht kein Mensch mehr davon.

Aus Frankreich kam noch eine Protestnote beim Vater an,

das Gespräch mit Coulondre höchst unersprießlich, dafür aus Litauen schon ein Lichtblick: Memel kehrt zurück ins Reich! So lag auch Polen auf der Hand, gewissermaßen zwangsläufig. Vor allem Danzig und die Revision der Ostgrenze reizten den Vater, und Polen hatte nicht mehr viele Freunde, man musste eigentlich nur abwarten, sie mürbe machen, entlang der Grenze mit vielen kleinen Schritten balancieren. Seinethalben konnte Polen im Tausch noch einen Teil der Karpatho-Ukraine bekommen. Doch es war wie in einem wiederkehrenden bösen Traum: Ribbentrop verhandelte erneut gleich mit dem Ziel der Unerfüllbarkeit, worauf die Briten Polen mit eiligen Hilfsversprechen beisprangen, als würden sie ihre Schwäche vom letzten Jahr nun in ungestümes Kraftgebaren ummünzen, und weil Hitler wieder an einen englischen Bluff glaubte und Ribbentrop wieder nicht einsehen wollte, dass Frankreich längst sur le pied de guerre stand, sondern ankündigte, jeden Beamten, der widerspräche, persönlich im Büro zu erschießen, musste der Vater schon wieder das Register wechseln, von Kalmieren zu Alarmieren, und versuchen, London und Paris zu noch eindeutigeren Warnungen zu bewegen, wieder glaubte er, ein Krieg könne noch vermieden werden, wenn Mussolini nur genug Einfluss nahm oder Stalin sich an England band, würde Hitler doch nicht blindlings in einen Weltkrieg rennen, er konnte doch unmöglich einen Weltkrieg wollen, und wenn der Vater es immer wieder so erzählt, glaubt ihm Richard bestimmt, will ihm glauben, dass er es zumindest so erlebt hat, würde er nur einmal, ein einziges Mal, nicht bloß die Fehler der anderen nachrechnen. Roosevelts undiplomatischer Appell, Danzigs Säbelrasseln, Cianos Wankelmütigkeit. *Das Auswärtige Amt unbeteiligt.*

»Der Plan der Zossener Gruppe zum Staatsstreich, von dem Sie und Weizsäcker gewusst haben sollen – sah der die Ermordung Hitlers vor?«

»Ich glaube nicht, dass Hitler es überlebt haben würde.«

»War das der Plan?«

»Soweit ich informiert bin, ja.«

»Wurden Sie überhaupt darüber informiert?«

»Von Oberst Oster und von Etzdorf, die beide beteiligt waren.«

»Hat man Ihnen auch gesagt, wie die Ermordung Hitlers durchgeführt werden sollte?«

»Nein.«

»Wurde der Plan später aufgegeben?«

»Nachdem Hitler die Westoffensive nicht befahl, glaubten wir, dass der richtige Antrieb und, ich möchte sagen, die richtige Proklamation dazu fehlten.«

»Hitler hat doch im April dann eine andere Offensive befohlen, gegen Norwegen und Dänemark.«

»Ja.«

»Und dann hat er im Mai weitere Offensiven befohlen, gegen die Niederlande und dann gegen Frankreich. Wurden da die Pläne für einen Staatsstreich zur Ausführung gebracht?«

»Als es Hitler entgegen den Erwartungen vieler Generäle gelang, seinen Feldzug in Norwegen zum Erfolg zu führen, hat sein Prestige als militärischer Führer natürlich sehr zugenommen, und vor der Offensive im Westen sagten meine Freunde, es bestünde keine Möglichkeit mehr, die Masse des Heeres für sich zu gewinnen.«

»Mit anderen Worten, diese Pläne zum Staatsstreich wurden fallengelassen, ehe sie zur Durchführung gelangten?«

»Das stimmt.«

Am Gitter hat der Vater zu Richard gesagt, dass sie die Kriegsjahre in Berlin vielleicht ganz weglassen sollten. Sie seien nicht allzu rühmlich. Er hätte wohl früher und stärker auf einen Tyrannenmord drängen müssen oder ihn selbst begehen, sich notfalls opfern, denn auch wenn er gescheitert wäre, hätte es doch das packendere Vorbild gesetzt, und Richard hat geantwortet, das kann man aber von niemandem verlangen, und gedacht, schon weil wir sonst wahrscheinlich hier nicht mehr miteinander sprechen könnten. Vielleicht fragt sich Richard, ob er deshalb sogar froh darüber sein darf. Dass der Vater immer zauderte, allmählich resignierte und dass alles, was sie für den Vater jetzt noch in die Waagschale legen könnten, zugleich einen Einspruch gegen sich zu erheben scheint. Vom Westfeldzug hat er abgeraten, leugnete aber gegenüber ausländischen Diplomaten die Einmarschpläne und war dann angetan von den glänzenden Siegen. Er sprach sich dafür aus, von Maßnahmen gegen ausländische Juden im diplomatischen Korps abzusehen, nicht jedoch gegen deren jüdische Angestellte. Er setzte Vertraute auf Posten im Ausland, und als Ribbentrop eine Reihe Männer aus dem Amt entfernen wollte, hat der Vater ihm seinen Rücktritt angeboten und blieb dann doch wieder, möglicherweise weil er dachte, zu einem milden Waffenstillstand beitragen zu können, möglicherweise weil er einfach noch da sein wollte, wenn Hitler abgesetzt wäre. Er erwartete, gebraucht zu werden. Er blieb, bis nur noch das Bleiben übrig war. Gegen die Invasion in Skandinavien protestierte er, indem er sich zwei Tage krank meldete.

Rainer Hildebrandt hat in seinem Affidavit erklärt, es habe in diesen Jahren eine vertrauliche Verbindung zwischen dem Vater und dem hingerichteten Widerstandskämpfer Albrecht Haushofer bestanden. Hans-Bernd Gisevius hat erklärt, Männer wie Canaris, Oster und von Hassell hätten die Informationen vom Vater stets als unentbehrlich erachtet. Johannes von Welczeck hat erklärt, zu Beginn des Polenfeldzugs habe der Vater ihm nach Schlesien geschrieben, dieser Krieg sei ein Verbrechen gegen die Menschheit und Ribbentrop verdiene nichts anderes, als Unter den Linden aufgehängt zu werden. Aber kann der so vorsichtige Vater, der genau wusste, wie viel abgefangen und abgehört wurde, wirklich derart leichtsinnig gewesen sein, Richard denkt: Auf Hassell sollten sie sich besser nicht zu laut berufen. Kempner hat schon durchklingen lassen, dass er in seinem Tagebuch einen Eintrag von 1942 gefunden hat, wonach der Vater im Grunde schwach und beeindruckbar sei, ein Handeln von ihm nicht zu erwarten. Ach, Hassell sei ja nur gekränkt gewesen, glaubt der Vater, weil er ihn einmal wegen zu laxer Vorsicht scharf gerügt und gebeten habe, ihn bis auf weiteres mit seiner Gegenwart zu verschonen. Hellmut tut es ebenfalls ab. Er will unbedingt den Standpunkt halten, dass sich kein bezeugter Widerstandskämpfer oder oppositioneller Beamter je belastend über den Vater geäußert habe. Für Richard zu riskant. Zu leicht zu widerlegen. Mit Otto John. Oder von Hentig, der zu Kempner gesagt haben soll, er habe zum Vater aufgeschaut und lange, zuletzt enttäuscht darauf gewartet, dass er endlich etwas unternimmt, der Vater sagt: Herr von Hentig gehört ebenfalls zu denen, die mich nicht verstanden haben.

Aber wie auch, wenn es nicht einmal Richard immer gut gelingt. Nach Beginn des Russlandkrieges übte der Vater strategische Weitsicht bloß noch in Vorträgen vor militärischem Publikum. Er passte sie ihm an, sprach über die Abhängigkeit diplomatischen Einflusses von militärischen Erfolgen und hoffte vielleicht, irgendjemand verstünde es als Drängen, dass es Friedensverhandlungen nur ohne Hitler geben würde. *Den Kriegszielen unserer Gegner mangelt es an innerem Gehalt. Sie haben bis jetzt keinen fruchtbaren Gedanken für die Neuordnung der Welt hervorgebracht. Das Feld hierfür ist frei und uns noch überlassen. Einig sind unsere Gegner nur im Willen, Deutschland zu vernichten. Unter keinen Umständen dürfen wir militärisch erlahmen, wenn uns unsere Zukunft lieb und unsere Heimat teuer ist.*

Das war Mitte Dezember 1942. Da ging die 6. Armee gerade im Kessel von Stalingrad unter, und Richard wurde an die Ostfront zurückversetzt. Manchmal kam überraschend eine kurze, rauschende Telefonverbindung mit dem Vater zustande, keine zweihundert Meter von den sowjetischen Gräben entfernt.

Ob der Vater wirklich noch während des Krieges eine Beseitigung Hitlers verfolgt hat – wahrscheinlich weiß es Richard letztlich nicht. Wahrscheinlich will er es gar nicht so genau wissen. Wie auch, wenn es nicht einmal dem Vater immer gut gelingt. Der schreibt, seine Eigenart des Widerstands dürfe nicht mit der des 20. Juli vermischt werden. *Mit mehr Herz und vielleicht mehr Fanatismus hätte ich es auf eine persönliche Katastrophe ankommen lassen, ja, sie im richtigen Moment bewußt hervorrufen müssen. Ich scheue darum die Fortsetzung einer Märtyrerrolle, die meinem Gewissen nicht entspricht.* Dann wieder notiert er, die Gestapo habe ihn nach dem 20. Juli ins Visier genommen wegen seiner regelmäßigen Kontakte zu Leuten wie Hans von Dohnanyi, nur sei er da in Rom schon nicht mehr für sie greifbar gewesen. Aber hätte die Gestapo in solchem Fall nicht den greifbaren Teil der Familie sofort in Sippenhaft genommen? Und stand der Vater mit Männern wie Dohnanyi oder Haeften nicht schon von Amts wegen in Verbindung, ebenso wie zu hundert anderen, die dafür glühende Nazis waren? Es kam kein Rückrufbefehl, keine Maßregelung. Carl Friedrich lehrte weiter unbehelligt an der Reichsuniversität

Straßburg. In Rom skizzierte der Vater Szenarien, wie er die verstreuten Leitfäden eines neuen Komplotts zusammenführen und mit den Alliierten verbinden könnte. Vielleicht beruhigte er sein Gewissen mit der Gewissheit, dass ein Umsturz unumgänglich wäre und er ihn für sich befürwortete, als wäre der letzte Widerstand eine Frage der Innerlichkeit, nach außen erkennbar nur im kultivierten Auftreten, in Stil und Wortwahl.

Als Kempner den Vater einmal fragte, wie er diese *Mordsachen* bloß mitzeichnen konnte, hat er geantwortet: Ich bezeichne sie so nicht. Statt von Ermordung der Juden sprach er von *Eingriff in ihr Leben.*

7

Es muss Frühling sein, denn ein frischer, erdiger Geruch nach Obstblüten mischt sich in die filzige Luft des Saals, vielleicht von der Pegnitz her, und gelblicher Blütenstaub tanzt in den Lichtstreifen, die durch die halb heruntergelassenen Jalousielamellen fallen. Weil draußen die Fürther Straße für die Urteilstage gesperrt ist, dringt auch einzelnes Lachen und Rufen von wartenden Besuchern in der Schlange deutlich herein und sogar das kräftige Aufsetzen der Kolben, als die Wachsoldaten bei der Ablösung vor dem Palast ihre Gewehre präsentieren. Gleichzeitig rastet auf der Kamera eine neue Filmrolle ein, und der Kameramann klemmt ein Auge gegen die Muschel, zieht mit einer Hand am Schärfering, mit der anderen den Schwenkarm heran, bis die Anklagevertreter langsam ins Bild kommen, siegessicher zurückgelehnt, Kempner hat einen Arm über die Lehne seines Nachbarn gelegt und klopft sich mit einem zusammengerollten Papier rhythmisch auf den Oberschenkel, in den Reihen der Verteidigung hantiert ein Anwalt am Gesteck der Kopfhörer herum, das sich mit einem Brillenbügel verhakt hat. Andere blicken mit gesenktem Kopf nach unten, die Stirn auf die Hände gestützt, weniger in Demut als um ihnen etwas zum Halten zu geben – wohin mit den Händen, wenn alles notiert, alles aufgezeigt ist. Sobald Kopfhörer abgenommen werden, fahren Handflächen über verrutschte Scheitel, einer riecht an seinen Fingern, muss Schubert sein, der sich jetzt strafft und den Kopf etwas schief legt zu einer aufmerksamen Pose, weil die Scheinwerfer wieder eingeschaltet werden. Mit lautem Knacken verflacht der Raum zu einer grellen Ebene, erbleichen Gesichter, Köpfe wenden sich ab, während sie Schattenrisse auf die Seitenwand werfen und Zuschauer auf ihren Klappsesseln wippen, die Sitze wurden aus einem Filmtheater in Ansbach geholt. Auf den Lederlehnen der Richter ziehen sich die glänzenden Reflexionen zu immer kleiner und schwächer werdenden Lichtflecken zusammen, wenn die Scheinwerfer wieder ausgehen und noch eine Weile vereinzelt nachknacken, taucht der Saal ab in schlagartige Dämmerung, bis die Augen sich angepasst haben, nur die Kragen der Wachmänner an der Tür strahlen weiß hervor, die Blätter, von denen Richter Christianson abliest, und die Stundenstriche der Uhr – ihre Zeiger stehen auf 9.41 Uhr, und Christianson sagt, sich auf den Unterschied zwischen Sein und Schein zu berufen, zu behaupten, dass man Lippendienst geleistet, jedoch insgeheim Sabotage betrieben habe, dass man Ja gesagt und Nein gemeint habe, eine solche Verteidigung stehe auch dem größten Verbrecher zu Gebote, die Zeiger stehen auf 10.05 Uhr, und er sagt, die übermäßige Vorsicht jedoch, die der Angeklagte Weizsäcker im Kreuzverhör an den Tag gelegt hat, und seine Behauptung, er könne sich an wichtige Vorkommnisse nicht erinnern, sowie sein ständiges Bestehen auf Vorlage einschlägiger Dokumente vor Abgabe einer Aussage, all das war nicht dazu angetan, den Eindruck von Freimütigkeit und Aufrichtigkeit zu erwecken – so sagt es nicht der Richter, sondern der Dolmetscher im Kopfhörer, mit nasaler Stimme, vielleicht hat er Heuschnupfen und verschluckt deshalb das Ende des Satzes, muss Hildesheimer sein, der da hinter leicht beschlagener Kabinenscheibe verschwimmt und sich das schwarze Brillengestell höher schiebt, mit demselben Finger dann eilig ein vor ihm aufgeschlagenes Glossar hinunterfährt, während Christianson am

Richtertisch etwas vom Mikrofon abrückt, damit der Ton aus den Lautsprechern nicht dumpf ausschlägt.

Richard kommt der Saal so groß vor wie seit Beginn des Prozesses vor eineinhalb Jahren nicht mehr. Als wachse er mit der Menge an Menschen in ihm, und die Dichte aus unterschiedlichen Wahrnehmungen des scheinbar gleichen Erlebens würde den Raum noch mehr ausdehnen, je stärker der Druck mit jedem vorgetragenen Absatz des Urteils steigt. Inmitten der unruhigen Enge herrscht auf den Tischen, um die man sich drängt, ungewohnte Leere. Keine Akten liegen mehr darauf, kaum Blätter, die man bekritzeln könnte, bündeln, in Mappen verstauen, im Büro vielleicht zerknüllen. Niemand hat mehr verdeckte Karten auf der Hand, überraschende Dokumente, die oft mit der Schrift nach unten die Tische bedeckten. Weil kaum noch geraschelt wird, hört Richard plötzlich Geräusche, die er in der langen Zeit bisher nicht wahrgenommen hat. Das leise Rauschen seiner Robe, sobald er die Sitzposition wechselt, oder das vorsichtige Öffnen und schnelle Wiederschließen der Saaltür, wenn sich jemand im Raum geirrt hat, unvorstellbar, dass dies heute für jemanden der falsche Raum sein könnte, und vermutlich weil Richard weiß, dass er all das hier so zum letzten Mal sieht, sieht er es wieder bewusst, fallen ihm Kabel auf, die sich als flache Wurzeln zwischen den Tischen winden, Stolperfallen, oder die Türrahmen aus dunkelgrün geschecktem Marmor und die Kartuschen darüber, mit Waagschalen verziert, genau im Lot, oder die Paneele in der Holzvertäfelung – wie Umrisse nie wirklich gewordener Türen: zu anderen Möglichkeiten. Richard überlegt, ob sie auch sicher alles probiert haben, ob alles gesagt, alles gefragt wurde. Gegen die Order des Gerichtshofes, keine weiteren Zeugen mehr zuzulassen, hat Hellmut vehement protestiert, es gefährde seine gesamte Strategie! Aber Richard ist sich da nicht so sicher. Nach über

300 Zeugen, mehr als 9000 Dokumenten, 39 000 Seiten Beweismaterial. Das Gericht hat ein Urteil von fast 800 Seiten angekündigt. Angeblich nehmen die gesamten Akten 50 Regalmeter ein.

Vom vereinsamten Sprecherpult baumeln Kopfhörer herab, am Zeugenstand weist ein Mikrofon auf den unbesetzten Platz. Nur die stummen Formen sind jetzt noch übrig, abgenutzt und leer, wie viele von ihnen hier im Parkett. So erschöpft. Die amerikanische Fahne hinter den Richtern hängt schlaff herunter, und an den Säumen der Vorhänge ziehen Bleigewichte gerade Kanten in den Stoff. Der Faltenwurf von Christiansons Richterrobe betont die Glätte seines Gesichts. Oft hebt er länger den Blick zur Anklagebank und richtet ganze Passagen wie an bestimmte Augenpaare, dann wieder hält er inne, scheint zu zögern oder den Faden zu suchen, als stünde nicht alles ausformuliert vor ihm und er müsste es bloß ablesen. Nur selten wird seine Stimme lauter oder gestikuliert er und tippt mit dem Zeigefinger im Takt eines entscheidenden Satzes aufs Papier, um ihn zu bekräftigen.

Links neben Hellmut sitzt Elisabeth Gombel. Sie hat Richard erzählt, dass sie nach Ende des Verfahrens in die Industrie wechseln will, Prozesse mit Menschen regen sie zu sehr auf. Dabei hat sie Bohle sehr geschickt verteidigt. Im Grunde hat sein Geständnis nur bestätigt, was ohnehin offensichtlich war: seine Zugehörigkeit zu SS und Führerkorps bei Kenntnis ihrer Taten. Doch entscheidender wird sein, dass er der Einzige ist, der in einem Nürnberger Prozess je ein Schuldbekenntnis abgelegt hat. Der einzige von 199 Angeklagten. Seidl will gehört haben, dass Elisabeth ihm für den Fall eines Freispruchs schon ein Zimmer auf Sylt zur Erholungskur reserviert hat.

Mit beiläufigem Kopfschütteln und zusammengepressten Lippen kommentiert sie gelegentlich, was sie durch die Kopfhörer vernimmt, während hinter ihr Fröschmann immer wieder verächtlich auflacht oder in den Reihen der Ankläger jemand zustimmend nickt, so als hörte hier jeder eine andere, nur auf ihn gemünzte Geschichte. Der kaum noch einer folgen kann. So erschöpft. Jede Bewegung gebremst, die Ausführungen des Richters uferlos. Würde Christanson doch einfach bloß die Urteilssprüche verkünden. Dann wäre es endlich vorbei, und die Erleichterung könnte sich entfalten, die sich schon jetzt in die Mattheit mischt. Alle hier müssen sie empfinden – alle außer Richard. Inmitten des brechend vollen Saals fühlt er sich manchmal vollkommen allein. Einmal beobachtet er einen flüchtigen Blickwechsel zwischen Elisabeth und einer der Anklägerinnen, Dorothea Minskoff, und wie beide über drei Reihen hinweg ein Lächeln andeuten, bevor sie sich wieder abwenden, wie kann das sein. Die Verbundenheit von Gegnern nach dem Kampf? Am vergangenen Wochenende haben sich einige aus allen Lagern bei einem Klavierabend mit Arthur Reiss getroffen, hinterher noch ins Lokal zum Abschied auf neutralem Grund, mit Mosel anstoßen, als teilte man außerhalb des Palastes, was einen im Inneren trennt, und der Ausgang des Prozesses bedeutete nicht die Welt, sondern führte in eine gemeinsame zurück. Richard hielt sich fern. Warum vermutet er Erleichterung bei den anderen, wenn er sie selbst nicht empfindet, überlegt er vielleicht, oder empfindet er sie doch und überträgt sie nur den anderen stellvertretend, weil er weiß, dass es für ihn nie vorbei sein kann, er kein Leben nach dem Urteil, sondern eines mit dem Urteil führen wird, mit einer Last auf den Schultern, die ihn umschlungen hält, den dritten Sohn, aber vielleicht wird sie ihm nichts wiegen, weil er mit dem Vater, den er glaubte retten zu müssen, in Wahrheit die ganze Zeit gerungen hat und erst jetzt merkt, dass es nur einer winzigen Drehung bedürfte, um ihn abzuwerfen, und weil er es könnte, muss er es nicht mehr, ein Satz des Vaters: Alles was Ihr müsst, dürft Ihr.

Die Zeiger stehen auf 10.06 Uhr, und Christianson sagt, es sei unverständlich, dass der Vater bei seinen ersten Vernehmungen keinen Hinweis auf seinen Widerstand und seine ablehnende Haltung gegenüber dem Naziregime gegeben habe, er sagt: Wir wissen wohl, dass die Bedingungen, unter denen ein Mensch in einer freien und demokratischen Gesellschaft lebt, im Dritten Reich nicht gegeben waren und dass einer, der gegen den Diktator arbeitete, seine Gedanken nicht offen zur Schau tragen durfte. Aber wir weisen die Auffassung zurück, dass eine gute Absicht eine strafbare Handlung rechtfertigt und dass jemand schwere Verbrechen begehen darf, wenn er dadurch andere zu verhindern hofft, oder dass ein wohlwollendes Verhalten gegenüber Einzelpersonen Deckmantel sei für die Teilnahme an Verbrechen gegen eine anonyme Masse.

Während die drei Richter mit synchronen Armbewegungen die Seiten umschlagen, verlagert Lammers aufwendig sein Gewicht, als Einziger auf der Anklagebank hat er seinen Mantel angelassen, und Bohle rückt von dem Geschiebe etwas ab, lächelt ziellos Richtung Tribüne. Das mache er jetzt dauernd, sagt der Vater, seit eine amerikanische Zeitung ihn mit Errol Flynn verglichen hat. Hinter ihm hat Meissner eine Sonnenbrille aufgesetzt, um seine empfindlichen Augen gegen die Scheinwerfer zu schützen, Keppler kaut entschlossen Kaugummi. Berger blickt immer wieder hoch in eine Ferne außerhalb des Saals, als warte er auf Unterstützung aus der Luft. Noch stärker als am Anfang des Prozesses scheinen die Angeklagten nur mehr für sich zu sein, jeder allein, mit den anderen verbunden bloß durch die Sperrbande, die sie umgibt.

Der Vater stützt seine Stirn auf die linke Hand, schirmt die Augen ab, seitliche Sitzhaltung, Beine übergeschlagen, wie jemand, der sich auf einer harten Bank einzurichten weiß. Nur nicht zu nonchalant auftreten, hat Hellmut ihm noch eingetrichtert, Fotografen werden da sein, Filmleute, die sollen Ihre Überlegenheit sehen, keine Überheblichkeit. Richard ist diese leicht zusammengefaltete Haltung des Vaters seit Kindertagen vertraut, so saß er sonntags in der Kirche, der vorgesunkene Kopf und das zum gestauchten Hals fliehende Kinn, die schlaksigen Glieder ineinandergewinkelt, und er weiß, dass die entspannte Konzentration, die ihre Statik hält, nicht nach außen, sondern ganz ins Innere gerichtet ist: Der Vater hat endlich losgelassen. Gestern am Gitter hat er gesagt, fast schäme er sich für seine Ruhe und wie er sich freue, dass das Urteil in die Karwoche falle. Das lenke die Gedanken ganz von selbst in eine gute Richtung. Vor seinem Zellenfenster haben die Birnen begonnen zu blühen, von überall fühlt er sich beschenkt, beschützt. Selbst ein demütigendes Verdikt würde ja nur den treffen, der es verkündet. Aber er ist zuversichtlich. Beim Hofgang hat er gehört, die Anklage sei in Panik, er könnte zu gut davonkommen.

Freiheit oder Tod, und ein weites Niemandsland dazwischen. Alles spricht dafür, dass der Vater es auch diesmal beziehen wird. Dass die Richter abwägen und einen Kompromiss suchen. Der Vorsitzende Christianson war im Ersten Weltkrieg bei der Navy, der Vater glaubt, dass er ihn verstehen könnte. Mit Hellmut hat er um eine Flasche Schwalbenwinkel gewettet. Hellmut sagt zwei Jahre, der Vater fünf: Schon das zu beklagen wäre in seinem Alter erbärmlich und auf weniger zu hoffen gegen jede christliche Selbstlosigkeit. Er will lieber an all die schwereren Schicksale denken und dass die diesseitige Gnade vielleicht gerade in der Gefangenschaft liegt. Denn wenn andere ihn im Käfig studieren und etwas lernen über den Preis des Kampfes für die wahre Pflicht, dann werde sein Wunsch, mit dem er jeden Morgen durch den Tiergarten zum Amt ging, er möge nur irgendetwas am entstandenen Unglück wieder gutmachen können, möglicherweise doch noch erfüllt.

Richard hatte zuletzt ebenfalls den Eindruck, dass der Wind günstig für sie steht, in eine mildere Richtung weht, von Vergeltung nach Vergebung. Den Amerikanern und Engländern drohen neue Fronten, da gilt es Deutschland zu schonen, versöhnlich einzubinden, gegen Stalin wird man es bald brauchen, am besten in Waffen, hat der Vater das nicht schon lange gesagt? Wenn Deutschland verloren ist, ist Europa verloren. Im Kongress wird bereits gefordert, alle bisherigen Nürnberger Urteile überprüfen zu lassen, und Kempner schäumt: Opportunismus! Auch er ahnt natürlich, dass hier niemand mehr zum Strang verurteilt wird.

Ausgeschlossen ist es aber eben nicht. Es bleibt eine Möglichkeit, die, so gering sie sein mag, durch die Übermacht ihrer Folgen zu einer dunkel grollenden Bedrohung ausgewachsen ist, als hätte gerade das Glück, das ihre Verteidigung bisher hatte, sie heraufbeschworen. Richard überlegt, ob es sein kann, dass er mehr noch als das Urteil den Moment fürchtet, in dem es ausgesprochen und er abgleiten könnte, bevor die Haltung, die er mit seinem Namen angenommen hat, ihn wieder ergreifen kann, die stoische Ruhe, die ernste Gefasstheit, immer die Form wahren, Richard, die Form trägt dich durch. In dieser schmalen Spanne, bis er die Kontrolle über sich zurückhätte, würde kein Stil, kein übernommenes Gebaren ihn beherrschen, sondern für eine Sekunde vielleicht die Überzeugung, es müsse gar nicht unbedingt wahr sein und er könnte, wenn er es nur stark genug wollte, noch einmal zurück und alles ungeschehen machen.

Wahrscheinlich folgt Richard an diesem entscheidenden Tag aber eher konzentriert jedem Satz des Richters, der seinen

Oberkörper beim Sprechen leicht vor und zurück wiegt und gerade sagt, der militärische Einfall in Böhmen und Mähren habe seinen Ursprung nicht beim Angeklagten Weizsäcker gehabt, doch seine Einstellung befreie ihn nicht von der strafrechtlichen Verantwortung, wenn er trotz seiner inneren Missbilligung als Mittäter oder Gehilfe teilgenommen habe, Christianson sagt: Der Angeklagte hat die internationalen Garantieverpflichtungen für die Resttschechei verleugnet und die Nötigung von Staatspräsident Hacha gedeckt. Er war nicht nur Zuschauer, sondern arbeitete positiv mit. Wir erkennen an, dass Weizsäcker nicht der Urheber dieser Invasion war und keinen maßgebenden Anteil an ihr hatte, stellen jedoch fest, dass seine Beteiligung greifbare Formen angenommen hat und eine notwendige Voraussetzung für die Durchführung des Programms war. Wir müssen ihn daher für den Einfall in der Tschechoslowakei im Sinne des Anklagepunktes 1 schuldig sprechen.

Tuscheln im Zuschauerraum, Hellmut sieht kurz zu Richard herüber, zieht die Stirn in Falten und lehnt sich wieder aufrechter zurück, brummt leise etwas von Revision. Das raunende Murmeln verebbt, als Christianson innehält und streng aufblickt, sein Richterhammer in Greifnähe. Dem Vater muss sich Richard nicht zuwenden, er weiß auch so, dass er seinen Blick nicht finden würde, dass der Vater regungslos in sich versunken lauscht, wenn überhaupt. *Meine Person, mein Ich unberührt.* Endlich darf er schweigen. Nach seinem Schlusswort am letzten Verhandlungstag hat er sich vorgenommen, das Gericht mit keiner Silbe, keinem unnötigen Blick mehr zu würdigen, und auch jene letzten öffentlichen Sätze, stehend in der Anklagebank gesprochen, in ein Mikrofon, das Steengracht neben ihm an einer Stange für ihn hielt, klangen schon fast unbeteiligt, verwaschen von einem Notizzettel abgelesen, wie ein gestrandeter Walfisch fühle er sich inzwischen, hat der Vater am

Gitter gesagt, zu müde, um sich noch einmal ins Wasser zurückschieben zu lassen.

Nicht mehr derselbe Mann, nicht für Richard. Gerade weil der Vater sich so wenig gewandelt hat. Noch immer sagt er, dass er die Entscheidung heute wieder so fällen müsste. *Eine Grenze gibt es, jenseits deren auch der gute Wille die Tat nicht rechtfertigt. Sie liegt da, wo der Eingriff bewusst Menschenleben opfern würde. Ich weiß, dass ich diese Grenze nicht überschritten habe.* Noch immer zitiert er am liebsten Schiller, liest am Abend aber dicke Seeromane, derzeit einen von Forester, und macht zum Einschlafen im Geiste Segelmanöver. Noch immer nennt er Richard manchmal Heinrich. Ein Versprecher, ein Versprechen, das Richard nicht einlösen kann. In Vielem versteht er den Vater nach wie vor nicht mehr als zu Beginn des Verfahrens. Doch vielleicht ist das auch nicht nötig, vielleicht ist er ihm eben dadurch erst vertraut geworden, sein Wesen umso mehr, als seine Taten ihn befremden. Weil völliges Verstehen die Distanz nicht verringert, sondern vergrößert. Als der Vater in seinem Schlusswort sagte, er denke an alle Menschen, die in den Wirren der Zeit guten Willens waren, und dass in ihnen die Möglichkeit des Friedens liege, nicht in der Macht oder Politik, da hat etwas in Richard sich angesprochen gefühlt, als könnte der Vater auch jetzt noch nur über Bande mit ihm reden, und er dachte, denkt jetzt wieder, vielleicht sind wir dafür eine Familie. Die nie ganz entwirrt werden kann, das hält sie zusammen. Wo man niemanden retten oder verdammen muss, um ihn zu meinen. Den Prozess haben sie verloren, aber einen Vater hat er gewonnen – und wie um ein Abrutschen aufzufangen, hat er sofort Carl Friedrich im Ohr, wie er ihn verspottet, nu sing nicht gleich ne Arie drüber, und den Satz des Vaters, wenn einer von ihnen als Kind mal weinte: Das bedarf keiner Sentimentalität.

Auf dem ersten Platz vor dem Schalterbord der Tonmänner sitzt Stuckarts Verteidiger Zwehl. Richard sieht, wie er aufschreckt, nach vorne fährt, als einer der Techniker hinter ihm einen Schalter an der Kofferkonsole mit metallischem Schnalzen umlegt. Wie davon aufgeladen bleibt die Robe an der Lehne haften und spannt seinen Rücken zu einem Buckel auf. Erschrocken wirkte Zwehl sonst eigentlich nicht. Noch in seinem Schlussplädoyer hat er gewütet, wenn die Strafbestimmungen gegen die Angeklagten hier rechtens wären, müssten sie umgekehrt auch auf die Vertreibung von über zehn Millionen Deutschen angewendet werden – eine Ausplünderung gigantischen Ausmaßes, der rücksichtsloseste Akt des Imperialismus seit dem Fall von Karthago. Da war Hellmut deutlich geschickter, beherrschter. Schlagende Vergleiche will er sich als Trümpfe für eine mögliche Revision aufsparen: dass die Amerikaner doch ihrerseits hunderttausend japanische Bürger deportiert und in Lager geworfen hätten, nicht anders als das, wofür der Vater nun verantwortlich gemacht wurde, und hatten sie nicht wie er abwägen und dem höheren Friedensziel tragische Opfer bringen müssen, als sie die Atombomben über Hiroshima und Nagasaki abwarfen.

Carl Friedrich hat Richard erzählt, am ersten Abend der französischen Julirevolution habe man in Paris einst auf die Turmuhren geschossen. Alles sollte neu bei null anfangen. Und dass hier im Palast während des Bombenangriffs im letzten Kriegsjahr auch der Uhrenturm eingestürzt sei, auf dessen Spitze eine bronzene Justitia saß. Der Turm riss Deckenteile der Obergeschosse mit hinab in den Innenhof, Justizangestellte trugen bei Nacht Holztrümmer zum Heizen in ihre Wohnungen. Die Sondergerichte tagten trotzdem noch ein paar Monate weiter. Richard glaubt nicht an einen plötzlichen Neubeginn aus dem Nichts. Ebenso wenig an Reeducation, Kempners Erziehungseifer. Was irdisch ist, stammt irgendwoher, trägt eine Schleppe hinter sich. Kein Licht ohne Schatten, sagt Carl Friedrich. Alles, was das Licht uns zeigt, benötigt einen winzigen Augenblick, um das Auge zu erreichen – so sehen wir im Grunde die ganze Zeit auch in die Vergangenheit, die sich nicht hinter der Gegenwart erstreckt, sondern sie umgibt. Wenn Richard überlegt, dass wahrscheinlich genau in diesem Augenblick in Tempelhof ein Rosinenbomber mit Kohlen und Kartoffeln im Frachtraum landet und Kinder tagsüber jenen Flugzeugen zuwinken, vor deren Feuerladung sie nachts noch in Alpträumen hochschrecken, oder dass auch er die Alliierten anfangs am liebsten aus diesem Palast gejagt hätte, damit nicht Sieger über Unterlegene richteten, und nun selbst einen Platz in ihm hat, dann scheint ihm das Eine im Anderen schon immer mit angelegt gewesen zu sein, wie die verschiedenen optischen Eindrücke einer Holografie.

Manchmal kommt es Richard vor, als bestünde seine ganze Aufgabe darin, die Sehschwäche des Vaters auszugleichen, die dieser wiederum nur umso schärfer überall sonst zu erkennen glaubt. In Hitlers kurzsichtiger Kriegseinschätzung, in Ribbentrops fehlendem Augenmaß nach Pearl Harbour; bei den Wunschträumen des Volkes von immer weiteren Siegen, dem blinden Vernichtungswillen der Alliierten. Aber Richard schafft es einfach nicht, die Wörter in die richtige Reihenfolge zu bringen, zu sehr verschwimmen vor ihm die Buchstaben. Vielleicht kann er nur versuchen, sie behutsam zu setzen, ihnen eine eigene Bedeutung zu geben, die ihm angemessen erscheint, angemessen falsch. Doch was wäre dafür der Maßstab? Die Qualen auf allen Seiten? Oder müsste er, damit so nicht nur ein entlastender Vergleich daraus wird, eine Gleichung mit Millionen Unbekannten, müsste er dafür nicht bei sich selbst anfangen, weil sich solches Leid nicht durch die eigene oder nachwachsende Unschuld bewältigen lässt, müsste er nicht dort anfangen, wo ihm ebenfalls ein blinder Fleck eingeschrieben ist mit all den Sätzen und Gedanken des Vaters oder jener Selbstvergewisserung durch das eigene Gewissen, die sich nach Freispruch sehnt und auch jetzt in Richard vor sich geht, wie kann er die Schuld des Vaters schultern, ohne sich von ihr überwältigen zu lassen, und aus ihrer Verfangenheit etwas herauslösen, das nicht nur sie betrifft, sondern im Teilen mit anderen Verantwortung sucht, vielleicht die Erkenntnis, dass im Gebundensein überhaupt erst die Möglichkeit zur Befreiung liegt, oder würde das bedeuten, das Schicksal derart vieler zu einer Familienangelegenheit zu schmälern, oder ist es viel einfacher, und alles, was der Vater will, ist, dass Richard ihm vergibt.

Er verliert sich wieder.

Der Richter sagt jetzt, attention please, und der Dolmetscher übersetzt, Ruhe bitte … Meine Kollegen und ich halten es für erwiesen, dass der Angeklagte den Krieg gegen Polen nicht nur nicht geplant, vorbereitet, begonnen oder durch seine Teilnahme gefördert, sondern vielmehr jedes ihm zu Gebote stehende Mittel benutzt hat, um die Katastrophe zu vermeiden. Weizsäcker war nicht Herr der Lage. Er hatte keine entscheidende Stimme. Er hat aber trotzdem nicht die Hände in den Schoß gelegt und stumpf die Befehle Hitlers oder Ribbentrops befolgt. Er hat versucht, das Unglück abzuwenden. Soweit dem Angeklagten Weizsäcker die Beteiligung am Krieg gegen Polen zur Last gelegt wird, ist er daher nicht schuldig und sein Gewissen zu Recht rein.

Die Sätze fliegen Richard nur an wie eine kurze, präzise Erinnerung, dann könnte er sich fragen, was das eigentlich sein soll, Gewissen. Ein Ort wie dieser Gerichtssaal? So hat es Kempner einmal genannt. Oder eine Freiheit, die die Pflicht zur Erforschung nach sich zieht? So steht es seit ein paar Monaten in der Menschenrechtserklärung der Vereinten Nationen. Was aber, wenn es nicht an gewissenhafter Eigenprüfung mangelt, sondern an Urteilsmacht, wenn sich aus dem inneren Prozess kein selbstbestimmteres Handeln ergibt, schon weil nur der Glaube einen begnadigen kann, nicht Reue oder Zuspruch oder gute Taten, und was, wenn Richard deshalb den Vater gar nicht rechtfertigen muss, wenn er tatsächlich eine freie Advokatur bekleidet, unabhängig auch von der Familie, seine Standesehre nicht mehr ihre, sondern die des Anwalts, Schutzpflicht für den Mandanten Weizsäcker, keine Trauerpflicht für den Vater, *ich habe niemals etwas mitgemacht, was mein Gewissen belasten würde* – und Richter Christianson sagt, dass man die damalige Geistesverfassung des Angeklagten nicht vergessen dürfe, der im Drange der Ereignisse stand, auf den das ungeheure Geschehen mit verwirrender Wucht einstürmte und der vor dem Widerstreit seiner Gefühle und von angeborener Vaterlandsliebe heftig bewegt war, er sagt: Unter solchen Umständen mochte sogar ein beherzter Mann zeitweise den Mut sinken lassen und sich, von der Nutzlosigkeit seines Strebens überzeugt, einer müden Resignation hingeben. Dass Weizsäcker sich dennoch wieder aufgerafft und aktiv an der Widerstandsbewegung gegen Hitler teilgenommen hat, steht für uns fest. Die Anklagebehörde macht geltend, Weizsäcker sei schon strafbar wegen seines Zugeständnisses, dass er die Niederlage seines Vaterlandes nicht gewollt habe. Die Antwort darauf muss lauten: Welcher Mensch will denn die Niederlage seines Vaterlandes und den Tod seiner Jugend?

Richard hört und versteht, was der Richter sagt, ohne dass es eine bleibende Spur in ihm hinterlässt. Wie am Anfang, als er die Anklageschrift zum ersten Mal las, fragt er sich, ob er nicht bewegter sein müsste, befriedigt nun von den Freisprüchen, bestätigt von den Begründungen, die teils bis in den Wortlaut hinein ihre Schriftsätze nachsprechen. Doch sie erreichen ihn jetzt nur, um sich sogleich zu entfernen. Sosehr Christianson das Vaterland betont, Richard kann es kaum noch erkennen. Wie ein fortdriftendes, hinter Wellengang manchmal ganz verschwindendes Ufer, und Richard denkt an den Tag in Tirol, als der Vater ihn auf dem Möserer See aus ihrem Boot ins Wasser stieß, schwimm an Land, Richard, sonst holen dich die Ungeheuer, und wie er unter Wasser in eine dichte Leere sank, über ihm sich die Wasseroberfläche wieder schloss, wo sich hinter sprudelnden Luftblasen und dem Bündel einfallender Sonnenstrahlen die Kante ihres Ruderboots abzeichnete, darüber die herabgebeugte Gestalt seines Vaters, von zerfließenden Lichtkreisen und Wirbeln verwellt.

Wahrscheinlich eine falsche Erinnerung. Nachträglich geformt und dem Nichts eingepasst, das die Sekunden der Todesangst umgab, derart fest von ihr versiegelt, dass nichts anderes daneben bestehen bleiben konnte. So wie Schwarze Löcher im Weltraum alles um sich verschlingen und nie wieder entlassen, was ihnen jemals zu nahe kommt, sogar das Licht, sogar die Zeit. Carl Friedrich hat einmal gesagt, geriete jemand in den Sog eines Schwarzen Lochs, würde er sich wegen der absoluten Gravitation auf seinem Sturzflug ins Nichts gewissermaßen in der Zeit zurückbewegen, auf alles zu, was zuvor schon hineingefallen wäre, während hinter ihm, sich immer weiter entfernend, die Zukunft läge. Einen dunklen Ikarus nannte Carl Friedrich diesen Jemand, aber Richard scheint es jetzt einfach, es ist Angst. Vielleicht gibt es deshalb so viele Lücken, wenn er an den Krieg denkt. Zwischen einzelnen Bildern, die sie stellvertretend zu füllen versuchen, indem sie überscharf hervortreten. Das nur für Sekundenbruchteile sichtbare Mündungsfeuer feindlicher, in Baumkronen festgeschnallter Schützen. Die angewärmten Ziegelsteine zwischen verschnürten Verwundeten auf den Panje-Karren hinter der Front. Als hätte er kaum etwas erlebt, sondern nur überlebt. Und vielleicht weil er nun wieder Angst hat, Angst um den Vater, wirkt das, was Christianson in seinem Urteil über ihn sagt und die Zeitungen dieser Tage über ihn schreiben, auf Richard gleichfalls mehr wie unverlässliche Erinnerungen, wie Zerrbilder von jemandem, den sie mal als Eckstein der deutschen Widerstandsbewegung bezeichnen, mal als des Teufels Staatssekretär.

Anders als früher glaubt Richard heute den Vater und den Amtsträger gleichen Namens übereinbringen zu können, den einen sogar aus dem anderen heraus besser zu begreifen. Doch gerade deshalb vermutlich nimmt er, was jetzt über ihn berichtet wird, wie aus neuerlicher Distanz wahr, gerade wegen ihrer Vertrautheit, so wie die alltäglichsten Dinge einem plötzlich fremd vorkommen können, sieht man sie zu lange an. Als wäre all das hier bereits vorbei, noch während sie im Saal sitzen. Die Zeitungsartikel mehr Quellenmaterial denn Nachrichten, selbst wenn sie ganze Abschnitte ihrer Verteidigungsreden zitieren, ja öffentlich plädieren. Immer noch schneidet Hellmut sie morgens aus, um sie in ihrem Büroraum aufzuhängen. Über fehlenden Rückenwind können sie sich nicht beklagen. Die Frankfurter Neue Presse hat geschrieben, es sei abschließend anzunehmen, dass nur Hitlers allernächste Vertraute in seine grausamen Pläne eingeweiht waren, und für die Hamburger Allgemeine war der Vater ohnehin nie Nationalsozialist. Er habe sein Vaterland aber auch nicht im Stich gelassen. Den Morden entgegenzutreten hätte bloß die Anzahl der Insassen in den Konzentrationslagern vermehrt.

Alles schwindelt. Richard will nicht mehr darüber nachdenken. Sogar Sätze, die er mit entworfen hat, versperren sich ihm wie schale Formeln. In einem Artikel des *Spiegel* taucht er auch selbst einmal auf. Der *Adlatus von Anwalt Hellmut Becker* wird er darin genannt, der Beihelfer. Und *Sohn des Angeklagten.* Irritiert hat er es mit dem Eindruck eines umgedrehten Déjà-vu gelesen, wissend, dass es wirklich war und Gegenwart, doch begleitet von dem kurzen Gefühl der Entrückung und des merkwürdig Stimmigen daran, von sich in dritter Person zu lesen. Der dritte Sohn.

Länger betrachtete Richard die zu dem Artikel abgedruckte Fotografie. Darauf stützt sich ein vornehmer älterer Mann sitzend auf eine Holzbarriere und sieht lächelnd zu einem jüngeren auf, der in Anwaltsrobe vor ihm steht und den Kopf ein wenig gesenkt hält, die Augen geschlossen, wie etwas verlegen, als wüsste er nicht, ob er dem anderen die Hand reichen soll, und weil auch der zögere, zu ihm aufzustehen, würden sie sich einen Moment lang winden in angedeuteten, wieder zurückweichenden Bewegungen. Aus ihrer Haltung, ihren Blicken versuchte Richard zu lesen, was in ihnen lag, Erwartung oder Stolz, Fürsorge oder Zweifel, und ob der Abstand zwischen ihnen Nähe anzeigte oder Distanz oder ob sich in ihm statt ihrer etwas kurz berührte – das, woher sie kamen, und das, wohin sie gingen, und er wartete darauf, dass sich eine Erinnerung in ihm einstellte. Unmöglich konnte ein Fotograf sie in diesem persönlichen Moment überrascht haben und sein Zeugnis nun alles sein, was davon blieb. Als Richard sich auf den Hintergrund des Bildes konzentrierte, auf die Schraffur einer Marmortür und wiederum dahinter verlaufende Kabelstränge entlang der Flurwände, verschwammen der Vater und er und schienen leicht zu verrücken. Doch gleich darauf erstarrten sie wieder, ohne dass er darauf kam, was sie in diesem Augenblick zueinander gesagt hatten, und schließlich stellte er sich einfach vor, sie hätten sich dort im Gerichtssaal schon über die spätere Bildunterschrift amüsiert, auf die Richard aus dem Foto herabschielt und deshalb den Vater nicht ansieht: *Weizsäcker jun. hilft Weizsäcker sen. zur Freiheit: Open the door, Richard!* Eine Anspielung auf den Schlager, der wohl auch in den Redaktionen derzeit viel im Radio läuft.

Richard verliert sich wieder – da klopft Richter Powers mit der Unterkante des schon verlesenen Blätterstapels auf den Tisch, um sie zu glätten, und Christianson neben ihm sagt, sie glaubten Weizsäcker die Beweggründe, im Amt geblieben zu sein. Aber dieser mildernde Umstand bringe die Anklage wegen Kriegsverbrechen oder Verbrechen gegen die Menschlichkeit nicht zum Scheitern. Man dürfe die Begehung eines Mordes nicht gutheißen oder dabei mitwirken, weil man hofft, auf diese Weise am Ende die Gesellschaft von dem Hauptmörder befreien zu können, er sagt: Als die SS anfragte, ob das Auswärtige Amt irgendwelche Bedenken habe, war es die Pflicht des Angeklagten, auf seine Bedenken hinzuweisen. Das ist die Funktion einer politischen Abteilung und eines Staatssekretärs im Auswärtigen Amt. Diese Pflicht wird nicht dadurch erfüllt, dass man nichts sagt und nichts tut. Es ist müßig, Mutmaßungen anzustellen, ob die Bedenken Wirkung gezeigt hätten. Doch es ist ein ungeheurer Unterschied, ob man zu etwas »Nein« oder »Nichts einzuwenden« sagt. In diesem und in gleichgelagerten Fällen wird der Angeklagte Weizsäcker daher schuldig gesprochen.

Kempner zeigt keine Reaktion, nur sein Zeigefinger tippt in einem schnelleren Rhythmus auf das Bein, als morste er seinem Assistenten, der neben ihm einen Schreibblock auf dem Schoß balanciert und die empfangene Botschaft eilig zu notieren scheint. Die Vorhänge hinter den Richtern, in der Mitte von Kordeln tailliert, regen sich leicht im Zug der gekippten Fenster. Ein Geruch zieht herein wie von der Moozacher Halde her, wenn sich bei der Großmutter nach dem Winter draußen die

Gräser langsam erwärmten, und durch die Scheibe erkennt Richard die steinerne Figur eines Dachreiters im Anriss der äußeren Fensterpfosten. Elisabeth Gombel reckt ihren Kopf etwas mehr ins einfallende Licht und hält für ein paar Sekunden die Augen geschlossen.

Als die Verkündung des Strafmaßes aufgerufen und der Vater hereingeführt wird, schreitet er bedächtig bis vor die schmale Schiebetür in der Rückwand des Angeklagtenbereichs, wo er zwischen zwei Wachmännern postiert Aufstellung nimmt und die Hände vor dem Schoß ineinanderlegt, ein paar Blätter Papier an sich gedrückt. Ruhig und aufrecht steht der Vater da, nur beim Aufsetzen der Kopfhörer gleiten sie ihm aus der Hand und fallen scheppernd zu Boden, er muss sich schwerfällig bücken, um sie aufzuheben, verliert für einen Moment die Form, immer die Form wahren, Richard, die Form trägt dich durch. Richard fragt sich vielleicht, warum der Vater selbst jetzt noch Papiere bei sich trägt und ob er sich daran festhält. Ist die Schiebetür zu, zeugt in der Holzvertäfelung keine Spur von ihr. Nach jeder Strafverkündung fährt sie lautlos auf, öffnet ein dunkles Loch, in dem die Verurteilten verschwinden, und schließt sich wieder hinter ihnen. Ein Aufzug fährt sie von dort direkt ins Kellergeschoss, damit sie keinem begegnen, als wären sie Schatten der Könige, die früher nur auf gesonderten Wegen gingen, so dass nichts und niemand sie berührte. Hinterher schreibt der Vater, ähnlich stelle er sich die letzte Fahrt im Krematorium vor. Auf dem Gang zurück in die Zelle kommt er nicht am Schwarzen Brett des Defense Center vorbei, an dem ein Aushang zu Paket-Patenschaften für eingesperrte Kameraden aufruft, und auch nicht an den hellen Transportholzkisten vor den Zimmern der Verteidiger. Alle müssen räumen. Aktenberge türmen sich in jeder Ecke und Kästen auf Lastkarren in den Gängen, manche beschriftet, *Stehen lassen für Staatsarchiv,* und im Dokumentenzimmer, wo noch vor kurzem Tausende Tonnen Papier gelagert waren, sind manche Regale bereits leer und setzen ersten Staub an.

Während Ernst von Weizsäcker nach der Strafverkündung in seine Zelle zurückgeführt wurde, harrten wenige Kilometer entfernt, auf der Dachruine des Grübelbunkers und oberhalb der Sebalder Steppe, noch die letzten Sternengucker aus und verglichen übermüdet ihre Beobachtungen aus der Nacht. Die rötliche Verfärbung des Blutmondes und seine maximale Verdunkelung gegen sechs Uhr morgens waren hier über die gesamte Dauer der Finsternis gut sichtbar gewesen. Bei einer Magnitude von 1,43 hatte der Vertikalwinkel 3,1 Grad betragen.

Vier Wochen nach dem Urteil endete die sowjetische Blockade West-Berlins, elf Tage darauf wurde in einem Turnsaal in Bonn das Grundgesetz der Bundesrepublik Deutschland verkündet, ihre Geburtsstunde. Als Aggressionsverbot gingen auch die Grundlagen der Nürnberger Prozesse darin ein, als Rechtsprinzipien der Vereinten Nationen begründeten sie bald das moderne Völkerstrafrecht mit. Die Machtstellung des Bundespräsidenten wurde nach den Erfahrungen der Weimarer Republik geschwächt. Über den Parteien stehend sollte er nun vor allem das Land repräsentieren und seinen Bürgern Werteorientierung geben. Bei Amtsantritt würde er fortan auf das Grundgesetz vereidigt.

Bis die Reparaturen der Kriegsschäden am Justizpalast abgeschlossen waren, dauerte es noch fast dreißig Jahre. Auf eine Rekonstruktion des Uhrenturms verzichtete man. Die von den Amerikanern installierte Uhr im Gerichtssaal 600 wurde entfernt, der ganze Raum rückgebaut, damit er die Atmosphäre der Kriegsverbrecherprozesse verlor. Die Holzarbeiten erledigte derselbe Schreiner, der 1945 bereits den Umbau vorgenommen hatte. Die ersten Schwurgerichtstagungen fanden noch in den Bucher Sälen statt, die man sich mit dem Neuen Theater teilte. Manchmal mussten Sitzungen verschoben werden, weil die Räume für Faschingszwecke gebraucht wurden.

Richard von Weizsäcker ging nach dem Prozess gegen seinen Vater zurück an die Universität, um das Jurastudium abzuschließen. Nach seinem Referendarexamen kam er über Kontakte aus der Nürnberger Zeit zum Mannesmann-Konzern. Bei einem Bergbau-Fest lernte er seine zukünftige Frau Marianne von Kretschmann kennen, und als er zum ersten Mal Konrad Adenauer begegnete, sagte ihm dieser, in der Politik würden die Weizsäckers nicht mehr gebraucht.

In Berlin hielt er einmal eine Rede über die Liebe als politischen Maßstab. Die politische Ordnung suche Gerechtigkeit, die Liebe dagegen ertrage alles, ohne Hintergedanken, ohne Ziel. Sie verschenke sich. Doch sie gebiete zugleich ein Mitdenken und Mittun, eine Mitverantwortung für den Staat, der dem Menschen als haltende Kraft diene. Denn der Mensch sei gefährdet, er bedürfe des Schutzes vor sich selbst und anderen. Ein anderes Mal sprach Richard von Weizsäcker über Vergebung. Er sagte, sie komme allein von Gott. Man könne nicht aus eigener Kraft anderen vergeben, ihre Schuld bekennen und für sie bereuen. Man könne nur zur Erinnerung aufrufen, denn wer nicht bereit sei, zu erinnern, werde nie begreifen, wo er steht und warum. Aber das war später.

Auch die Wandlung Hellmut Beckers. Der übernahm noch ein weiteres Kriegsverbrecher-Mandat, das des ehemaligen Einsatzgruppenführers Martin Sandberger in dessen Revisionsverfahren, und wetterte im Hintergrund gegen die Wiedereinstellung von Männern im Auswärtigen Amt, die für ihn im Weizsäcker-Prozess auf der falschen Seite gestanden hatten.

Gleichzeitig begann er zunehmend als Aufklärer über das Naziregime und den Holocaust hervorzutreten. Dabei setzte sich auch ein Satz aus seinem Schlussplädoyer für Ernst von Weizsäcker fest: Jeder hat die wenigen Geretteten gerettet, keiner hat die vielen Toten umgebracht. Wie sein Vater ging Becker in die Bildungspolitik. Adorno kam zum Hauskonzert. Der Einfluss Beckers wurde so groß, dass er zeitweise als heimlicher Kultusminister galt. In Beckers Kanzlei trat 1956 der junge Rechtsreferendar Alexander Kluge seine erste Anwaltsstation an. Rückblickend schreibt Kluge, es sei in Beckers Denken nie um ein Entweder-oder gegangen, sondern stets um Gleichgewicht, etwa aus *Anpassung und Widerstand,* einer seiner Leitformeln: Anpassung verstanden als Voraussetzung, an der sich Widerstand wie eine zweite Muttersprache erst ausbildet. In mehreren von Kluges Geschichten taucht Becker ebenfalls auf – darunter einmal als risikobereiter Beobachter seiner Zeit, den Ende der 50er Jahre beim nächtlichen Heimfahren die Scheinwerferlichter schläfrig machen und der deshalb immer das Fernlicht anlässt, damit das Aufblenden der entgegenkommenden Autos ihn rechtzeitig aufrütteln und er das Steuer gerade noch herumreißen kann.

Für Ernst von Weizsäcker ging sein Fall auch nach der Verurteilung zu sieben Jahren Gefängnis weiter. Einer der drei Richter, Leon W. Powers, hatte dem Urteil eine lange abweichende Meinung beigefügt: Niemand sei eines Verbrechens schuldig, auf das er keinen verantwortlichen Einfluss hatte. Ohne entsprechende Zuständigkeit und Rechtsbedingungen bedeute das Versäumnis zu protestieren nicht gleich Zustimmung und selbst eine Zustimmung noch keine Teilhabe, wenn sie für den Ablauf des Verbrechens keine Rolle gespielt habe. Zumal über die Judenvernichtung vermutlich ohnehin höchstens hundert Leute unterrichtet gewesen seien.

Besser hätten es sich die Verteidiger kaum wünschen können. Sie erstritten, dass Powers' Erklärung veröffentlicht wurde, und gingen in Revision. Hellmut Becker verschärfte nun öffentlich den Ton. Nürnberg habe die Kette des Unrechts und der Amoralität bloß fortgesetzt, der Faschismus die Sieger mental erobert. Unter der Maske des Rechts sei ein politisches, von Kalkül und Taktik bestimmtes Unternehmen abgelaufen. Das Buch von Margret Boveri über Weizsäcker vor Gericht rezensierte er als *meisterhafte Studie.*

Auch in der Bevölkerung verurteilte inzwischen ein überragender Anteil die Prozesse, von denen sich viele mit angeprangert sahen. Man warf dem Nürnberger Gericht Kollektivdenken vor und sehnte sich darin nach kollektiver Rehabilitierung. Unschuldsvermutung für sich selbst, Blick nach vorne, wo sich wirtschaftlicher Aufschwung abzeichnete. Margret Boveri sandte Ernst von Weizsäcker weiter Briefe ins Gefängnis – das Urteil gegen ihn beschäme und bedrücke sie. Auf ihre Kontakte zum ersten Bundespräsidenten Theodor Heuss zählte wiederum Hellmut Becker, der erneut Hunderte von Briefen zur Unterstützung seiner Revision verschickte. Robert Boehringer sorgte für Finanzierung. Bischof Otto Dibelius geißelte den Richterspruch als *verständnislose Unmenschlichkeit,* und Ernst Friedlaender schrieb in der *Zeit,* mit Weizsäcker sei ein Mensch dem Dokumentenprozess erlegen und die Gerechtigkeit den Ressentiments Kempners. Dessen sozialrevolutionäre Motive wollten mit jeder deutschen Überlieferung ein für alle Mal aufräumen.

Robert Kempner feierte die Urteile jedoch gar nicht als Erfolg. Die meisten Anklagepunkte waren fallengelassen worden, und die Urteilsbegründungen spiegelten sich nicht im Strafmaß wider. Die milde Bestrafung Weizsäckers sendete für ihn ein folgenschweres Signal: Jeder Beamte, selbst wenn ihm Beteiligung nachgewiesen werden konnte, würde sich auf ihn, der höher gestanden hatte, berufen können. Oft bekam Kempner auch zu hören, allzu harte Anklagen würden bloß den Antisemitismus in der Gesellschaft neu anfachen. Dabei wurden gerade im ausbrechenden Gnadenfieber bald wieder jüdische Friedhöfe geschändet.

Aus dem Gefängnis in Landsberg schrieb Weizsäcker seiner Familie, er genieße morgens die einsamen Gänge durch den Herbstnebel, beobachte Rehböcke, Gänse und in der Ferne die Berge. Er habe sich in der Näherei als Gehilfe angeboten und unlängst geträumt, Churchill säße dabei und mache beim Hemdenstopfen besonders große Stiche. Ein anderes Mal träumte er, die Elektrische viermal zu verpassen. Er las in der Zelle Gandhi und fand ihn christlicher als Luther. Er las die neuen Artikel über sich und freute sich über die dankenswerte Tendenz. Als mögliche Stellungnahme notierte er:

W. fühlt sich menschlich keineswegs unter Verbrecher geraten.

W. beklagt sich keineswegs über die Gesellschaft, in der er leben muß.

W. betrachtet seine Anwesenheit in Landsberg als sinnreich in der Hoffnung, daß seine Einbeziehung den Anderen zugute kommt.

W. hofft dass sein Fall zu einem Wandel beiträgt. Gelänge der Wandel, so wäre er für W. eine große und trostreiche Genugtuung.

Das revidierte Urteil sprach Weizsäcker auch noch vom Vorwurf der Beteiligung an der Zerschlagung der Tschechoslowakei frei und reduzierte sein Strafmaß. Er habe sich weder an dem Angriff beteiligt noch das Ausland darüber getäuscht. Hinsichtlich seiner Rolle bei den Judendeportationen blieb das Gericht bei seinem Schuldspruch. Kurz darauf erschienen Weizsäckers *Erinnerungen* als Buch, von seinem Sohn Richard herausgegeben. Auf der letzten Seite dankte er Richard, der *alle seine Gaben und ein ganzes Lebensjahr dem alten Vater opferte.* Der Schlusssatz lautete: *Das ist Seefahrt.*

Dem weltpolitischen Wetterwechsel folgten Begnadigungen und erhebliche Straferlasse. Im Kampf gegen den Kommunismus zeichnete sich der Korea-Krieg ab, Amerika suchte Unterstützung und setzte auf Milde gegenüber einem wiedererstarkenden Westdeutschland. Gunst der Stunde. Manche empörte dieser vermeintlich gute Wille. Sie glaubten, verurteilte Generäle und SS-Männer würden einfach ihren *Sachverstand* als unentbehrlich für die gemeinsame Sache erklären, um freizukommen. Kempner nannte es den Sachverstand im Morden.

Politiker wie der nordrhein-westfälische Ministerpräsident Karl Arnold schimpften auf das *System von Nürnberg* und dass ein Mann wie Weizsäcker unschuldig in Landsberg einsitze – das brachte Stimmen im Wahlkampf. Bundespräsident Heuss richtete persönlich ein Gnadengesuch an den amerikanischen Hochkommissar. Der ließ alle Einzelfälle überprüfen und ordnete am 13. Oktober 1950 die sofortige Entlassung Weizsäckers an. Im Jahr darauf kam zuletzt noch Gottlob Berger frei, der im Wilhelmstraßenprozess die höchste Strafe erhalten hatte.

Weizsäcker wurde von seiner Frau abgeholt, den Wagen hatte Freund Boehringer geschickt. Sein Gesicht war eingefallen, die Haut zu weit, der alte Anzug zu groß, dem letzten Auftritt passend. Am Tag zuvor hatte er seiner Frau noch ein letztes Mal aus der Zelle geschrieben und vorfreudig Dante zitiert. *Dann traten wir hinaus und sahen die Sterne.* Das Inferno hatte für ihn nicht mit der Befreiung Deutschlands geendet, er verließ die Hölle erst jetzt, mit seiner eigenen. Ihm blieb weniger als ein Jahr zu leben. Über Robert Kempner kam er in dieser Zeit nicht mehr hinweg. In einem Brief schrieb er, ob Leuten wie ihm nicht irgendwie das Handwerk zu legen wäre. Er hielt während seiner letzten Monate noch Vorträge über die Geschichte der Friedensdiplomatie, verfasste einen szenischen Dialog zwischen Bismarck und Friedrich dem Großen und für seine Enkelkinder ein paar Märchen.

TEXTVERWEISE UND QUELLEN

Das hier Geschilderte basiert auf realen Ereignissen, die für den Roman an vielen Stellen verdichtet und verändert wurden. Seine dokumentarischen Anteile fußen auf einer weit fortgeschrittenen Forschungslage zu den Nürnberger Prozessen und der Familie von Weizsäcker. Stellvertretend für viele seien hier die ausgezeichneten Arbeiten von Dirk Pöppmann (z.B. zu Gottlob Berger, Widerstandsnarrativ) und Karl-Joseph Hummel hervorgehoben, die für meinen Ansatz besonders ergiebig waren, sowie für die biographischen Teile (v.a. Kap. 4) etwa die Überblicksdarstellungen von Daniel Koerfer und Martin Wein. Bzgl. der Netzwerke im Hintergrund des Wilhelmstraßenprozesses war der Bericht der Kommission um Eckart Conze, Norbert Frei, Peter Hayes und Moshe Zimmermann unentbehrlich. In Form von Zitaten, Paraphrasen oder weiteren Bezügen bindet der Text die historische Forschung unterschiedlich ein, oft in gestalteter, literarisierter Form. Originalzitate, z.B. Briefstellen, sind häufig von dort übernommen. Aussagen aus Interviews, Autobiographien oder Briefen wurden den entsprechenden Charakteren mitunter in den Mund gelegt. Die zentralen Quellen und Sekundärmaterialien sind im Folgenden aufgeführt. Die Seitenangaben beziehen sich jeweils auf die Romanstellen, in die sie eingeflossen sind.

Hinsichtlich der Prozessunterlagen, der Gerichtsprotokolle und des Urteils wurden vor allem die Bestände des Instituts für Zeitgeschichte (IfZ) in München genutzt. Sie finden sich dort unter der Kennung MB 26. Geringfügig verändert, gekürzt oder montiert wurden die zitierten Passagen, wenn es dem besseren Verständnis und dem Erzählfluss diente bzw. Übersetzungs- oder Transkriptionsfehler vorlagen. Auslassungen, auch in anderen Originalschriften, wurden dabei meist nicht gesondert markiert. In den zitierten Urteilsspruch ist z. B. auch eine Formulierung aus dem Revisionsurteil eingeflossen. Zudem ist etliches erfunden, etwa die Darstellung, Hellmut Becker (nicht Warren E. Magee) habe das Eröffnungsplädoyer der Verteidigung vorgetragen oder Robert Kempner habe die letzte Amtsrede Ernst von Weizsäckers vor Gericht verlesen.

Für ihre Recherche-Arbeit danke ich Laura Velte.

PRIMÄRQUELLEN: BEZÜGE UND ZITATE

Hannah Arendt: *Organisierte Schuld.* In: dies.: *Sechs Essays.* Heidelberg 1948. (Hier: S. 204ff)

Bayerischer Rundfunk: *Prozesse der Zeit. Kommentar zum Wilhelmstraßen-Prozeß/Vansittart/Korth.* Beitrag von Hermann Brunner. 21.9.1948. (Hier: S. 71f)

Hellmut Becker: *Plädoyer für Ernst von Weizsäcker (1948) / Gericht der Politik (1950)* in: Ders.: *Quantität und Qualität. Grundfragen der Bildungspolitik.* Freiburg i. B. 1962. (Hier: S. 65, 194, 218f, 242, 253f)

Ders./Frithjof Hager: *Aufklärung als Beruf. Gespräche über Bildung und Politik.* München 1992. (Hier: S. 40, 47)

Robert Boehringer: *An Ernst von Weizsäcker.* In: ders.: *Späte Ernte.* Düsseldorf/München 1974. (Hier: S. 192)

Ders.: *Mein Bild von Stefan George.* München/Düsseldorf 1951. (Hier: S. 188, 220f)

Margret Boveri: *Der Diplomat vor Gericht.* Berlin 1948. (Hier: S. 51–57, 60, 64, 124, 191, 208, 216f)

Der Tagesspiegel, Berlin (o.V.): *Dibelius und die Unmenschlichkeit.* 21.5.1949. (Hier: S. 254)

Die Neue Zeitung, München, 7.11.1947. Zitiert nach: Margret Boveri: *Der Diplomat vor Gericht.* Berlin 1948. (Hier: S. 8)

Der Spiegel (o.V.): *Gott hat Kain bestraft. Kleinliche Einwände uninteressant.* Ausgabe 21/1949, 19.5.1949. (Hier: S. 14, 44f, 235, 250f)

Ebd. (o.V.): *Briefe an Elisabeth.* Ausgabe 34/1948, 21.8.1948. (Hier: S. 63, 235)

Ebd. (o.V.): *Pilly war kein Hampelmann. Premierenerfolg.* Ausgabe 36/1948, 4.9.1948. (Hier: S. 128)

Ebd. (o.V.): *Wenn in Landsberg. Keine grundsätzlichen Handhaben.* Ausgabe 46/1948, 13.11.1948. (Hier: S. 61f)

Ebd. (o.V.): *Wofür sie gefallen sind. Ich verstehe von der Sache nichts.* Ausgabe 7/1949, 12.2.1949. (Hier: S. 215, 248f)

Ebd. (o.V.): *Kaum juristische Dinge. »Paps« sagen die Neger.* Ausgabe 12/1949, 19.3.1949. (Hier: S. 126f)

Die Welt (o.V.): *Brüning entlastet Weizsäcker.* Nr. 64, 2.6.1948. (Hier: S. 55)

Marion Gräfin Dönhoff: *Der Henker von Ostpreußen.* In: Die Zeit, 17.11.1949. (Hier: S. 190)

Herbert Frank: *Das letzte Nürnberger Urteil.* In: Münchner Merkur, 30.3.1949. (Hier: S. 247)

Iring Fetscher: *Begegnung im Kriege.* In: Werner Filmer, Heribert Schwan (Hg.): *Richard von Weizsäcker.* München 1991. (Hier: S. 230)

Ernst Friedlaender: *Und jetzt: Revision!* In: Die Zeit, 21.4. 1949. (Hier: S. 254)

Wolfgang Hildesheimer: *Lieblose Legenden.* Frankfurt a.M. 1962. (Hier: S. 70–73)

Ders.: *Tynset.* Frankfurt a.M. 1992. (Hier: S. 68ff, 72f)

Ders.: *Marbot.* Frankfurt a.M. 1984. (Hier: S. 72f)

Leonidas E. Hill (Hg.): *Die Weizsäcker-Papiere.* 1933–1950. Berlin 1974. (Hier: S. 12, 17, 41, 79f, 87ff, 92, 96ff, 102, 104ff, 115ff, 125, 136, 143ff, 147, 151ff, 154, 157ff, 168, 180, 191, 193f, 204, 219 221ff, 224ff, 228ff, 245, 255ff)

Heinz Holldack: *Weizsäckers Verteidigung beginnt.* In: Süddeutsche Zeitung, München, 5.6.1948. (Hier: S. 121)

Ders.: *Weizsäckers Opposition gegen Hitler.* In: Süddeutsche Zeitung, München, 12.6.1948. (Hier: S. 121f, 124)

Robert Kempner: *Ankläger einer Epoche. Lebenserinnerungen.* Frankfurt a.M. 1983. (Hier: S. 24, 28ff, 85f, 95ff, 115, 128, 144f, 167, 169–173, 197, 204, 254ff)

Ders.: *Das Dritte Reich im Kreuzverhör. Aus den unveröffentlichten Vernehmungsprotokollen des Anklägers.* München 1969. (Hier: S. 28f)

Ders.: *Nichts Menschliches ist mir fremd. Eine »Spiegel«-Seite für Robert M. W. Kempner.* In: Der Spiegel, Ausgabe 34/1948, 21.8.1948. (Hier: S. 172f)

Ders., Carl Haensel (Hg.): *Das Urteil im Wilhelmstraßen-Prozeß. Der amtliche Wortlaut der Entscheidung im Fall Nr. 11 des Nürnberger Militärtribunals gegen von Weizsäcker und andere, mit abweichender Urteilsbegründung, Berichtigungsbeschlüssen, den grundlegenden Gesetzesbestimmungen, einem Verzeichnis der Gerichtspersonen und Zeugen.* Schwäbisch Gmünd 1950. (Hier: S. 228, 233, 237, 240, 244f, 249, 253ff)

Alexander Kluge: *Geschichten vom Kino.* Frankfurt am Main 20047. (Hier S. 119)

Ders.: *»Anpassung und Widerstand«. Mein juristischer Lehrmeister und erster Chef, der Anwalt Hellmut Becker / Briefe, ein Gespräch und Geschichten.* In: VOLLTEXT 3/2020. (Hier S. 253)

Gerhard Koltermann: Nachlass MS 739 Koltermann, IfZ München. (Hier: S. 160ff, zitiert nach Hummel 2013, s.u.)

Erich Kordt: *Nicht aus den Akten. Die Wilhelmstraße in Frieden und Krieg. Erlebnisse, Begegnungen und Eindrücke 1928–1945.* Stuttgart 1950. (Hier: S. 194, 213ff, 222)

Hanna Krall: *Phantomschmerz.* In: dies: *Tanz auf fremder Hochzeit.* Frankfurt a. M. 1993. (Hier S. 220)

Thomas Mann: *Ein Briefwechsel.* In: ders.: *Essays. Band 4: Achtung, Europa! 1933–1938.* Hg. von Hermann Kurzke und Stephan Stachorski. Frankfurt a. M. 1995. (Hier: S. 101f)

Michael Mansfeld: *Bonn. Koblenzer Straße.* München 1967. (Hier: 191)

Jost von Morr: *Das Schlimmste verhindern?* Chronos-Film GmbH. Potsdam 1980. (Hier: S. 29, 86)

Münchner Merkur (o.V.): *»Verschwörung gegen Krieg« im Außenamt. Ernst von Weizsäcker erklärt im Zeugenstand, alle Pläne Hitlers vorzeitig gekannt zu haben.* Nr. 47, 11.6.1948. (Hier: S. 122)

Fritz von Randow: *Die Wahrheit über von Weizsäcker. Bilder und Dokumente.* München 1986. [Darin auch der Wortlaut von *Ernst von Weizsäckers Aussage vor dem Nürnberger Tribunal 21./22. Mai 1946.*] (Hier: S. 108, 131f, 134ff, 139f, 143, 181f)

Hermann Rudolph: *Richard von Weizsäcker. Eine Biographie.* Berlin 2010. (Hier: 18, 22, 35, 51, 191, 249)

Werner Schubert: *Kriegsschuld der hohen deutschen Beamten? Nürnberg vor dem Abschluß.* In: Frankfurter Neue Presse, 2.4.1949. (Hier: S. 247)

Wolf Jobst Siedler: *Glanz und Elend der alten Führungsschicht. Zu Ernst von Weizsäckers Briefen und Papieren.* In: Die Zeit 49/1983, 2.12.1983. (Hier: S. 89, 102)

Harald Steffahn: *Richard von Weizsäcker. Mit Selbstzeugnissen und Bilddokumenten.* Reinbek 1991. (Hier: S. 78f, 220f, 229)

Stuttgarter Zeitung (o.V.): *Weizsäcker sagt aus.* Nr. 46, 9.6.1948. (Hier: S. 122)

W. E. Süskind: *Die Mächtigen vor Gericht. Nürnberg 1945/46 an Ort und Stelle erlebt.* München 1963. (Hier: S. 250)

Telford Taylor: *Die Nürnberger Prozesse. Kriegsverbrechen und Völkerrecht.* Zürich 1951. (Hier: S. 12)

Dorothy Thompson: *Der Fall Weizsäcker.* In: Hamburger Allgemeine, 6.5.1949. (Hier: S. 247)

Carl Friedrich von Weizsäcker: *Der Vater und das Jahrhundert.* In: Die Zeit. Nr. 24, 5.6.1987 (Hier: S. 77f, 89, 96, 228)

Ernst von Weizsäcker: *Aus seinen Gefängnisbriefen, 1947–1950.* Stuttgart 1951. (Hier: S. 16, 18f, 37–41, 51, 53, 56, 62, 80ff, 86, 90ff, 96f, 112, 121, 126ff, 186, 191, 193, 201, 206, 238, 240f, 250, 255f)

Ders.: *Erinnerungen.* München 1950. (Hier: S. 18, 28, 39, 42, 51, 79f, 87ff, 96ff, 103f, 108f, 113, 135, 138f, 146, 151, 154, 193, 219, 221ff, 225f, 241, 256)

Richard von Weizsäcker: *Die deutsche Geschichte geht weiter.* Berlin 1983. (Hier: S. 220)

Ders.: *Demokratische Leidenschaft. Reden des Bundespräsidenten. Herausgegeben und eingeleitet von Eberhard Jäckel. Stuttgart 1994.* (Hier: S. 19f, 245, 252)

Ders.: *Vier Zeiten. Erinnerungen.* München 1999. (Hier: S. 10ff, 16f, 19, 28, 34, 49, 63, 76, 90, 96, 168f, 185, 188f, 207f, 220f, 237, 241ff, 247)

Ders.: *Drei Mal Stunde Null? 1949 – 1969 – 1989.* Berlin 2001. (Hier: S. 242f)

Ders.: *Ich habe meinen Vater seitdem nie wieder lachen sehen.* Interview mit Frank Schirrmacher und Stefan Aust. In: Frankfurter Allgemeine Zeitung, 5.3.2005. (Hier S. 63, 80, 220f)

Ders.: *»Es war grauenhaft«.* Interview mit Martin Doerry und Klaus Wiegrefe. In: Der Spiegel 35/2009, 24.8.2009. (Hier: S. 220f)

Ders.: *Es geht hier nicht um meinen Vater.* Interview mit Frank Schirrmacher, in: Frankfurter Allgemeine Zeitung, 25.10.2010. (Hier: S. 191, 221)

SEKUNDÄRQUELLEN: BEZÜGE UND ZITATE

Martina Behr, Maike Corpataux: *Die Nürnberger Prozesse. Zur Bedeutung der Dolmetscher für die Prozesse und der Prozesse für die Dolmetscher.* München 2006. (Hier: S. 66ff)

Ewald Behrschmidt: *Der Saal 600.* In: Oberlandesgericht Nürnberg 2016 (s.u.). (Hier: S. 171, 233, 251f))

Roland Berbig: *Lieber Herr Johnson! Ihre verbesserliche Margret Boveri!* In: Die Zeit 33/1995, 11.8.1995. (Hier: S. 53f)

Rainer A. Blasius: *Fall 11: Der Wilhelmstraßen-Prozeß gegen das Auswärtige Amt und andere Ministerien.* In: Gerd R. Ueberschär (Hg.): *Der Nationalsozialismus vor Gericht. Die alliierten Prozesse gegen Kriegsverbrecher und Soldaten 1943–1952.* Frankfurt a.M. 1999. (Hier: S. 56f, 85f, 206)

Ders.: *Für Großdeutschland – gegen den Krieg. Staatssekretär Ernst Frhr. von Weizsäcker in den Krisen um die Tschechoslowakei und Polen 1938/39.* Köln 1981. (Hier: S. 26, 207, 215, 217, 219, 221ff, 224ff)

Christian Bommarius: *1949. Das lange deutsche Jahr.* München 2018. (Hier: S. 180)

Stephan Braese: *Jenseits der Pässe: Wolfgang Hildesheimer. Eine Biographie.* Göttingen 2016. (Hier: S. 68ff)

Christopher R. Browning: *Die »Endlösung« und das Auswärtige Amt. Das Referat D III der Abteilung Deutschland 1940–1943.* Darmstadt 2010. (Hier: S. 142, 144ff)

Alexander Cammann: *Die Diplomaten des Holocaust.* In: Die Zeit 44/2010, 28.10.2010. (Hier: S. 85, 95f, 101)

Eckart Conze, Norbert Frei, Peter Hayes, Moshe Zimmermann: *Das Amt und die Vergangenheit. Deutsche Diplomaten im Dritten Reich und in der Bundesrepublik.* München 2010. (Hier: S. 84ff, 142ff, 169, 173, 194–198, 202, 207, 216, 254ff)

Anselm Doering-Manteuffel: *Flucht oder Dienst? Ernst von Weizsäcker 1943–1945.* In: Michael Matheus/Stefan Heid (Hg.): *Orte der Zuflucht und personeller Netzwerke. Der Campo Santo Teutonico und der Vatikan 1933–1945.* Freiburg 2015. (Hier: S. 53, 151ff, 190)

Hans-Jürgen Döscher: *Das Auswärtige Amt im Dritten Reich. Diplomatie im Schatten der »Endlösung«.* Berlin 1987. (Hier: S. 142ff, 181)

Ders.: *Verschworene Gesellschaft. Das Auswärtige Amt unter Adenauer zwischen Neubeginn und Kontinuität.* Berlin 1995. (Hier: 206, 252f)

Norbert Frei: *Vergangenheitspolitik. Die Anfänge der Bundesrepublik und die NS-Vergangenheit.* München 1996. (Hier: S. 55, 254ff)

Ute Frevert, Kerstin Singer: *100 Jahre Hellmut Becker (1913–2013). Dokumentation der Ausstellung zu Leben und Werk im Max-Planck-Institut für Bildungsforschung.* Online-Publikation 2014. (Hier: 253)

Heike B. Görtemaker: *Ein deutsches Leben. Die Geschichte der Margret Boveri 1900–1975.* München 2005. (Hier: S. 53, 196, 254)

Ulrich Grimm: *Die Wunden des Baus.* In: Oberlandesgericht Nürnberg 2016 (s.u.). (Hier: S. 45, 242, 251f)

Christoph Gunkel: *Ernst von Weizsäcker. Diplomat des Teufels.* In: SPIEGEL ONLINE, 17.3.2010. (Hier: S. 106)

Thorsten Hinz: *Der Weizsäcker-Komplex. Eine politische Archäologie.* Berlin 2012. (Hier: S. 17, 31, 100ff, 143, 151, 158f, 190)

Gunter Hofmann: *Richard von Weizsäcker. Ein deutsches Leben.* München 2010. (Hier: S. 38f, 219, 252)

Karl-Joseph Hummel: *Widerstand im Wartestand 1943–1946? Ernst von Weizsäcker als Botschafter beim Heiligen Stuhl.* In: Michael Matheus/Stefan Heid (Hg.): *Orte der Zuflucht und personeller Netzwerke. Der Campo Santo Teutonico und der Vatikan 1933–1945.* Freiburg 2015. (Hier: S. 19, 22, 55, 151ff, 154, 160, 174f, 198f, 201, 203)

Ders.: *Ernst von Weizsäcker. »Getarnter« Widerstand, organisierte Unschuld und verspielte Glaubwürdigkeit.* In: Sebastian Holzbrecher/Torsten W. Müller (Hg.): *Kirchliches Leben im Wandel der Zeiten. Perspektiven und*

Beiträge der (mittel-)deutschen Kirchengeschichtsschreibung. Festschrift für Josef Pilvousek. Würzburg 2013. (Hier: S. 160ff, 202ff)

Klaus Kastner: *Strafrechtliche Verantwortlichkeit für administratives Unrecht: der Wilhelmstraßen-Prozess (1948/49).* In: Jahrbuch der Juristischen Zeitgeschichte, Band 11/2010. (Hier: S. 23f, 33, 41, 43f, 242)

Ders.: *Strafjustiz im »Dritten Reich« – und wie ging man nach Kriegsende damit um.* In: Oberlandesgericht Nürnberg 2016 (s.u.). (Hier: S. 250)

Daniel Koerfer: *Ernst von Weizsäcker im Dritten Reich. Ein deutscher Offizier und Diplomat zwischen Verstrickung und Selbsttäuschung.* In: Uwe Backes (u.a.) (Hg.): *Die Schatten der Vergangenheit. Impulse zur Historisierung des Nationalsozialismus.* Frankfurt am Main 1990. (Hier: S. 15, 77, 89–93, 97f)

Ders.: *Diplomatenjagd. Joschka Fischer, seine Unabhängige Historikerkommission und Das Amt.* Wien 2013. (Hier: 13, 54f)

Henry A. Lea: *Verfolger und Verfolgte: Wolfgang Hildesheimers Erfahrung der Nürnberger Prozesse.* In: Stephan Braese (Hg.): *Rechenschaften – Juristischer und literarischer Diskurs in der Auseinandersetzung mit den NS-Massenverbrechen.* Göttingen 2004. (Hier: S. 68ff)

Anna-Maria Gräfin von Lösch: *Der nackte Geist. Die Juristische Fakultät der Berliner Universität im Umbruch von 1933.* Tübingen 1999. (Hier: S. 65)

Malte Ludin: *2 oder 3 Dinge, die ich von ihm weiß.* Dokumentarfilm, Iva Švarcová/Švarc. Film GbR 2005. (Hier: S. 60f)

Lars Lüdicke: *Offizier und Diplomat: Ernst von Weizsäcker in Kaiserreich, Weimarer Republik und Drittem Reich.* In: Jan Erik Schulte, Michael Wala (Hg.): *Widerstand und Auswärtiges Amt. Diplomaten gegen Hitler.* München 2013. (Hier: S. 88, 98)

Marijana Milicevic: *Von Nürnberg nach Den Haag. Die Rolle der DolmetscherInnen bei den Nürnberger Prozessen und am Internationalen Strafgerichtshof für das ehemalige Jugoslawien.* Masterarbeit, Universität Wien. Wien 2011. (Hier: S. 66ff)

Petra Morsbach: *Der Elefant im Zimmer. Über Machtmissbrauch und Widerstand.* München 2020. (Hier: S. 206)

Mainhardt Graf von Nayhauß: *Zwischen Gehorsam und Gewissen: Richard von Weizsäcker und das Infanterie-Regiment 9.* Bergisch Gladbach 1994. (Hier: S. 32f, 163, 246f)

Hans-Joachim Noack: *Die Weizsäckers. Eine deutsche Familie.* München 2019. (Hier: S. 80, 229)

Oberlandesgericht Nürnberg (Hg.): *Justizpalast Nürnberg – Ein Ort der Weltgeschichte wird 100 Jahre. Festschrift zum 100. Jahrestag der feierlichen Eröffnung des Justizpalastes in Nürnberg durch König Ludwig III. am 11. September 1916.* Nürnberg 2016. (Hier: S. 22, 251f)

Ernst Piper: *NS-Vergangenheit – Furchtbare Diplomaten.* In: Der Tagesspiegel, 27.10.2010. (Hier: S. 85)

Dirk Pöppmann: *Robert Kempner und Ernst von Weizsäcker im Wilhelmstraßenprozeß. Zur Diskussion über die Beteiligung der deutschen Funktionselite an den NS-Verbrechen.* In: Irmtrud Wojak (u.a.) (Hg.): *Im Labyrinth der Schuld. Täter – Opfer – Ankläger.* Frankfurt am Main 2003. (Hier: S. 21–24, 28, 54ff, 57, 168ff)

Ders.: *»Im Amt geblieben, um Schlimmeres zu verhüten«. Ernst von Weizsäckers Opposition aus Sicht der US-Anklage.* In: Jan Erik Schulte, Michael Wala (Hg.): *Widerstand und Auswärtiges Amt. Diplomaten gegen Hitler.* München 2013. (Hier: S. 23f, 33, 143, 173f, 204, 230f)

Ders.: *Im Schatten Weizsäckers? Auswärtiges Amt und SS im Wilhelmstraßen-Prozess.* In: Kim C. Priemel, Alexa Stiller (Hg.): *NMT. Die Nürnberger Militärtribunale zwischen Geschichte, Gerechtigkeit und Rechtschöpfung.* Hamburg 2013. (Hier: S. 14, 17, 147ff)

Ulrich Raulff: *Kreis ohne Meister. Stefan Georges Nachleben.* München 2009. (Hier: S. 41, 52f, 188ff, 191, 198, 221) Hieraus auch die Briefstellen von Richard und Carl Friedrich von Weizsäcker zu ihren George-Erfahrungen sowie Briefe und ›Bestattungsbericht‹ von Robert Boehringer, die sich im Stefan-George-Archiv befinden.

Christoph Safferling: *Geburtsstunde des Völkerstrafrechts.* In: Oberlandesgericht Nürnberg 2016 (s.o). (Hier: S. 251)

Frank Schirrmacher: *Die Täter vom Amt. Das Auswärtige Amt im Dritten Reich.* In: Frankfurter Allgemeine Zeitung, 28.10.2010. (Hier: S. 101, 142)

Oscar Schneider: *Der Schwurgerichtssaal 600 – Ein Ort der säkularen Gewissenserforschung.* In: Oberlandesgericht Nürnberg 2016 (s.o.). (Hier: S. 244f)

Roland Schulz: *Zwei gegen Pi.* In: Süddeutsche Zeitung, 18.4.2013. (Hier: S. 178)

Stephan Schwarz: *Ernst Freiherr von Weizsäckers Beziehungen zur Schweiz (1933-1945). Ein Beitrag zur Geschichte der Diplomatie.* Bern 2007. (Hier: S. 91, 99, 103, 143, 202, 229)

Hubert Seliger: *Politische Anwälte? Die Verteidiger der Nürnberger Prozesse.* Baden-Baden 2016. (Hier: S. 13, 194)

Theo Stammen: *Thomas Mann und die politische Welt.* In: Helmut Koopmann (Hg.): *Thomas Mann Handbuch.* Stuttgart 1990. (Hier S. 101f)

Paul Stauffer: *Zwischen Hofmannsthal und Hitler: Carl J. Burckhardt. Facetten einer aussergewöhnlichen Existenz.* Zürich 1991. (Hier: 198)

Markus Urban: *Kollektivschuld durch die Hintertür? Die Wahrnehmung der*

NMT in der westdeutschen Öffentlichkeit 1946–1951. In: Kim C. Priemel, Alexa Stiller (Hg.): *NMT. Die Nürnberger Militärtribunale zwischen Geschichte, Gerechtigkeit und Rechtschöpfung.* Hamburg 2013. (Hier: S. 55, 173, 195f)

Cornelia Vismann: *Sprachbrüche im Nürnberger Kriegsverbrecherprozess.* In: Stephan Braese (Hg.): *Rechenschaften – Juristischer und literarischer Diskurs in der Auseinandersetzung mit den NS-Massenverbrechen.* Göttingen 2004. (Hier: S. 67ff)

Martin Wein: *Die Weizsäckers. Geschichte einer deutschen Familie.* Stuttgart 1988. (Hier: S. 80, 90, 92, 214, 216, 220)

Marlene Weiß, Patrick Illinger: *Annäherung ans Schwarze Loch.* In: Süddeutsche Zeitung, 11.4.2019. (Hier: S. 246)

Klaus Wiegrefe: *Der stille Revolutionär.* In: Der Spiegel 11/2010. (Hier S. 49, 87ff)

Annette Wilmes: *Vor 50 Jahren: Der Wilhelmstraßenprozeß. Ehemalige Diplomaten und Beamte des Auswärtigen Amtes in Nürnberg vor Gericht.* DeutschlandRadio Berlin. Wortspiel. 19.11.1998. (Hier. S. 13, 17, 29, 86)

Dies.: *Wann war das bekannt? Erkenntnisse und Debatten über die NS-Verstrickungen des Auswärtigen Amtes.* In: Deutschlandradio Kultur. 18.11.2010. (Hier: S. 85f)

Uwe Wirsching, Katja Popp: *Anwaltschaft – unabhängiges Organ der Rechtspflege mit Möglichkeit zur Deeskalation.* In: Oberlandesgericht Nürnberg 2016 (s.o.). (Hier: S. 245)

WEITERE SPUREN HABEN HINTERLASSEN:

John Banville: *Im Lichte der Vergangenheit.* Köln 2012.
John von Düffel: *Houwelandt.* Köln 2004.
Valerie Fritsch: *Winters Garten.* Frankfurt a.M. 2015.
Franz Kafka: *Der Prozeß.* Hamburg 2016.
Ders.: *Das Schloß.* Frankfurt am Main 1994.
Stanley Kramer (Regie): *Urteil von Nürnberg.* Film/United Artists, 1961.
Peter Kurzeck: *Oktober und wer wir selbst sind.* Frankfurt a.M. 2007.
Dagmar Leupold: *Nach den Kriegen. Roman eines Lebens.* München 2004.
Javier Marias: *Mein Herz so weiß.* München 1998.
Christoph Meckel: *Suchbild. Über meinen Vater.* Düsseldorf 1980.
Petra Morsbach: *Justizpalast.* München 2017.
Eva Menasse: *Tiere für Fortgeschrittene.* Köln 2017.

W. G. Sebald: *Austerlitz.* München 2001.
Andrzej Stasiuk: *Unterwegs nach Babadag.* Frankfurt a.M. 2005.
Kevin Vennemann: *Nahe Jedenew.* Frankfurt a.M. 2005.
Éric Vuillard: *Ballade vom Abendland.* Berlin 2014.